La paciente silenciosa

Alex Michaelides

La paciente silenciosa

Traducción del inglés de Laura Manero Jiménez

NEGRA
ALFAGUARA

Papel certificado por el Forest Stewardship Council®

Título original: *The Silent Patient*
Primera edición: septiembre de 2019
Decimoctava reimpresión: enero de 2024

© 2019, Alex Michaelides
© 2019, Penguin Random House Grupo Editorial, S. A. U.
Travessera de Gràcia, 47-49. 08021 Barcelona
© 2019, Laura Manero Jiménez, por la traducción

© Diseño: Penguin Random House Grupo Editorial, inspirado en un diseño original de Enric Satué

Printed in Spain – Impreso en España

ISBN: 978-84-204-3550-3
Depósito legal: B-13027-2019

Compuesto en MT Color & Diseño,
Impreso en Unigraf, Móstoles (Madrid)

AL3550C

Para mis padres

Pero ¿por qué no dice nada?

EURÍPIDES, *Alcestis*

Prólogo

Diario de Alicia Berenson

14 de julio

No sé por qué escribo esto.

No, eso no es verdad. A lo mejor sí lo sé, lo que pasa es que no quiero admitirlo ni ante mí misma.

Ni siquiera sé qué nombre dar a... esto que estoy escribiendo. Llamarlo «diario» me resulta un tanto pretencioso. No es que tenga nada que contar. Ana Frank sí que llevaba un diario..., pero no alguien como yo. Llamarlo «acta» hace que suene demasiado oficial, en cierto sentido. Como si tuviera que escribir algo todos los días, y no quiero hacerlo. Si se convierte en una obligación, lo dejaré.

Tal vez no lo llame de ninguna manera. Será un algo sin nombre que escribo de vez en cuando. Eso me gusta más. En cuanto le pones nombre a una cosa, te impide verla en su totalidad, o ver por qué es importante. Te centras en la palabra, que en realidad es la parte más minúscula, como la punta de un iceberg. Nunca me he sentido muy cómoda con las palabras; siempre pienso en imágenes, me expreso con imágenes, así que jamás habría empezado a escribir esto de no ser por Gabriel.

Últimamente he estado algo deprimida por una serie de cosas. Creía que estaba consiguiendo ocultarlo, pero él se ha dado cuenta. Por supuesto que sí, se da cuenta de todo. Me preguntó cómo iba el cuadro..., y le contesté que no iba. Entonces me sirvió una copa de vino; yo me senté a la mesa de la cocina y él se puso a guisar.

Me gusta mirar a Gabriel mientras se mueve por la cocina. Es un cocinero gentil: elegante, grácil, ordenado. Al contrario que yo, que solo organizo desastres.

—Cuéntame qué te pasa —dijo.

—No hay nada que contar. Es solo que a veces se me atasca la cabeza. Me siento como si intentara avanzar por un barrizal.

—¿Por qué no pruebas a escribir las cosas? ¿A llevar una especie de registro? Quizá eso te ayude.

—Sí, supongo que sí. Lo intentaré.

—No te limites a decirlo, cariño. Hazlo.

—Que sí...

Siguió pinchándome, pero yo no hacía nada de nada. Y entonces, unos días después, me regaló este pequeño cuaderno para que escribiera en él. Tiene las tapas de cuero negro y unas páginas blancas y gruesas, todas por llenar. He pasado la mano por la primera y he sentido su suavidad, luego le he sacado punta al lápiz y me he puesto a ello.

Y él tenía razón, por supuesto. Ya me encuentro mejor; poner esto por escrito me genera una sensación de liberación, una válvula de escape, un espacio para expresarme. Es un poco como una terapia, supongo.

Gabriel no lo ha dicho, pero me doy cuenta de que está preocupado por mí. Si tengo que ser sincera —y más vale que lo sea—, el verdadero motivo por el que he accedido a escribir este diario ha sido tranquilizarlo, demostrarle que estoy bien. No soporto pensar que le preocupo. No quiero darle ningún disgusto ni causarle tristeza ni provocarle dolor, nunca. Amo muchísimo a Gabriel. Es, sin lugar a dudas, el amor de mi vida. Lo quiero de una forma tan completa, tan absoluta, que a veces ese sentimiento amenaza con superarme. A veces creo...

No. No escribiré sobre eso.

Esto tiene que ser un registro alegre de ideas e imágenes que me inspiren artísticamente, cosas que tengan un impacto creativo en mí. Solo voy a escribir pensamientos positivos, felices, normales.

No se permiten pensamientos de loca.

Primera parte

Todo el que tenga ojos para ver y oídos para oír se convencerá de que ningún mortal es capaz de guardar un secreto. Si sus labios callan, habla por las puntas de los dedos; hasta el último de sus poros lo delata.

Sigmund Freud,
Introducción al psicoanálisis

1

Alicia Berenson tenía treinta y tres años cuando mató a su marido.

Llevaban siete casados. Ambos eran artistas: Alicia era pintora, y Gabriel, un fotógrafo de moda muy conocido. Él tenía un estilo característico, fotografiaba a mujeres medio anoréxicas y medio desnudas desde ángulos extraños y nada favorecedores. Desde su muerte, el precio de sus fotografías ha aumentado astronómicamente. A mí su obra me parece ingeniosa pero insustancial, para ser sincero. Carece por completo de la calidad visceral del mejor trabajo de Alicia. Desde luego, no entiendo lo suficiente de arte para decir si Alicia Berenson superará la prueba del tiempo como pintora. Su talento siempre quedará ensombrecido por su leyenda negra, así que es difícil mostrarse objetivo. Y bien podrías acusarme de no ser imparcial. Lo único que puedo ofrecerte es mi opinión, por si sirve de algo, y para mí Alicia era una especie de genio. Más allá de su habilidad técnica, sus cuadros poseen una capacidad asombrosa para atrapar tu atención —casi como si la agarraran de la garganta— y mantenerla atenazada.

Gabriel Berenson fue asesinado hace seis años. Tenía cuarenta y cuatro. Lo mataron un 25 de agosto. Fue un verano de un calor excepcional, tal vez lo recuerdes, con algunas de las temperaturas más altas jamás registradas. El día en que murió fue el más caluroso del año.

Su último día de vida, Gabriel se levantó temprano. Un coche fue a recogerlo a las cinco y cuarto de la mañana a la casa que compartía con Alicia en el noroeste de Londres, junto al gran parque de Hampstead Heath, y lo llevó a una sesión fotográfica en Shoreditch. Pasó el día fotografiando a modelos en una azotea para *Vogue*.

No se sabe mucho acerca de los movimientos de Alicia. Tenía próxima una exposición e iba algo retrasada con el trabajo. Es probable que pasara el día pintando en el cenador que tenían al fondo del jardín y que ella había reconvertido en estudio hacía poco. Al final, la sesión de Gabriel se alargó y no lo llevaron de vuelta a casa hasta las once de la noche.

Media hora después, su vecina, Barbie Hellmann, oyó varios disparos. Barbie llamó a la policía, y desde la comisaría de Haverstock Hill enviaron un coche a las 23.35. Llegó a casa de los Berenson en poco menos de tres minutos.

La puerta de entrada estaba abierta. La casa se encontraba sumida en una oscuridad total; ninguno de los interruptores de la luz funcionaba. Los agentes avanzaron por el pasillo y llegaron al salón. Iluminaron la habitación con sus linternas, de modo que la vieron con haces intermitentes y descubrieron a Alicia junto a la chimenea. Su vestido blanco relucía con un brillo fantasmagórico a la débil luz. No parecía advertir la presencia de la policía. Estaba inmovilizada, paralizada; una estatua esculpida en hielo con una extraña expresión de espanto en el rostro, como si se enfrentara a un terror oculto.

En el suelo había un arma. Junto a ella, en la penumbra, estaba sentado Gabriel, inmóvil, atado a una silla con un alambre que le rodeaba los tobillos y las muñecas. Al principio los agentes creyeron que estaba vivo. La cabeza le caía un poco ladeada, como si estuviera inconsciente, pero entonces la luz de una linterna reveló que había recibido varios disparos en la cara. Sus apuestos rasgos habían desaparecido para siempre y no habían dejado más que un amasijo calcinado, ennegrecido y sanguinolento. La pared de detrás había quedado rociada de fragmentos de cráneo, cerebro, pelo... y sangre.

Había sangre por todas partes: salpicaba las paredes, corría por el suelo en oscuros regueros que seguían las vetas de los tablones de madera. Los agentes dieron por hecho que era sangre de Gabriel. Pero había demasiada. Y entonces algo destelló a la luz de la linterna: un cuchillo, en el suelo, a los pies de Alicia. Otro haz de luz mostró la sangre que manchaba su vestido blanco. Un agente le tomó las manos y se las levantó para iluminarlas. Tenía cortes profundos que le cruzaban las venas en las muñecas, cortes recientes que sangraban copiosamente.

Alicia se resistió a los esfuerzos por salvarle la vida; hicieron falta tres agentes para dominarla. La llevaron al Royal Free Hospital, que estaba a solo unos minutos de allí. Por el camino sufrió un colapso y quedó inconsciente; había perdido mucha sangre, pero sobrevivió.

Al día siguiente despertó en la cama de una habitación individual del hospital, donde la policía la interrogó en presencia de su abogado. Ella guardó silencio durante toda la entrevista. Tenía los labios pálidos, exangües; se estremecían de vez en cuando, pero no formaban palabras, no emitían sonidos. La mujer no respondió a ninguna pregunta. No podía hablar, no quería. Ni siquiera dijo nada cuando la acusaron del asesinato de Gabriel. Tampoco habló cuando la detuvieron, no quiso negar ni confesar su culpabilidad.

Alicia no volvió a hablar.

Su silencio perpetuo hizo que esta historia pasara de ser una tragedia familiar corriente a convertirse en algo mucho más grandioso: un misterio, un enigma que copó titulares y cautivó la imaginación del público durante los meses siguientes.

Alicia no hablaba, pero sí ofreció una declaración. Un cuadro. Lo comenzó cuando le dieron el alta del hospital y le impusieron arresto domiciliario antes del juicio. Según la enfermera psiquiátrica designada por el tribunal, Alicia apenas comía y dormía; lo único que hacía era pintar.

Normalmente trabajaba semanas, meses incluso, antes de embarcarse en un cuadro nuevo: realizaba innumerables bocetos, organizaba y reorganizaba la composición, experimentaba con el color y la forma. Una larga gestación seguida de un parto prolongado mientras aplicaba cada pincelada con meticulosidad. Esta vez, sin embargo, alteró de manera drástica su proceso creativo y terminó el cuadro pocos días después del asesinato de su marido.

En opinión de la mayoría de la gente, aquello bastaba para condenarla; su inmediato regreso al estudio después de la muerte de Gabriel delataba una insensibilidad extraordinaria. La monstruosa falta de remordimientos de una asesina a sangre fría.

Es posible. Pero no olvidemos que aunque Alicia Berenson quizá fuera una asesina, también era una artista. Al menos para mí, tiene todo el sentido del mundo que recurriera a sus pinceles y sus pinturas para expresar sobre un lienzo las complicadas emociones que sentía. No me parece extraño que, por una vez, su pintura fluyera con tanta facilidad..., si es que el duelo puede considerarse algo fácil.

El cuadro era un autorretrato. Lo tituló en la esquina inferior izquierda de la tela, con letras griegas de color azul claro.

Una sola palabra.

Alcestis.

2

Alcestis es la heroína de un mito griego, una historia de amor de las tristes. Alcestis ofrece su vida para salvar la de su marido, Admeto, y muere en su lugar cuando nadie más está dispuesto a hacerlo. Se trata de un inquietante mito de sacrificio personal, y no quedaba claro cuál era su relación con la situación de Alicia. El verdadero significado de esa alusión siguió oculto para mí durante un tiempo. Hasta que un día la verdad salió a la luz...

Pero estoy yendo demasiado deprisa. Me estoy adelantando. Debo empezar por el principio y dejar que los hechos hablen por sí solos. No debo colorearlos ni retorcerlos, tampoco contar ninguna mentira. Avanzaré paso a paso, despacio y con cautela. Pero ¿por dónde empezar? Tendría que presentarme, aunque quizá todavía no; a fin de cuentas, no soy yo el protagonista de este relato. Esta es la historia de Alicia Berenson, de manera que comenzaré por ella... y por el *Alcestis*.

El cuadro es un autorretrato en el que se ve a Alicia en el estudio de su casa los días posteriores al asesinato, de pie delante de un caballete y un lienzo, con un pincel en la mano. Está desnuda. Su cuerpo está representado con todo lujo de detalles: los mechones de cabello pelirrojo que caen por encima de sus hombros huesudos, las venas azules visibles bajo la piel translúcida, las cicatrices recientes en ambas muñecas. Sus dedos sostienen un pincel. De él gotea pintura roja, ¿o es sangre? La vemos inmortalizada en el acto de pintar, y sin embargo, el lienzo está completamente en blanco, igual que su expresión. Tiene la cabeza vuelta por encima del hombro y mira directamente al espectador. La boca entreabierta, los labios separados. Muda.

Durante el juicio, Jean-Felix Martin, que dirigía la pequeña galería del Soho donde Alicia exponía su obra, tomó la controvertida decisión, calificada por muchos de sensacionalista y macabra, de exponer el *Alcestis*. El hecho de que la artista se encontrase en esos momentos en el banquillo, acusada del asesinato de su marido, hizo que por primera vez en la larga historia de la galería se formaran colas frente a la entrada.

Yo esperé mi turno como los demás amantes obscenos del arte, haciendo cola junto a las luces rojas de neón del sex-shop que había al lado. Uno a uno fuimos entrando, arrastrando los pies. Ya dentro de la galería, la corriente nos llevó hacia el cuadro, éramos como una muchedumbre nerviosa que recorre la casa encantada de una feria. Por fin fui el primero de la fila... y me vi cara a cara con el *Alcestis*.

Me quedé mirando el cuadro, examiné el rostro de Alicia e intenté interpretar la expresión de sus ojos, intenté comprender..., pero el retrato me desafiaba. Alicia me devolvía la mirada con una máscara inexpresiva: ilegible, impenetrable. En su gesto no podía entreverse ni inocencia ni culpa.

A otros les resultó más fácil de desentrañar.

—Pura maldad —susurró la mujer que tenía detrás.

—¿Verdad que sí? —coincidió con ella su compañera—. Una bruja despiadada.

Un poco injusto, pensé, teniendo en cuenta que aún no se había demostrado la culpabilidad de Alicia. Aunque, en realidad, estaba cantado que pasaría algo así. Los periódicos sensacionalistas la habían presentado como la mala de la película desde el principio: una *femme fatale*, una viuda negra. Un monstruo.

Los escasos hechos de que se disponía eran simples: encontraron a Alicia sola junto al cadáver de Gabriel, el arma únicamente tenía sus huellas dactilares. Nunca existió duda alguna de que a Gabriel lo había matado ella. Por qué lo había hecho, no obstante, continuaba siendo un misterio.

El asesinato fue muy debatido en los medios de comunicación, se propugnaron diferentes teorías en la prensa escrita y en la radio, también en los magazines televisivos de las mañanas, donde invitaron a expertos para que explicaran, condenaran o justificaran los actos de Alicia. Debía de haber sido víctima de violencia de género, sin duda. ¿La habían llevado al límite hasta que, finalmente, había explotado? Otra teoría hablaba de un juego sexual que había acabado mal; al marido lo encontraron maniatado, ¿verdad? Algunos sospechaban que habían sido los clásicos celos los que indujeron a Alicia al asesinato; ¿otra mujer, quizá? Pero en el juicio Gabriel fue descrito por su hermano como un marido abnegado y muy enamorado de su mujer. Bueno, ¿el dinero, entonces? Alicia no parecía ganar mucho con la muerte de él; era ella quien poseía una fortuna, heredada de su padre.

Y así seguían y seguían, en una especulación infinita —sin ninguna respuesta, solo más preguntas— sobre los motivos de Alicia y su posterior silencio. ¿Por qué se negaba a hablar? ¿Qué significaba esa actitud? ¿Estaba ocultando algo? ¿Protegía a alguien? En tal caso, ¿a quién? ¿Y por qué?

En aquel momento recuerdo haber pensado que mientras todo el mundo hablaba, escribía y discutía sobre Alicia, en el centro mismo de toda esa ruidosa y frenética actividad había un vacío, un silencio. Una esfinge.

Durante el proceso, el juez vio con malos ojos la insistente negativa de Alicia a hablar. Las personas inocentes, señaló su señoría el juez Alverstone, tendían a proclamar su inocencia a los cuatro vientos... y con mucha frecuencia. Alicia no solo seguía callada, sino que, además, no mostraba ningún signo visible de arrepentimiento. No lloró ni una sola vez en todo el juicio —un hecho que la prensa se encargó de enfatizar—; su rostro permaneció impertérrito, frío. Helado.

La defensa no tuvo mucha más opción que presentar una alegación de responsabilidad disminuida por parte de la acusada: Alicia contaba con un largo historial de problemas de salud mental, afirmaron, que se remontaban a su infancia. En un principio, el juez la desestimó en su mayor parte por considerar que no se trataba más que de rumores, pero al final él mismo se dejó influir por el profesor Lazarus Diomedes, catedrático de Psiquiatría Forense del Imperial College y director clínico de The Grove, una unidad forense de seguridad del norte de Londres. El profesor Diomedes argumentó que la negación de Alicia a hablar era en sí misma una prueba de un profundo trastorno psicológico, y que su sentencia debía tenerlo en consideración.

Esto era una forma bastante indirecta de expresar algo que a los psiquiatras no les gusta soltar a las claras: lo que Diomedes decía era que Alicia estaba loca.

Era la única explicación que tenía sentido: ¿por qué, si no, atar a una silla al hombre que amaba y dispararle a bocajarro en la cara? ¿Por qué no expresar luego ninguna muestra de arrepentimiento, no dar ninguna explicación, no hablar siquiera? Debía de estar loca.

Tenía que estarlo.

Al final, el juez Alverstone aceptó la alegación de responsabilidad disminuida y aconsejó al jurado que siguiera su ejemplo. Alicia, por consiguiente, fue ingresada en The Grove bajo la supervisión del mismo profesor Diomedes cuyo testimonio había ejercido tanta influencia en el magistrado.

Lo cierto es que si Alicia no estaba loca —es decir, si su silencio era puro teatro, una representación dirigida al jurado—, al menos había surtido efecto. Se libró de una elevada sentencia a prisión, y en caso de que más adelante consiguiera recuperarse por completo, era posible que incluso la dejaran en libertad al cabo de unos años. Sin duda llegaría el momento de empezar a fingir esa recuperación,

¿verdad? ¿De pronunciar alguna palabra aquí y allá, y después unas cuantas seguidas? ¿De comunicar poco a poco algún tipo de remordimiento? Pero no. Una semana siguió a otra semana, un mes siguió a otro mes, y luego pasaron los años..., y Alicia seguía sin hablar.

Lo único que había era silencio.

Y así, sin ningún otro bombazo a la vista, los decepcionados medios de comunicación acabaron por perder el interés en Alicia Berenson. Alicia fue a engrosar las filas de otros asesinos de breve fama; rostros que recordamos, pero cuyos nombres hemos olvidado.

Bueno, no todos. Algunos —yo entre ellos— siguieron fascinados por el mito de Alicia Berenson y su persistente silencio. Como psicoterapeuta, para mí era evidente que había sufrido un trauma grave en relación con la muerte de Gabriel, y que su silencio era la manifestación de ese trauma. Incapaz de aceptar lo que había hecho, Alicia se encerró en sí misma y empezó a fallar hasta que dejó de funcionar, igual que un coche averiado. Yo quería contribuir a que se pusiera en marcha otra vez, ayudar a Alicia a contar su historia, a sanar y a recuperarse. Quería repararla.

Sin intención de parecer jactancioso, sentía que era el único cualificado para ayudarla. Soy psicoterapeuta forense y estoy acostumbrado a trabajar con algunos de los miembros más trastornados y vulnerables de la sociedad. La historia de Alicia, además, tenía algo que me llegaba personalmente. Desde el principio sentí una profunda empatía hacia ella.

Por desgracia, en aquella época todavía trabajaba en el prestigioso hospital psiquiátrico de Broadmoor, así que tratar a Alicia Berenson habría seguido siendo una mera fantasía de no haber intervenido el destino de manera inesperada.

Casi seis años después de que Alicia fuera internada en The Grove, la plaza de psicoterapeuta forense quedó libre. En cuanto vi el anuncio, supe que no tenía otra opción. Seguí un impulso... y solicité el trabajo.

3

Me llamo Theo Faber. Tengo cuarenta y dos años y me hice psicoterapeuta porque yo mismo estaba jodido. Esa es la verdad, aunque no fue lo que dije durante la entrevista de trabajo, cuando me plantearon la pregunta.

«¿Qué cree que lo llevó a la psicoterapia?», preguntó Indira Sharma, escudriñándome por encima de la montura de sus gafas de intelectual.

Indira era psicoterapeuta especialista en The Grove. Debía de estar cerca de los sesenta años, tenía un rostro redondeado y atractivo, y una larga melena negro azabache entreverada de canas. Esbozó una sonrisa como para tranquilizarme, dándome a entender que era una pregunta fácil, una volea de calentamiento, precursora de los saques más complicados que vendrían después.

Dudé. Podía notar cómo me observaban los demás miembros del equipo. Mantuve el contacto visual de forma consciente mientras recitaba de memoria una respuesta ensayada, un relato amable sobre un trabajo a tiempo parcial en una residencia de ancianos cuando era adolescente, y sobre cuánto había inspirado eso mi interés en la psicología, lo cual, a su vez, me había llevado a estudiar un posgrado de psicoterapia y etcétera, etcétera.

«Quería ayudar a la gente, supongo —dije, y me encogí de hombros—. Sí, eso era».

Y una mierda.

Bueno, claro que quería ayudar a la gente. Pero ese era el objetivo secundario, sobre todo en la época en que empecé los estudios. Mi verdadera motivación fue puramente egoísta. Lo que buscaba era ayudarme a mí mismo. Creo que eso nos ocurre a la mayoría de los que nos dedicamos a la salud mental. Nos atrae esta profesión porque estamos heridos; estudiamos psicología para sanarnos. Que estemos dispuestos a admitirlo o no es otra cuestión.

Como seres humanos, los primeros años de nuestra vida residimos en un territorio anterior a la memoria. Nos gusta pensar en nosotros mismos como si saliéramos de esa bruma primigenia con el carácter completamente formado, igual que Afrodita surgiendo perfecta de la espuma del mar. Sin embargo, gracias a la creciente investigación en el desarrollo del cerebro, sabemos que eso no es así. Nacemos con un cerebro a medio formar, más parecido a un trozo de arcilla fangosa que a un dios del Olimpo. En palabras del psicoanalista Donald Winnicott: «No existe eso que llamamos "bebé"». El desarrollo de nuestra personalidad no tiene lugar de forma aislada, sino en relación con otras personas; somos formados y completados por fuerzas que ni se ven ni se recuerdan. En concreto, nuestros padres.

Esto es aterrador por motivos evidentes. ¿Quién sabe qué vejaciones habremos sufrido, qué tormentos y malos tratos, en ese territorio anterior a la memoria? Nuestro carácter se formó sin que nosotros lo supiéramos siquiera. En mi caso, crecí rodeado de una tensión constante, temeroso, angustiado. Esa angustia parecía preceder a mi existencia misma y existir con independencia de mí. Sin embargo, sospecho que se originó a causa de la relación con mi padre, porque nunca me sentí seguro cuando lo tenía cerca.

Sus ataques de ira impredecibles y arbitrarios hacían que cualquier situación, por propicia que fuera, resultase un campo de minas en potencia. Un comentario inocuo o una opinión disidente desencadenaban su furia y provocaban una serie de estallidos ante los que no había refugio posible. La casa temblaba cada vez que me gritaba y me perseguía escalera arriba hasta mi habitación. Yo me metía a toda prisa bajo la cama y me apretaba contra la pared.

Allí respiraba el aire liviano, rezaba por que los ladrillos se me tragaran y me hicieran desaparecer, pero su mano siempre me agarraba y tiraba de mí para enfrentarme a mi destino. Se quitaba el cinturón y lo hacía silbar en el aire antes de golpearme; cada golpe sucesivo me hacía saltar a un lado, me quemaba la carne. Y entonces, de repente, los azotes acababan de forma tan repentina como habían empezado. Mi padre me lanzaba al suelo, donde yo aterrizaba hecho un guiñapo. Un muñeco de trapo abandonado por un niño enfadado.

Nunca estaba seguro de qué había hecho para desencadenar esa ira, ni si la merecía. Preguntaba a mi madre por qué mi padre estaba siempre tan enfadado conmigo..., y ella se encogía de hombros, desesperada, y contestaba: «¿Cómo quieres que lo sepa? Tu padre está loco de atar».

Cuando decía que estaba loco, no bromeaba. Si hoy en día lo hubiera examinado un psiquiatra, sospecho que a mi padre le habrían diagnosticado un trastorno de la personalidad, una enfermedad de la que no se trató en toda su vida. De resultas de ello, tuve una infancia y una adolescencia dominadas por la histeria y la violencia física: amenazas, lágrimas y cristales rotos.

También hubo momentos de felicidad, normalmente cuando mi padre no estaba en casa. Recuerdo un invierno que se fue a Estados Unidos en viaje de negocios y pasó allí un mes. Durante treinta días, mi madre y yo disfrutamos con total libertad de la casa y el jardín sin su vigilante mirada. Ese diciembre nevó mucho en Londres y nuestro jardín quedó enterrado bajo un manto grueso, blanco y prístino. Mi madre y yo hicimos un muñeco de nieve. Sin ser conscientes de ello, o sí, le dimos la forma de nuestro amo ausente: yo lo bauticé como «Papá», y con su enorme barriga, dos piedras negras por ojos y dos ramitas inclinadas como severas cejas, lo cierto es que el parecido resultaba asombroso. Completamos la ilusión colocándole los guantes, el sombrero y el paraguas de mi padre, y acto seguido nos pusimos a acribillarlo con bolas de nieve mientras reíamos igual que dos niños traviesos.

Esa noche cayó una fuerte tormenta de nieve. Mi madre se acostó y yo fingí que dormía, pero luego salí a hurtadillas al jardín y me quedé de pie bajo la nevada. Levanté las manos extendidas para atrapar los copos de nieve y vi cómo se derretían en la yema de mis dedos. Era una sensación de dicha y frustración simultáneas, y hablaba de una suerte de verdad que yo no era capaz de expresar. Mi vocabulario era demasiado limitado; mis palabras, una red demasiado holgada para capturarla. Intentar atrapar copos de nieve que desaparecen es de alguna manera como intentar atrapar la felicidad: un acto de posesión que al instante deja paso a la nada. Eso me hizo pensar que existía un mundo fuera de esa casa, un mundo vasto y de una belleza inimaginable; un mundo que, por el momento, quedaba fuera de mi alcance. Ese recuerdo ha regresado a mí en repetidas ocasiones a lo largo de los años. Es como si la desgracia que envolvía ese breve momento de libertad lo hiciese arder con más brillo aún, como una luz minúscula rodeada de oscuridad.

Mi única esperanza de sobrevivir, comprendí entonces, consistía en distanciarme, tanto física como psicológicamente. Tenía que irme lejos, muy lejos. Solo así estaría a salvo. Y por fin, con dieciocho años, saqué las notas que necesitaba para asegurarme una plaza en la universidad. Escapé de esa cárcel semiadosada de Surrey..., y creí que era libre.

Me equivocaba.

Entonces no lo sabía, pero ya era demasiado tarde; había interiorizado a mi padre, lo había asimilado y enterrado en lo más hondo de mi inconsciente. Por muy lejos que corriera, lo llevaba conmigo allá adonde iba. Siempre me perseguía un coro de furias infernal e implacable, todas ellas con la voz de mi padre, que me chillaban lo inútil que era yo, una vergüenza, un fracasado.

Durante mi primer trimestre en la universidad, ese primer invierno frío, las voces fueron tan terribles, tan paralizantes, que me controlaban. Inmovilizado por el miedo, era incapaz de salir, relacionarme o hacer amigos. Para el caso, era como si nunca me hubiese ido de casa. No había nada que hacer. Estaba derrotado, atrapado. Acorralado en un rincón. Sin salida.

Ante mí solo veía una solución.

Fui de farmacia en farmacia comprando cajas de paracetamol. Pedía unas pocas cada vez para no levantar sospechas, aunque no tendría por qué haberme molestado. Nadie me prestaba la menor atención; estaba claro que era tan invisible como me sentía.

En mi habitación hacía frío, mis dedos entumecidos se movían con torpeza al abrir las cajas. Me costó un esfuerzo inmenso tomarme todas las pastillas, pero me obligué a tragarlas una tras otra. Después me arrastré hasta mi cama, incómoda y estrecha, cerré los ojos y esperé la muerte.

Solo que la muerte no acudió.

En lugar de eso, un dolor punzante y desgarrador tiró de mis entrañas. Me doblé por la mitad y devolví, me vomité encima bilis y pastillas a medio digerir. Tumbado a oscuras, sentí que me ardía un fuego en el estómago durante lo que me pareció una eternidad. Y entonces, poco a poco, todavía en la oscuridad, me di cuenta de algo.

No quería morir. Todavía no; no cuando aún no había vivido.

Eso me transmitió una especie de esperanza, por turbia y poco definida que fuera. Por lo menos me llevó a reconocer que no podía hacer aquello solo: necesitaba ayuda.

Y la encontré, encarnada en Ruth, una psicoterapeuta a la que me remitieron a través del servicio de orientación de la universidad. Ruth tenía el pelo blanco y era regordeta, lo cual le daba cierto aire de abuela. Tenía una sonrisa compasiva, una sonrisa en la que yo quería creer. Al principio no me decía demasiado, solo escuchaba mientras yo contaba. Le hablé de mi infancia, de mi casa, de mis padres. Y a medida que hablaba, descubrí que, por muy angustiantes que fueran los detalles que relataba, no sentía nada. Estaba desconectado de mis emociones, como una mano amputada de una muñeca. Hablaba de recuerdos dolorosos e impulsos suicidas..., pero no podía sentirlos.

Sin embargo, de vez en cuando alzaba la mirada hacia el rostro de Ruth y, para mi sorpresa, veía que en sus ojos se acumulaban las lágrimas mientras me escuchaba. Puede que esto sea difícil de comprender, pero esas lágrimas no eran de ella.

Eran mías.

En aquel momento no lo entendía, pero es así como funciona la terapia. El paciente delega sus sentimientos inaceptables en el psicoterapeuta, quien recibe todo aquello que a él le da miedo sentir, y lo siente por él. Y entonces, muy pero que muy despacio, le va administrando sus propios sentimientos hasta que se los devuelve. Tal como Ruth me devolvió los míos.

Continuamos viéndonos durante varios años, Ruth y yo. Ella fue la única constante en mi vida. Por medio de ella interioricé una nueva clase de relación con otro ser humano: una relación basada en el respeto mutuo, la sinceridad y la amabilidad, y no en recriminaciones, miedo y violencia. Poco a poco empecé a notarme diferente por dentro con respecto a mí, menos vacío, más capaz de sentir, menos asustado. El coro interior de odio nunca me abandonó por completo, pero de pronto tenía la voz de Ruth para hacerle frente, así que le prestaba menos atención. Como consecuencia, las voces se fueron acallando en mi cabeza e incluso desaparecieron por temporadas. Me sentía en paz..., hasta feliz, a veces.

Era evidente que la psicoterapia me había salvado la vida, literalmente. Y lo que era más importante, había transformado la calidad de esa vida. La «cura del habla» se convirtió en un aspecto central de la persona en la que me convertí; en un sentido muy profundo, me definía.

Supe que era mi vocación.

Al acabar la universidad, me formé como psicotera-peuta en Londres. Durante todo mi aprendizaje seguí viendo a Ruth. Ella siempre me ofreció su apoyo y me ani-mó, aunque me advirtió que fuese realista en cuanto al camino que estaba enfilando. «No es ningún paseo», así lo expresó. Tenía razón. Trabajar con pacientes, ensuciarme las manos... Bueno, resultó ser de todo menos plácido.

Recuerdo mi primera visita a una unidad psiquiátrica de seguridad. A los pocos minutos de llegar yo, un paciente se bajó los pantalones, se agachó y defecó delante de mí. Un enorme zurullo apestoso. Incidentes posteriores, menos esca-tológicos pero igual de impactantes —chapuceros intentos de suicidio, tentativas de autolesión, episodios de histeria des-controlada y sufrimiento extremo—, me hicieron sentir que era más de lo que podría soportar. Cada una de esas veces, sin embargo, conseguí sacar una resistencia interior que no había explotado hasta la fecha. Empezó a resultarme más sencillo.

Es extraño lo deprisa que se adapta uno al nuevo y ex-traño mundo de una unidad psiquiátrica. Cada vez te sien-tes más cómodo con la locura; y no solo con la locura de los demás, sino también con la tuya. Todos estamos locos, creo yo, solo que en diferente grado.

Ahí tenemos el porqué —y el cómo— de mi identifi-cación con Alicia Berenson. Yo era uno de los afortunados. Gracias a una exitosa intervención terapéutica a una edad temprana, fui capaz de alejarme del borde del oscuro abis-mo de la psique. Aun así, el otro relato siguió siendo tam-bién una posibilidad en mi mente: podría haberme vuelto loco y terminar mis días encerrado en una institución, igual que Alicia. Podía pasarle a cualquiera...

Desde luego, no pensaba decirle nada de eso a Indira Sharma cuando me preguntó por qué me había hecho psi-coterapeuta. No olvidemos que estaba en una entrevista ante un equipo de profesionales, y ese era un juego al que sí sabía jugar.

«Al final —dije—, me parece que es la propia formación lo que te convierte en psicoterapeuta. Fueran cuales fuesen tus intenciones iniciales».

Indira asintió sabiamente.

«Sí, es verdad. Muy cierto».

La entrevista fue bien. Mi experiencia trabajando en Broadmoor me daba cierta ventaja, dijo Indira, porque demostraba que podía enfrentarme a una angustia psicológica extrema. Me ofrecieron el trabajo allí mismo, y lo acepté.

Un mes después iba de camino a The Grove.

4

Llegué a The Grove perseguido por un gélido viento de enero. Los árboles desnudos hacían guardia como esqueletos a lo largo de la carretera. El cielo estaba blanco, cargado de nieve todavía por caer.

Me detuve frente a la entrada y saqué el paquete de tabaco del bolsillo. Llevaba más de una semana sin fumar; me había prometido que esta vez lo haría de verdad, que iba a dejarlo para siempre. Y sin embargo, ahí estaba, rindiéndome ya. Me encendí uno, medio enfadado conmigo mismo. Los psicoterapeutas suelen ver el hábito de fumar como una adicción no resuelta, algo que cualquier terapeuta decente debería tener trabajado y superado. No quería entrar oliendo a tabaco, así que me metí un par de caramelitos de menta en la boca y los mastiqué mientras fumaba, dando saltitos sobre uno y otro pies.

Estaba temblando; aunque, si soy sincero, era más por los nervios que por el frío. Empezaba a sentir dudas. Mi superior en Broadmoor no había tenido ningún reparo en decirme que cometía un error. Me insinuó que con mi partida estaba truncando una carrera prometedora, y que The Grove le daba mala espina, sobre todo el profesor Diomedes.

—Un hombre poco ortodoxo. Trabaja mucho con relaciones de grupo, colaboró con Foulkes una temporada. En los ochenta montó una especie de comunidad terapéutica alternativa en Hertfordshire. Esos modelos de terapia no son económicamente viables, sobre todo hoy en día... —dudó un segundo, luego continuó en voz más baja—. No pretendo asustarte, Theo, pero he oído rumores de que van a cerrar ese sitio. Podrías encontrarte sin trabajo dentro de seis meses... ¿Estás seguro de que no quieres pensártelo mejor?

Dudé, pero solo por educación.

—Bastante seguro —dije.

Sacudió la cabeza.

—A mí me parece un suicidio profesional, pero si ya has tomado una decisión...

No le dije nada de Alicia Berenson, de mi deseo de tratarla. Podría haberlo expuesto en términos que él pudiera entender: que trabajar con ella tal vez me permitiría publicar un libro, un artículo o algo parecido o alguna publicación de algún tipo. Pero sabía que no tenía mucho sentido, porque de todas formas me habría dicho que cometía un error. Tal vez tuviera razón. Estaba a punto de averiguarlo.

Apagué el cigarrillo, desterré los nervios y entré.

The Grove se encontraba en la parte más antigua del hospital de Edgware. El edificio victoriano de ladrillo rojo original llevaba años rodeado y empequeñecido por ampliaciones y extensiones, más grandes y en su mayoría más feas. The Grove se encontraba en el corazón de ese complejo. Lo único que insinuaba lo peligroso de sus ocupantes era una línea de cámaras de seguridad encaramadas a las vallas como vigilantes aves de presa. En la recepción habían hecho todos los esfuerzos posibles por parecer acogedores: grandes sofás de color azul, obras artísticas burdas e infantiles hechas por las pacientes —todas mujeres— colgadas en las paredes. Casi parecía más una guardería que una unidad psiquiátrica de seguridad.

Un hombre alto apareció de pronto a mi lado. Me sonrió y alargó la mano hacia mí. Se presentó como Yuri, enfermero psiquiátrico jefe.

—Bienvenido a The Grove. Me temo que no tenemos un gran comité de bienvenida. Solo yo.

Yuri era apuesto, fornido, y no llegaba a los cuarenta años de edad. Tenía el pelo oscuro y un tatuaje tribal que le trepaba por el cuello desde debajo de la ropa. Olía a tabaco y a una loción para después del afeitado demasiado dulce. Aunque hablaba con un ligero acento, su inglés era perfecto.

—Soy de Letonia y vivo en Londres desde hace siete años. No sabía ni una palabra de inglés cuando llegué, pero al cabo de un año lo hablaba con fluidez.

—Muy impresionante.

—No creas. El inglés es un idioma fácil. Deberías intentar aprender letón.

Se rio y alargó una mano hacia la cadena con llaves tintineantes que colgaba de su cinturón. Desenganchó un juego y me lo entregó.

—Necesitarás esto para entrar en las habitaciones individuales, y también hay códigos que tendrás que aprenderte para acceder a las diferentes salas.

—Son muchas. En Broadmoor tenía menos llaves.

—Sí, bueno. Hemos aumentado bastante la seguridad hace poco. Desde que llegó Stephanie.

—¿Quién es Stephanie?

Yuri no contestó, solo hizo un gesto con la cabeza en dirección a una mujer que salía de la oficina que había tras el mostrador de recepción.

Era caribeña, de cuarenta y tantos años, y tenía una melena corta de ángulos duros.

—Yo soy Stephanie Clarke, la directora de The Grove.

Stephanie me ofreció una sonrisa poco convincente. Cuando le estreché la mano, noté que apretaba con más firmeza y fuerza que Yuri, y que resultaba bastante menos acogedora.

—Como directora de esta unidad, la seguridad es mi máxima prioridad. La seguridad tanto de las pacientes como del personal. Si no se siente usted seguro, entonces tampoco lo estarán sus pacientes —acto seguido me entregó un pequeño dispositivo: una alarma personal contra ataques—. Lleve esto encima en todo momento. No se la deje en el despacho.

Resistí el impulso de contestar con un «Sí, señora». Era mejor tenerla de buenas conmigo si quería que mi vida fuese fácil. Esa había sido mi táctica con anteriores directores de departamento autoritarios: evitar la confrontación y no ser detectado por su radar.

—Me alegro de conocerla, Stephanie —sonreí.

Stephanie asintió, pero no correspondió a mi sonrisa.

—Yuri lo acompañará a su despacho —dio media vuelta y se alejó sin mirarnos siquiera.

—Ven conmigo —dijo Yuri.

Fui con él a la entrada de la unidad: una gran puerta de acero reforzado. Junto a ella había un detector de metales operado por un guardia de seguridad.

—Estoy seguro de que sabes cómo va esto —comentó Yuri—. Ningún objeto punzante, nada que pudiera usarse como arma.

—Ni mecheros —añadió el guardia de seguridad mientras me cacheaba y sacaba el mechero de mi bolsillo con una mirada acusadora.

—Lo siento. Había olvidado que lo llevaba.

Yuri me hizo una señal para que lo siguiera.

—Te enseñaré tu despacho. Ahora están todos en la reunión de comunidad terapéutica, así que esto está bastante tranquilo.

—¿Puedo ir con ellos?

—¿A la reunión de comunidad? —Yuri se sorprendió—. ¿No prefieres instalarte primero?

—Puedo instalarme más tarde. Si a ti no te importa.

Se encogió de hombros.

—Como prefieras. Por aquí.

Me condujo por unos pasillos interconectados en los que nos íbamos encontrando con puertas cerradas; una cadencia de portazos y pestillos y llaves girando en las cerraduras. Avanzábamos despacio.

Era evidente que no se había invertido mucho en el mantenimiento del edificio desde hacía años: la pintura se desconchaba en las paredes, y un tenue olor a humedad y decadencia impregnaba los pasillos.

Yuri se detuvo ante una puerta cerrada e hizo un gesto con la cabeza.

—Están ahí dentro. Adelante.

—Muy bien, gracias.

Dudé un instante, mientras me preparaba. Después abrí la puerta y entré.

5

La reunión de comunidad se celebraba en una sala alargada con altas ventanas de barrotes que daban a una pared de ladrillo rojo. Se percibía un aroma a café en el aire, mezclado con trazas de la loción de Yuri. Había unas treinta personas sentadas en círculo. La mayoría aferraban vasos de papel con té o café, bostezaban y hacían todo lo posible por despertarse. Algunos, que ya se habían acabado la bebida, jugueteaban con los vasos vacíos, los estrujaban, los aplastaban o los hacían trizas.

La comunidad se reunía una o dos veces al día, era algo a medio camino entre una reunión administrativa y una sesión de terapia de grupo. En el orden del día se incluían asuntos relacionados con la gestión del centro o con el cuidado de las pacientes y se debatían. Era, como le gustaba decir al profesor Diomedes, un intento de involucrar a las pacientes en su propio tratamiento y animarlas a asumir responsabilidades en cuanto a su bienestar. Huelga decir que ese intento no siempre daba buen resultado. El historial de Diomedes en terapia de grupo hacía que tuviera debilidad por reuniones de todo tipo, siempre alentaba que se trabajara en grupo en la medida de lo posible. Casi se diría que vivía sus momentos de mayor felicidad cuando tenía público. El profesor se daba cierto aire a un empresario teatral, pensé cuando se levantó para saludarme con las manos extendidas en un gesto de bienvenida y me indicó que me acercara.

—Theo, aquí estás. Únete a nosotros, ven.

Hablaba con un ligero acento griego, apenas perceptible; lo había perdido casi por completo, ya que llevaba más de treinta años viviendo en Inglaterra. Era un hombre apuesto, y aunque tenía sesenta y tantos años, parecía mucho más joven. Su actitud era juvenil y pícara, más parecida a la de un tío irreverente que a la de un psiquiatra. Lo cual no quiere decir que no estuviera entregado a las pacientes a su cargo. Por las mañanas llegaba antes que el personal de limpieza, y se quedaba hasta mucho después de que el turno de noche hubiera relevado al de día. A veces incluso dormía en el sofá de su despacho. Con dos divorcios a sus espaldas, a Diomedes le gustaba decir que su tercer matrimonio, y el de mayor éxito, había sido con The Grove.

—Siéntate aquí —señaló una silla vacía que había a su lado—. Siéntate, siéntate.

Hice lo que me pedía.

Diomedes me señaló con un ademán elegante.

—Permitidme que os presente a nuestro nuevo psicoterapeuta, Theo Faber. Espero que deis conmigo la bienvenida a Theo a nuestra pequeña familia...

Mientras Diomedes hablaba, paseé la mirada por el corro en busca de Alicia, pero no la vi por ninguna parte. A excepción del profesor Diomedes, impecablemente vestido de traje y corbata, casi todos los demás llevaban camisas o camisetas de manga corta. Costaba distinguir quién era paciente y quién miembro del personal.

Un par de caras me resultaron familiares: Christian, por ejemplo. Lo había conocido en Broadmoor. Un psiquiatra que jugaba al rugby, con la nariz rota y una barba oscura. Un hombre guapo, aunque de una belleza, digamos, maltrecha. Se marchó de Broadmoor poco después de que llegara yo. Christian no me caía muy bien, pero para ser justos no había podido conocerlo a fondo, ya que no coincidimos mucho tiempo.

A Indira, por supuesto, la recordaba de la entrevista. Me sonrió, y yo se lo agradecí, porque el suyo era el único rostro amigo. Casi todas las pacientes me fulminaron con una hosca mirada de recelo. No podía culparlas. Los abusos que habían sufrido —físicos, psicológicos, sexuales— harían que tuviera que pasar mucho tiempo antes de que fuesen capaces de confiar en mí, si es que algún día llegaban a hacerlo. Todas eran mujeres, como ya he dicho, y la mayoría presentaban facciones toscas, llenas de arrugas y cicatrices. Habían tenido vidas difíciles, habían sufrido horrores que las habían llevado a refugiarse en esa tierra de nadie que es la enfermedad mental; tenían su periplo grabado en la cara, era imposible no verlo.

Pero ¿y Alicia Berenson? ¿Dónde estaba? Volví a pasear la mirada por todo el corro, pero seguía sin encontrarla. Y entonces me di cuenta: la estaba mirando de frente. Alicia estaba sentada justo enfrente de mí, al otro lado del círculo.

No la había visto porque era invisible.

Estaba hundida hacia delante en su silla. Era evidente que iba muy sedada. Sostenía un vaso de papel lleno de té, y su mano temblorosa dejaba caer un chorrito constante al suelo. Me contuve para no acercarme a ella y enderezarle el vaso. Estaba tan ausente que si lo hubiera hecho, dudo que se hubiera dado cuenta.

No había esperado encontrarla tan deteriorada. Quedaban algunos ecos de la belleza que había sido: ojos azules profundos, rostro de simetría perfecta. Pero estaba demasiado flaca y se la veía desaseada. La larga melena pelirroja le caía sobre los hombros hecha una maraña de mechones enredados. Llevaba las uñas mordidas y desgarradas. En sus muñecas se veían unas cicatrices desvaídas: las mismas cicatrices que yo había visto fielmente representadas en su retrato del *Alcestis*. Los dedos no dejaban de temblarle, sin duda un efecto secundario del cóctel de medicamentos que llevaba encima: risperidona y demás antipsicóticos de campeonato. Alrededor de su boca entreabierta se acumulaba una saliva brillante; babear sin control era otro lamentable efecto secundario de la medicación.

Me di cuenta de que Diomedes me miraba. Dejé de prestarle atención a Alicia y me centré en él.

—Estoy seguro de que tú mismo te presentarás mejor de lo que podría hacerlo yo, Theo —dijo—. ¿Por qué no dices unas palabras?

—Gracias —asentí con la cabeza—. La verdad es que no hay mucho más que añadir. Solo que estoy muy contento de estar aquí. Emocionado, nervioso, ilusionado. Tengo muchas ganas de conocer a todo el mundo, sobre todo a las pacientes. Y...

Me interrumpió el ruido de un golpetazo repentino. La puerta se abrió de pronto y al principio pensé que sufría visiones. Una giganta entró a la carga en la sala. En las manos llevaba dos estacas de madera astillada que levantó muy por encima de la cabeza y luego arrojó hacia nosotros como si fueran lanzas. Una de las pacientes se tapó los ojos y gritó.

Casi temí que las lanzas fuesen a atravesar a alguien, pero aterrizaron con cierta fuerza en el suelo, en el centro del círculo. Y entonces vi que en absoluto eran lanzas. Aquello era un taco de billar, partido en dos.

La descomunal paciente, una turca con el pelo oscuro y de unos cuarenta años, gritó:

—¡Me cago en todo! Este taco lleva roto una semana y todavía no lo habéis cambiado por uno nuevo, joder.

—Cuidado con esa lengua, Elif —advirtió Diomedes—. No estoy dispuesto a hablar del asunto del taco de billar hasta que decidamos si es conveniente permitir que te unas a la comunidad a estas horas —volvió la cabeza con picardía y me lanzó la pregunta a mí—. ¿Tú que dices, Theo?

Parpadeé y tardé un segundo en recuperar el habla.

—Yo creo que es importante respetar los límites horarios y llegar a tiempo a la comunidad...

—¿Como has hecho tú, quieres decir? —dijo un hombre que estaba en el otro extremo del corro.

Me volví y vi que era Christian el que había hablado. Se rio, le había hecho gracia su propio chiste. Forcé una sonrisa y me volví de nuevo hacia Elif.

—Tiene mucha razón, yo también he llegado tarde esta mañana. Así que tal vez sea una lección que podamos aprender juntos.

—¿De qué va esto? —dijo Elif—. Y, además, ¿quién coño eres tú?

—Elif, esa lengua —interrumpió Diomedes—. No me obligues a ponerte en tiempo muerto. Siéntate.

La paciente siguió de pie.

—¿Y qué pasa con el taco?

La pregunta iba dirigida a Diomedes, pero él me miró a mí, esperando que la respondiera.

—Elif, veo que estás enfadada por lo del taco —dije—. Sospecho que quienquiera que lo rompió también estaba enfadado. Eso plantea la pregunta de qué hacer con la ira en una institución como esta. ¿Qué te parece si nos ceñimos a eso y hablamos un rato de la ira? ¿No quieres sentarte?

Elif puso los ojos en blanco, exasperada, pero se sentó.

Indira asintió con la cabeza; parecía complacida. Empezamos a hablar sobre la ira, Indira y yo, intentando que las pacientes se implicaran en una conversación sobre lo que se siente al enfadarse. Pensé que trabajábamos bien juntos. Sentía que Diomedes me observaba y estaba evaluando mi actuación. Parecía satisfecho.

Miré hacia Alicia y, para mi sorpresa, la encontré mirándome..., o al menos mirando en mi dirección. Una niebla borrosa enturbiaba sus ojos, como si le costara un esfuerzo terrible enfocar y ver algo.

Si me hubieran dicho que ese receptáculo roto había sido una vez la brillante Alicia Berenson, descrita por aquellos que la conocían como deslumbrante, fascinadora, llena de vida..., sencillamente no lo habría creído. Allí, en ese preciso instante, supe que había tomado la decisión correcta al entrar en The Grove. Todas mis dudas se desvanecieron. Adopté la determinación de no detenerme ante nada hasta que Alicia fuera paciente mía.

No había tiempo que perder; Alicia estaba perdida, desaparecida.

Y yo estaba decidido a encontrarla.

6

El despacho del profesor Diomedes se encontraba en la parte más deteriorada del hospital. Había telarañas en los rincones y solo funcionaban un par de luces del pasillo. Llamé a la puerta y hubo una breve pausa antes de que oyera su voz desde el interior.

—Adelante.

Empujé el tirador hacia abajo y la puerta chirrió al abrirse. De inmediato me extrañó el olor de esa habitación. Era diferente al del resto del hospital. No olía a antiséptico ni a lejía; por raro que pareciera, olía a foso de orquesta. Olía a madera, cuerdas y arcos, barniz y cera. Mis ojos tardaron un momento en acostumbrarse a la penumbra, y entonces vi que había un piano vertical contra la pared; un objeto incongruente en un hospital. Una veintena de atriles de música metálicos brillaban entre las sombras y un sinfín de partituras formaban una pila considerable sobre la mesa; una inestable torre de papel que se elevaba hacia el cielo. En otra mesa había un violín junto a un oboe y una flauta. Y a su lado, un arpa; un instrumento enorme con un hermoso marco de madera y una lluvia de cuerdas.

Me quedé mirándola boquiabierto, y Diomedes soltó una carcajada.

—¿Te preguntas qué hacen aquí estos instrumentos? —estaba sentado tras su escritorio, riendo entre dientes.

—¿Son suyos?

—Así es. La música es mi hobby. No, miento: es mi pasión —apuntó al aire con un dedo cargado de teatralidad. El profesor tenía una forma de hablar animada, utilizaba una muy rica y variada gestualidad manual para acompañar y subrayar su discurso..., como si estuviera dirigiendo una orquesta invisible—. He montado un conjunto de música, algo informal, abierto a todo el que quiera participar: personal y pacientes por igual. Considero que la música es una herramienta terapéutica de lo más efectiva —hizo una pausa antes de recitar, con un tono cadencioso y musical—: «La música posee encantos que aplacan el pecho turbado...». ¿No estás de acuerdo?

—Seguro que tiene usted razón.

—Hmmm... —Diomedes me examinó unos instantes—. ¿Tú tocas?

—¿Si toco el qué?

—Lo que sea. El triángulo es un comienzo.

Negué con la cabeza.

—No tengo inclinaciones musicales. Tocaba un poco la flauta dulce en el colegio, cuando era pequeño. Pero eso es más o menos todo.

—Entonces ¿sabes leer una partitura? Es una ventaja. Bien. Escoge cualquier instrumento, yo te enseñaré.

Sonreí, y de nuevo negué con la cabeza.

—Me temo que no tengo suficiente paciencia.

—¿No? Bueno, la paciencia es una virtud que harías bien en cultivar como psicoterapeuta. Verás, en mi juventud no lograba decidirme entre si hacerme músico, sacerdote o médico —Diomedes rio—. Y ahora soy las tres cosas.

—Supongo que es cierto.

—Mira —añadió, y cambió de tema sin insinuar una pausa siquiera—, yo fui la voz determinante en tu entrevista. El voto decisivo, por así decir. Me expresé con vehemencia en tu favor. ¿Sabes por qué? Te lo diré: vi algo en ti, Theo. Me recuerdas a mí... ¿Quién sabe? Puede que dentro de unos años estés dirigiendo este sitio —dejó la frase en suspenso un momento, luego suspiró—. Si es que todavía existe, claro.

—¿Cree que no existirá?

—A saber... Escasez de pacientes, exceso de personal. Estamos trabajando en estrecha colaboración con la Fundación para ver si encontramos un modelo más «económicamente viable». Lo cual significa que nos observan sin descanso, nos evalúan... Nos espían. ¿Cómo vamos a hacer nuestro trabajo terapéutico en estas condiciones?, podrías preguntarte. Como dijo Winnicott, no se puede practicar la terapia en un edificio en llamas —sacudió la cabeza, y de repente se le vio la edad que tenía; estaba agotado, exhausto. Bajó la voz y habló en un susurro de complicidad—: Creo que la directora, Stephanie Clarke, está conchabada con ellos. La Fundación le paga el sueldo, al fin y al cabo. Obsérvala y verás lo que quiero decir.

Pensé que Diomedes parecía un poco paranoico, pero tal vez fuese comprensible. No quería decir nada fuera de lugar, así que me mantuve diplomáticamente callado un momento, y después...

—Quería preguntarle algo. Sobre Alicia.

—¿Alicia Berenson? —Diomedes me dirigió una mirada extrañada—. ¿Qué le pasa?

—Siento curiosidad por la clase de trabajo terapéutico que se está haciendo con ella. ¿Recibe una terapia individual?

—No.

—¿Por algún motivo?

—Se intentó..., luego se abandonó la idea.

—¿Por qué? ¿Quién la trató? ¿Indira?

—No —Diomedes negó con la cabeza—. En realidad fui yo quien la trató.

—Comprendo. ¿Y qué ocurrió?

Se encogió de hombros.

—Se negaba a venir a mi despacho, así que iba yo a verla a su habitación. Durante las sesiones, lo único que hacía era quedarse sentada en la cama y mirar por la ventana. Se negaba a hablar, desde luego. Incluso se negaba a mirarme —levantó las manos, exasperado—. Decidí que aquello era una pérdida de tiempo.

Asentí.

—Supongo..., bueno, me pregunto por la transferencia...

—¿Sí? —Diomedes me observó con curiosidad—. Continúa.

—Es posible, quizá, que para ella resultara usted una presencia autoritaria..., ¿tal vez potencialmente punitiva? No sé cómo sería la relación con su padre, pero...

Diomedes me escuchó con una leve sonrisa, como si le estuvieran contando un chiste y anticipara ya la gracia final.

—Pero tú crees que tal vez le resultaría más fácil relacionarse con alguien más joven, ¿es eso? Déjame adivinar: ¿alguien como tú? ¿Crees que puedes ayudarla, Theo? ¿Que puedes rescatar a Alicia? ¿Conseguir que hable?

—No sé si podría rescatarla, pero me gustaría ayudar. Me gustaría intentarlo.

Diomedes sonrió, todavía con ese mismo aire de diversión.

—No eres el primero. Yo creí que lo conseguiría. Alicia es una sirena silenciosa, querido joven, que nos atrae hacia unas rocas contra las que nuestra ambición terapéutica se hace añicos —sonrió—. A mí me dio una valiosa lección sobre el fracaso. Tal vez tú necesites aprender esa misma lección.

Le devolví la mirada, desafiante.

—A menos, claro está, que lo consiga.

La sonrisa del profesor se esfumó y fue reemplazada por algo más difícil de interpretar. Permaneció callado un momento, después tomó una decisión.

—Ya lo veremos, ¿te parece? Antes tienes que conocer a Alicia. Todavía no te la han presentado, ¿verdad?

—No, todavía no.

—Pues pídele a Yuri que se encargue, ¿quieres? Y luego ven a informarme de cómo ha ido.

—Muy bien —intenté ocultar mi entusiasmo—. Así lo haré.

7

La sala de terapia era un lugar reducido, un rectángulo estrecho; tan pelado como la celda de una cárcel, o más aún. La ventana estaba cerrada y tenía barrotes. La caja rosa chillón de pañuelos de papel que había en la mesita era la única nota discordantemente alegre. Debía de haberla dejado ahí Indira; no podía imaginar a Christian ofreciéndole un pañuelo a una paciente.

Me senté en uno de los dos sillones destartalados y desvaídos. Pasaron los minutos. Ni rastro de Alicia. ¿Acaso no iba a venir? Tal vez se hubiera negado a verme. Estaba en su derecho.

Impaciente, ansioso, nervioso, abandoné mi asiento, me puse en pie de un salto y me acerqué a la ventana. Espié por entre los barrotes.

El patio quedaba tres plantas por debajo. Era del tamaño de una pista de tenis y estaba rodeado de paredes de ladrillo rojo; paredes que eran demasiado altas para trepar por ellas, aunque sin duda ya lo habían intentado. Todas las tardes sacaban a las pacientes ahí fuera treinta minutos para que tomaran el aire, lo quisieran o no; con ese clima helado, no las culpaba por resistirse. Algunas estaban solas, mascullando para sí, o caminaban de un lado al otro como zombis inquietos, sin ir a ninguna parte. Otras se acurrucaban en grupos, hablando, fumando, discutiendo. Hasta mí llegaron flotando voces y gritos y unas extrañas risas nerviosas.

Al principio no vi a Alicia. Luego la localicé. Estaba de pie, sola, en el extremo más alejado del patio, junto a la pared. Totalmente inmóvil, como una estatua. Yuri cruzó el patio hacia ella y habló con una enfermera que estaba a pocos metros. La enfermera asintió. Yuri se acercó a Alicia con cautela, despacio, igual que se acercaría a un animal impredecible.

Yo le había pedido que no entrara demasiado en detalle, que solo le dijera a Alicia que el nuevo psicoterapeuta del centro tenía ganas de conocerla. Le especifiqué que lo presentara como una petición, no como una orden. Alicia siguió quieta mientras él hablaba, no asintió ni negó con la cabeza, como tampoco dio ninguna otra indicación de haberlo oído. Hubo una pequeña pausa; luego Yuri dio media vuelta y se alejó.

«Bueno, pues ya está —pensé—. No vendrá. A la mierda, tendría que haberlo sabido. Todo esto ha sido una pérdida de tiempo».

Y entonces, para mi sorpresa, Alicia dio un paso al frente. Con ciertos titubeos, siguió a Yuri por el patio arrastrando los pies tras él..., hasta que ambos desaparecieron bajo mi ventana.

Sí que iba a venir. Intenté contener el nerviosismo y prepararme. Intenté silenciar la voz negativa de mi cabeza —la voz de mi padre—, que me decía que no estaba a la altura del trabajo, que era un inútil, un fraude. «Calla —pensé—, calla, calla...».

Unos minutos después llamaron a la puerta.

—Adelante.

La puerta se abrió. Alicia estaba junto a Yuri en el pasillo. La miré, pero ella no me miró a mí; seguía con la cabeza gacha.

Yuri me ofreció una sonrisa orgullosa.

—Aquí está.

—Sí, ya lo veo. Hola, Alicia.

No contestó.

—¿No quieres pasar?

Yuri se inclinó hacia delante como para darle un empujoncito, pero no llegó a tocarla.

—Venga, cielo. Pasa y siéntate —le susurró en lugar de eso.

Alicia vaciló un momento. Lo miró y luego se decidió. Entró en la sala, ligeramente dubitativa. Se sentó en un sillón, silenciosa como un gato, con las manos trémulas en el regazo.

Quise cerrar la puerta, pero Yuri no se marchaba. Bajé la voz:

—A partir de aquí me encargo yo, gracias.

Yuri parecía preocupado.

—Pero la tenemos en vigilancia «uno a uno», y el profesor ha dicho que...

—Yo asumo toda la responsabilidad. No pasa nada —saqué del bolsillo mi alarma personal contra ataques—. Mira, tengo esto aquí..., aunque no lo necesitaré.

Miré a Alicia, que no daba muestra alguna de haberme oído siquiera. Yuri se encogió de hombros, a todas luces descontento.

—Estaré al otro lado de la puerta, solo por si me necesitas.

—No será necesario, pero gracias.

Yuri salió y yo cerré la puerta. Dejé la alarma sobre el escritorio y me senté frente a Alicia. Ella no levantó la mirada. La observé unos instantes. Tenía el rostro inexpresivo, en blanco. Una máscara medicada. Me pregunté qué escondería debajo.

—Me alegro de que hayas accedido a verme —esperé una respuesta. Sabía que no la habría—. Tengo la ventaja de saber más de ti que tú de mí. Tu reputación te precede: tu reputación como pintora, quiero decir. Soy un admirador de tu obra —ninguna reacción. Cambié un poco de postura en el asiento—. Le he preguntado al profesor Diomedes si podíamos charlar un rato, y él ha tenido la amabilidad de organizar esta reunión. Te agradezco que hayas accedido a venir.

Dudé mientras esperaba algún tipo de señal por su parte: un parpadeo, un asentimiento de cabeza, un ceño fruncido. No hubo nada. Intenté adivinar lo que le pasaba por la cabeza. Tal vez estuviera demasiado drogada para pensar nada.

Recordé a mi antigua terapeuta, Ruth. ¿Qué haría ella? Ruth solía decir que estamos compuestos por partes diferentes, algunas buenas, otras malas, y que una mente sana es capaz de tolerar esa ambivalencia y hacer malabarismos con las partes buenas y las malas a la vez. La enfermedad mental consiste precisamente en la falta de esa especie de integración, de modo que acabamos perdiendo el contacto con las partes inaceptables de nosotros mismos. Si quería ayudar a Alicia, tendríamos que localizar las partes de sí misma que había escondido más allá de los límites de su conciencia, y después reconectar los diversos puntos de su paisaje mental. Solo así podríamos contextualizar los terribles acontecimientos de la noche en que mató a su marido. Sería un proceso lento, laborioso.

Lo normal al empezar con un paciente es que no haya ninguna sensación de urgencia, ningún calendario terapéutico predeterminado. Lo normal es comenzar con muchos meses de conversaciones. En un mundo ideal, Alicia me hablaría de ella, de su vida, de su infancia. Yo la escucharía y poco a poco me iría formando una imagen, hasta que estuviera lo bastante completa para que pudiera extraer interpretaciones precisas y útiles. En este caso no habría ninguna conversación. No escucharía nada por parte de ella, y tendría que reunir la información que necesitaba mediante pistas no verbales, como mi contratransferencia —los sentimientos que Alicia engendrara en mí durante las sesiones—, y cualquier dato que pudiera recopilar de otras fuentes.

Dicho de otro modo, tenía que poner en marcha un plan para ayudar a Alicia sin saber muy bien cómo ejecutarlo. Y, además, debía conseguirlo no solo para demostrarle mi valía a Diomedes, sino, mucho más importante, también para cumplir con mi deber con Alicia: ayudarla.

Mientras la miraba, sentada frente a mí en la neblina de la medicación, con baba acumulándose alrededor de su boca, los dedos revoloteando igual que palomillas sucias, experimenté un repentino e inesperado arrebato de tristeza. Sentí una lástima infinita por ella y por todos sus iguales; por todos nosotros, los heridos y los perdidos.

No le dije nada de eso, desde luego. En cambio, hice lo que habría hecho Ruth.

Y, simplemente, nos quedamos sentados en silencio.

8

Abrí el expediente de Alicia sobre el escritorio. Diomedes me lo había ofrecido sin que yo se lo pidiera.

—Tienes que leer mis notas —había dicho—. Te ayudarán.

Sin embargo, no tenía ningún interés en sumergirme en sus anotaciones, ya sabía lo que opinaba Diomedes; necesitaba descubrir lo que opinaba yo. Aun así, las acepté con educación.

—Gracias. Me serán de mucha ayuda.

Mi despacho era pequeño y tenía poco mobiliario. Estaba escondido en la parte trasera del edificio, junto a la salida de incendios. Miré por la ventana. Un pequeño mirlo picoteaba en una parcela de hierba helada que había fuera, alicaído y sin demasiadas esperanzas.

Me estremecí. Hacía mucho frío en la sala. El pequeño radiador de debajo de la ventana estaba estropeado. Yuri me había dicho que intentaría arreglarlo, pero que la mejor opción era que hablara con Stephanie o, si eso fallaba, sacar el tema en la comunidad. Sentí una repentina punzada de empatía hacia Elif y su batalla por conseguir que reemplazaran el taco roto.

Leí el expediente de Alicia por encima, sin demasiadas expectativas. La mayor parte de la información que necesitaba ya estaba en la base de datos digital. Diomedes, sin embargo, igual que muchos miembros del personal ya mayores, prefería escribir los informes a mano y, sin hacer ningún caso de las insistentes peticiones de Stephanie en sentido contrario, continuaba haciéndolo así; de ahí las páginas que tenía delante con las esquinas dobladas por el uso.

Hojeé las anotaciones del profesor descartando sus interpretaciones psicoanalíticas, algo anticuadas, y me centré en los informes diarios que entregaban las enfermeras y que ofrecían un relato del comportamiento cotidiano de Alicia. Leí esos informes con atención. Quería hechos, números, detalles; necesitaba saber exactamente dónde me estaba metiendo, a qué tenía que enfrentarme, y si me esperaba alguna sorpresa.

El expediente desvelaba muy poco. Cuando la internaron, Alicia se cortó las venas dos veces y se autolesionaba con cualquier cosa que llegara a sus manos. Durante los primeros seis meses la tuvieron en vigilancia «dos a uno» —lo cual significaba que dos enfermeras la supervisaban en todo momento—, y más adelante la rebajaron a «uno a uno». Alicia nunca hizo ningún esfuerzo por interactuar con las demás pacientes ni con el personal, siguió retraída y aislada; y las pacientes, en su mayoría, la habían dejado en paz. Si alguien no te contesta cuando le hablas y nunca inicia una conversación, pronto te olvidas de que está ahí. Alicia se había diluido enseguida en el entorno, se había vuelto invisible.

Solo había un incidente destacable. Tuvo lugar en el comedor, pocas semanas después de su ingreso. Elif acusó a Alicia de quitarle el sitio. No estaba demasiado claro qué había ocurrido, pero la confrontación se les fue de las manos con rapidez. Alicia, por lo visto, se puso violenta, rompió un plato e intentó rajarle la garganta a Elif con el borde cortante. Tuvieron que sujetarla, sedarla y confinarla en aislamiento.

No sé muy bien por qué, pero ese incidente me llamó la atención. Me parecía que no tenía sentido. Decidí que hablaría con Elif y le preguntaría por ello.

Arranqué una hoja de un bloc de notas y busqué mi bolígrafo. Una antigua costumbre, de los tiempos de la universidad; el proceso de llevar un bolígrafo a un papel tiene algo que me ayuda a organizar los pensamientos.

Siempre me ha resultado difícil formular una opinión hasta que la he puesto por escrito.

Empecé a garabatear ideas, notas, objetivos... A diseñar un plan de ataque. Para ayudar a Alicia, necesitaba entenderla a ella y la relación que tenía con Gabriel. ¿Lo amaba? ¿Lo odiaba? ¿Qué sucedió para que acabara matándolo? ¿Y por qué se había negado a hablar del asesinato... o de cualquier otra cosa? Ninguna respuesta por el momento; únicamente preguntas.

Escribí una palabra y la subrayé: ALCESTIS.

El autorretrato. Por alguna razón, era importante, lo sabía, y también comprender por qué sería esencial para desentrañar el misterio. Ese cuadro era la única vía de comunicación de Alicia, su único testimonio, y transmitía algo que yo todavía tenía que entender. Me propuse volver a visitar la galería para contemplar de nuevo el cuadro.

Escribí otra palabra: INFANCIA. Si quería encontrar sentido al asesinato de Gabriel, necesitaba comprender no solo los acontecimientos de la noche en que Alicia lo mató, sino también los del pasado lejano. Las semillas de lo que ocurrió en esos pocos minutos en los que disparó a su marido se habían sembrado sin duda años antes. La furia asesina, la furia homicida, no nace en el presente. Se origina en ese territorio anterior a la memoria, en el mundo de la primera infancia, a causa de abusos o malos tratos a una edad temprana, y con el paso de los años va acumulando carga hasta que estalla; a menudo contra un blanco equivocado. Necesitaba descubrir cómo le había influido su infancia y, si Alicia no podía o no quería decírmelo, tendría que encontrar a alguien que lo hiciera. Alguien que la conociera antes del asesinato, que pudiera ayudarme a entender su historia, quién era ella y cómo había terminado así.

Según el expediente, el familiar más próximo de Alicia era su tía Lydia Rose, que la crio después de que su madre muriera en un accidente de tráfico. Alicia también iba en ese coche, pero sobrevivió. El trauma debió de afectar profundamente a la niña. Esperaba que Lydia pudiera contarme más al respecto.

El único otro contacto que aparecía era su abogado: Max Berenson. Max era hermano de Gabriel. Como tal, había estado en una situación perfecta para observar su matrimonio desde un punto de vista más íntimo. Que Max Berenson confiara en mí o no era otro asunto. Un acercamiento no solicitado a la familia de Alicia por parte de su psicoterapeuta era poco ortodoxo, por no decir otra cosa. Tenía la ligera sensación de que a Diomedes no le parecería bien. Sería mejor no pedirle permiso, decidí, no fuera a ser que se negara.

Al echar la vista atrás, veo que esa fue la primera transgresión profesional en mi trato con Alicia, y sentó un precedente desafortunado para todo lo que siguió. Debería haberme detenido ahí. Pero, aun entonces, ya era demasiado tarde para parar. Mi destino estaba decidido de muchas maneras, como en una tragedia griega.

Alcancé el teléfono y llamé a Max Berenson a su despacho valiéndome del número de contacto que aparecía en el expediente de Alicia. Sonó varias veces antes de que contestaran.

—Despachos de Elliot, Barrow y Berenson —dijo una recepcionista con voz de estar muy resfriada.

—Con el señor Berenson, por favor.

—¿De parte de quién?

—Me llamo Theo Faber, soy psicoterapeuta en The Grove. Me preguntaba si sería posible hablar con el señor Berenson acerca de su cuñada.

Hubo un breve silencio antes de que la mujer respondiera.

—Ah. Comprendo. Bueno, el señor Berenson no volverá al despacho en lo que queda de semana. Está en Edimburgo, visitando a un cliente. Si me deja usted su número, le diré que lo llame cuando regrese.

Le di mi teléfono y colgué.

Marqué el siguiente número del expediente: el de la tía de Alicia, Lydia Rose. Esta vez contestaron tras un solo tono.

—¿Sí? ¿Qué pasa? —una voz de mujer mayor que sonaba sofocada y bastante molesta.

—¿La señora Rose?

—¿Quién es usted?

—La llamo en relación con su sobrina, Alicia Berenson. Soy un psicoterapeuta que trabaja en...

—Váyase a la mierda —dijo, y me colgó.

Arrugué la frente.

No era un buen comienzo.

9

Necesitaba un cigarrillo con desesperación. Al salir de The Grove, busqué el paquete en los bolsillos del abrigo, pero no lo encontré.

—¿Buscas algo?

Me volví. Yuri estaba de pie justo detrás de mí. No lo había oído, así que me sobresalté un poco al verlo tan cerca.

—Lo he encontrado en el puesto de enfermería —sonrió mientras me alcanzaba un paquete de tabaco—. Se te debe de haber caído del bolsillo.

—Gracias.

Cogí el paquete y encendí un cigarrillo. Le ofrecí uno, pero rechazó con la cabeza.

—No fumo. Bueno, no fumo tabaco —se rio—. Tienes pinta de que te vendría bien una copa. Venga, te invito a una pinta.

Dudé. Mi instinto me empujaba a rechazar la invitación; nunca se me había dado bien socializar con la gente del trabajo. Además, dudaba que Yuri y yo tuviéramos mucho en común. Sin embargo, seguro que él conocía a Alicia mejor que nadie en The Grove, y sus impresiones podían resultarme útiles.

—Claro —dije—. ¿Por qué no?

Fuimos a un pub que había cerca de la estación, The Slaughtered Lamb. Oscuro y lúgubre, el local había visto días mejores, igual que los viejos que dormitaban encorvados sobre sus pintas a medio beber. Yuri pidió un par de cervezas y nos sentamos a una mesa del fondo.

Tomó un buen trago de la suya y se limpió la boca.

—¿Y bien? —preguntó—. Cuéntame algo de Alicia.

—¿De Alicia?

—¿Cómo la has encontrado?

—No estoy seguro de haberla encontrado.

Yuri me dirigió una mirada socarrona, luego sonrió.

—¿No quiere que la encuentren? Sí, es cierto. Se esconde.

—Tú tienes una buena relación con ella. Me he dado cuenta.

—Me ocupo mucho de ella. Nadie la conoce como yo, ni siquiera el profesor Diomedes.

En su voz se percibía un deje jactancioso. Por algún motivo me molestó. Me pregunté hasta qué punto la conocía en realidad, o si solo estaría fanfarroneando.

—¿Qué piensas de su silencio? ¿Qué crees que significa?

Yuri se encogió de hombros.

—Supongo que significa que no está en condiciones de hablar. Hablará cuando esté preparada.

—¿Preparada para qué?

—Preparada para la verdad, amigo.

—¿Y cuál es la verdad?

Yuri ladeó un poco la cabeza, observándome. La pregunta que salió de su boca me cogió por sorpresa:

—¿Estás casado, Theo?

Asentí.

—Sí, estoy casado.

—Sí, eso me parecía. Yo también he estado casado. Nos vinimos aquí desde Letonia, pero ella no se adaptó como yo. No se esforzó, ¿sabes?, no aprendió inglés. El caso es que no era... Yo no era feliz, pero lo negaba, me mentía a mí mismo... —apuró la bebida y terminó la frase—, hasta que me enamoré.

—¿Supongo que no te refieres a tu mujer?

Yuri rio y negó con la cabeza.

—No. De una mujer que vivía cerca. Una mujer muy guapa. Fue amor a primera vista. La vi en la calle. Tardé mucho tiempo en reunir valor para hablar con ella. Solía seguirla... A veces la observaba, sin que ella lo supiera. Me quedaba frente a su casa y miraba, esperando que apareciera en una ventana —rio más.

Esa historia empezaba a incomodarme. Apuré la cerveza y miré el reloj con la esperanza de que Yuri entendiera la indirecta, pero no lo hizo.

—Un día intenté hablar con ella, pero yo no le interesaba. Lo intenté varias veces, pero me dijo que dejara de agobiarla.

«No la culpo», pensé. Ya estaba a punto de despedirme, pero Yuri siguió hablando.

—Me costó mucho aceptarlo. Creía de verdad que estábamos hechos el uno para el otro. Me rompió el corazón. Me enfadé mucho con ella, me puse furioso.

—¿Y qué ocurrió? —pregunté con curiosidad, aun a mi pesar.

—Nada.

—¿Nada? ¿Te quedaste con tu mujer?

Yuri negó con la cabeza.

—No. Con ella todo había terminado, pero hizo falta que me enamorara de esa otra mujer para admitirlo..., para enfrentarme a la realidad de la relación con mi mujer. A veces hace falta valor, ¿sabes?, y bastante tiempo, para ser sincero.

—Ya. ¿Y crees que Alicia no está preparada para enfrentarse a la realidad de su matrimonio? ¿Es eso lo que estás diciendo? Puede que tengas razón.

Yuri se encogió de hombros.

—Ahora estoy comprometido con una buena chica de Hungría. Trabaja en un spa. Habla bien el inglés. Hacemos buena pareja, lo pasamos bien.

Asentí y volví a consultar el reloj. Recogí el abrigo.

—Tengo que irme. He quedado con mi mujer y llego tarde.

—Está bien, no pasa nada... ¿Cómo se llama? Tu mujer, digo.

Por algún motivo no me apetecía decírselo. No quería que Yuri supiese nada de ella, aunque era una tontería.

—Kathryn. Se llama Kathryn, pero yo la llamo Kathy.

Yuri esbozó una sonrisa extraña.

—Deja que te dé un consejo: vuelve a casa con tu mujer. Vuelve a casa con Kathy, que te quiere..., y olvídate de Alicia.

10

Había quedado con Kathy en la cafetería del Teatro Nacional, en el South Bank, donde a menudo los actores se reunían después de los ensayos. La encontré sentada al fondo con un par de compañeras actrices, muy metida en la conversación. Todas levantaron la mirada cuando me acerqué a ellas.

—¿Te pitaban los oídos, cariño? —preguntó Kathy antes de darme un beso.

—¿Había motivos?

—Les estaba hablando de ti.

—Ah. ¿Queréis que me vaya?

—No seas tonto. Siéntate, has aparecido en el momento perfecto. Acabo de llegar a cómo nos conocimos.

Me senté y Kathy continuó con su historia. Era una que le gustaba mucho contar. De vez en cuando miraba en mi dirección y sonreía, como para incluirme, pero era un gesto mecánico, porque aquel relato era suyo, no mío.

—Estaba en un bar cuando por fin apareció. Cuando yo ya había perdido toda esperanza de encontrarlo nunca, ahí entraba él: el hombre de mis sueños. Más vale tarde que nunca. Siempre pensé que a los veinticinco iba a estar casada, ¿sabéis? Y que a los treinta tendría dos niños, un perro pequeño y una hipoteca enorme. Pero ahí me teníais, con unos treinta y tres años, y las cosas no habían ido precisamente según el plan —Kathy dijo eso con una sonrisa maliciosa y guiñó un ojo a las chicas—. El caso es que yo salía con un australiano que se llamaba Daniel, pero él no quería casarse ni tener hijos en un futuro próximo, así que sabía que estaba perdiendo el tiempo. Y una noche habíamos salido cuando, de repente, ocurrió: apareció don Perfecto... —Kathy me miró y sonrió, luego puso los ojos en blanco—: ¡con su novia!

Esa parte de la historia había que tratarla con cautela para no perder la empatía del público. Lo cierto es que tanto Kathy como yo salíamos con alguien cuando nos conocimos. Una doble infidelidad no es el comienzo más atractivo ni más prometedor para una relación, en especial porque nos presentaron los que eran nuestras parejas en aquel momento. Se conocían por algún motivo, no recuerdo los detalles exactos: Marianne había salido una vez con el compañero de piso de Daniel, quizá; o al revés. No me acuerdo muy bien de cómo nos presentaron, pero lo que sí recuerdo es el momento en que vi a Kathy por primera vez. Fue como una descarga eléctrica. Recuerdo su larga melena negra, unos ojos verdes penetrantes, su boca: era preciosa, exquisita. Un ángel.

En ese punto de la narración, Kathy se detuvo y sonrió, luego alcanzó mi mano.

—¿Te acuerdas, Theo? ¿Cómo empezamos a hablar? Tú dijiste que estudiabas para loquero y yo te dije que estaba pirada. Así que hacíamos una pareja perfecta.

Eso arrancó una carcajada en las chicas. Kathy rio también, y entonces me miró, con sinceridad, con inquietud. Sus ojos escudriñaron los míos.

—No, pero, cielo..., en serio, ¿a que fue amor a primera vista?

Aquel era mi pie para entrar. Asentí y le di un beso en la mejilla.

—Claro que sí. Amor verdadero.

Eso me valió una mirada de aprobación por parte de sus amigas. Pero yo no estaba actuando, ella tenía razón: fue amor a primera vista. O, bueno, por lo menos deseo. Aunque esa noche yo estaba con Marianne, no podía quitarle los ojos de encima a Kathy. La observaba desde la distancia, la veía hablar animada con Daniel, y entonces vi cómo sus labios formaban las palabras «Vete a la mierda». Estaban discutiendo. Parecía serio. Daniel dio media vuelta y se largó.

—Estás muy callado —me dijo Marianne—. ¿Te pasa algo?

—Nada.

—Pues vámonos a casa. Estoy cansada.

—Todavía no —la escuchaba solo a medias—. ¿Por qué no nos tomamos otra?

—Es que quiero irme ya.

—Pues vete.

Marianne me lanzó una mirada ofendida, luego agarró su chaqueta y se marchó. Sabía que al día siguiente tendríamos una bronca, pero no me importaba. Me acerqué a Kathy, que estaba en la barra.

—¿Daniel no va a volver?

—No. ¿Y Marianne?

—No —negué con la cabeza—. ¿Te apetece otra copa?

—Sí, claro.

Así que pedimos dos copas más. Nos quedamos junto a la barra, charlando. Recuerdo que hablamos de mis estudios de psicoterapia, y Kathy me contó lo de su paso por la escuela de arte dramático; no estuvo allí mucho tiempo, porque al final del primer año firmó con un agente, y había actuado profesionalmente desde entonces. Imaginé, no sé por qué, que debía de ser una actriz bastante buena.

—Lo de estudiar no era lo mío —dijo—. Quería salir ahí fuera y lanzarme, ¿sabes?

—¿Lanzarte a qué? ¿A actuar?

—No. A vivir —Kathy ladeó la cabeza y me miró desde debajo de sus pestañas oscuras. Sus ojos verde esmeralda me miraban con picardía—. Bueno, Theo, ¿y tú cómo tienes la paciencia de seguir con ello? Con los estudios, quiero decir.

—A lo mejor es que no quiero salir ahí fuera y «vivir». A lo mejor soy un cobarde.

—No. Si fueras un cobarde, te habrías ido a casa con tu novia —Kathy rio. Una risa sorprendentemente pícara.

Quise agarrarla y besarla con fuerza. Nunca había sentido un deseo físico tan apabullante; quería apretarla contra mí, sentir sus labios y el calor de su cuerpo contra el mío.

—Perdona —dijo—. No debería haber dicho eso. Siempre suelto lo primero que se me ocurre. Ya te he avisado: estoy un poco pirada.

Kathy hacía mucho eso: declarar su locura —«Estoy loca», «Estoy pirada», «Estoy como una cabra»—, pero no la creí. Se reía con demasiada facilidad y demasiado a menudo para hacerme creer que alguna vez había sufrido la clase de oscuridad que yo sí había experimentado. Derrochaba espontaneidad, ligereza; le encantaba estar viva y se divertía con la vida a más no poder. A pesar de sus declaraciones, me parecía la persona menos loca que había conocido. Cuando estaba con ella, me sentía más cuerdo.

Kathy era estadounidense, había nacido y crecido en el Upper West Side de Manhattan. Gracias a su madre inglesa tenía doble nacionalidad, pero no parecía inglesa ni de lejos. Era decidida y manifiestamente no inglesa; no solo por su acento, sino también por la forma en que veía el mundo y cómo se relacionaba con él. Esa seguridad, ese entusiasmo. Nunca había conocido a nadie como ella.

Salimos del bar, paramos un taxi y dimos la dirección de mi piso al conductor. Hicimos el breve trayecto en silencio. Cuando llegamos, Kathy presionó sus labios con suavidad contra los míos. Dejé a un lado mis reservas y tiré de ella hacia mí. Seguimos besándonos mientras yo rebuscaba la llave del portal. Apenas habíamos entrado cuando empezamos a desnudarnos y llegamos tambaleándonos al dormitorio, donde caímos sobre la cama.

Esa noche fue la más erótica y dichosa de mi vida. Pasé horas explorando el cuerpo de Kathy. Hicimos el amor toda la noche, hasta que amaneció. Recuerdo que había muchísimo blanco por todas partes: la luz blanca del sol colándose por los bordes de las cortinas, paredes blancas, sábanas blancas; el blanco de sus ojos, sus dientes, su piel. No sabía que la piel pudiera ser tan luminosa, tan translúcida: blanco marfil con alguna que otra vena azul visible justo debajo de la superficie, como vetas de color en un mármol blanco. Era una estatua, una diosa griega que había cobrado vida en mis manos.

Nos quedamos tumbados, envueltos uno en los brazos del otro. Kathy estaba girada hacia mí; tenía sus ojos tan cerca que estaban desenfocados. Contemplé su mar verde y brumoso.

—Bueno, ¿qué? —dijo.

—¿Qué de qué?

—¿Qué pasará con Marianne?

—¿Marianne?

Un esbozo de sonrisa.

—Tu novia.

—Ah, sí. Sí —vacilé, inseguro—. No sé qué pasará con Marianne. ¿Y con Daniel?

Kathy puso los ojos en blanco.

—Olvídate de Daniel. Yo ya lo he hecho.

—¿De verdad?

La respuesta de Kathy fue besarme.

Se duchó antes de irse. Mientras estaba en el baño, llamé a Marianne. Quería quedar con ella para decírselo cara a cara, pero la encontré enfadada e insistía en que se lo soltara en ese mismo momento, por teléfono. Marianne no esperaba que fuese a romper con ella. Pero eso fue lo que hice, con toda la delicadeza que pude. Se echó a llorar, se disgustó mucho, se puso furiosa. Acabé colgándole el teléfono. Cruel, sí..., y desagradable. No estoy orgulloso de esa llamada telefónica, pero al mismo tiempo me pareció la única acción sincera que podía emprender. Sigo sin saber qué podría haber hecho de otra manera.

En nuestra primera cita de verdad, Kathy y yo quedamos en Kew Gardens. Fue idea suya.

Le parecía increíble que yo nunca hubiera estado allí.

—¿Te estás quedando conmigo? ¿Nunca has ido a los invernaderos? Hay uno muy grande repleto de orquídeas tropicales, y lo mantienen a una temperatura tan alta que es como un horno. Cuando estaba en la escuela de arte dramático, solía ir y me quedaba un rato dentro solo para entrar en calor. ¿Qué te parece si nos vemos allí cuando salgas de trabajar? —entonces dudó, de pronto insegura—. ¿O está demasiado lejos para ti?

—Por ti iría más lejos que Kew Gardens, cielo.

—Tonto —me besó.

Cuando llegué, Kathy ya me estaba esperando en la entrada con su abrigo enorme y su bufanda, y me saludó con los brazos como una niña entusiasmada.

—Venga, vamos, ven conmigo.

Me llevó por los caminos de barro congelado hasta la gran estructura de cristal que contenía las plantas tropicales, empujó la puerta y entró a toda prisa. Yo la seguí y me quedé inmediatamente abrumado por el aumento de la temperatura, una embestida de calor. Me arranqué la bufanda y el abrigo.

Kathy sonrió.

—¿Lo ves? Te lo dije, es como una sauna. ¿A que es genial?

Caminamos por los senderos cargando con los abrigos, cogidos de la mano, mirando las flores exóticas.

Solo con estar en su compañía sentía una felicidad desconocida, como si una puerta secreta se hubiera abierto y Kathy me hubiera hecho señas desde el otro lado del umbral... hacia un mundo mágico de calidez y luz y color, y cientos de orquídeas que formaban un deslumbrante confeti de azules, rojos y amarillos.

Podía sentir cómo me derretía en aquel calor, cómo me ablandaba por los bordes, igual que una tortuga que sale al sol después de un largo sueño invernal, parpadeando, despertándose. Kathy hizo eso conmigo: fue para mí una invitación a la vida, y me aferré a ella con ambas manos.

«O sea que es esto —recuerdo que pensé—. Esto es el amor».

Lo reconocí sin ninguna duda y comprendí con claridad que jamás había experimentado nada parecido. Mis anteriores encuentros románticos habían sido breves e insatisfactorios para las dos partes. En la universidad, ayudado por una cantidad considerable de alcohol, había reunido las agallas suficientes para perder la virginidad con una estudiante canadiense de sociología que se llamaba Meredith y que llevaba un afilado corrector dental metálico que se me clavaba en los labios cuando nos besábamos. A eso siguió una serie de relaciones poco inspiradas. Nunca conseguía encontrar la conexión especial que ansiaba. Llegué a la conclusión de que estaba demasiado herido y era incapaz de compartir intimidad con nadie. Pero de pronto me recorría una oleada de entusiasmo cada vez que oía la risilla contagiosa de Kathy. Como por una suerte de ósmosis, absorbí su euforia juvenil, su naturalidad y su alegría. Accedía a todas sus propuestas y caprichos. No me reconocía a mí mismo. Me gustaba esa persona nueva, ese hombre intrépido que Kathy me inspiraba a ser. Follábamos sin parar. El deseo me consumía, constantemente sentía un hambre insaciable de ella. Necesitaba tocarla a todas horas, nunca estaba lo bastante cerca.

Kathy vino a vivir ese mismo diciembre a mi piso de una habitación, en Kentish Town. El apartamento ocupaba un sótano frío y húmedo, tenía una moqueta gruesa; había ventanas, pero sin vistas. Nuestra primera Navidad juntos nos propusimos hacerlo todo como debía ser. Compramos un árbol en el puesto que había junto a la estación de metro y lo decoramos con un revoltijo de adornos y luces del mercadillo.

Recuerdo con viveza el aroma de las agujas del abeto, y de la madera, y de las velas encendidas; y los ojos de Kathy clavados en los míos, centelleantes, tan relucientes como las luces del árbol. Hablé sin pensar. Las palabras salieron solas:

—¿Quieres casarte conmigo?

Kathy se quedó mirándome.

—¿Qué?

—Te quiero, Kathy. ¿Quieres casarte conmigo?

Ella se echó a reír. Y luego, para mi asombro y alegría, dijo:

—Sí.

Al día siguiente salimos y escogió un anillo. Y entonces fui consciente de la realidad de la situación. Nos habíamos comprometido.

Por extraño que parezca, las primeras personas en quienes pensé fueron mis padres. Quería presentarles a Kathy. Quería que vieran lo feliz que era, que por fin había escapado, que era libre. Así que tomamos un tren a Surrey. Visto en retrospectiva, fue una mala idea. Aquello estaba condenado al fracaso desde el principio.

Mi padre me recibió con la hostilidad de siempre.

—Estás hecho un asco, Theo. Demasiado delgado. Y llevas el pelo demasiado corto. Pareces un presidiario.

—Gracias, papá. Yo también me alegro de verte.

Mi madre parecía más deprimida que de costumbre. Más callada, más pequeña en cierto modo, como si en realidad no estuviera allí. Mi padre era una presencia pesada, poco afable, que fulminaba con la mirada y no sonreía. No apartó sus fríos ojos oscuros de Kathy en ningún momento. Fue una comida incómoda. Kathy no pareció gustarles, y tampoco los vi especialmente contentos por nosotros. No sé por qué me sorprendió.

Después de comer, mi padre desapareció en su estudio. No volvió a salir de allí. Cuando mi madre se despidió de nosotros, me dio un abrazo demasiado largo, y demasiado fuerte; se aguantaba en pie con inseguridad. Sentí una tristeza infinita. Cuando Kathy y yo salimos de la casa, supe que una parte de mí no se había ido con nosotros, sino que se había quedado allí dentro: un crío atrapado para siempre. Me sentí perdido, abatido, al borde de las lágrimas. Y entonces Kathy me sorprendió, como siempre. Me envolvió en sus brazos y me estrechó con fuerza.

—Ahora lo entiendo —me susurró al oído—. Lo entiendo todo. Ahora te quiero muchísimo más.

No dio más explicaciones. No había necesidad de que lo hiciera.

Nos casamos en abril, en una pequeña oficina del registro civil que había cerca de Euston Square. No invitamos a nuestros padres. Ni a Dios. Nada religioso, por insistencia de Kathy, aunque durante la ceremonia yo recé en silencio. Di las gracias a Dios por haberme regalado una felicidad tan inesperada e inmerecida. De pronto veía las cosas con claridad, comprendía sus elevados designios. Dios no me había abandonado durante mi infancia, cuando me había sentido tan solo y asustado; había tenido a Kathy guardada en la manga, a la espera de hacerla aparecer como un mago habilidoso.

Sentía tanta humildad y gratitud por cada segundo que pasábamos juntos... Era consciente de la suerte que tenía, de la increíble fortuna que suponía contar con un amor así, de lo infrecuente que era, y de que muchos otros no eran tan afortunados. La mayoría de mis pacientes no tenían amor. Alicia Berenson no lo tenía.

Cuesta imaginar a dos mujeres más diferentes que Kathy y Alicia. Kathy me hace pensar en luz, en calidez, en color y en risas. Cuando pienso en Alicia, solo pienso en profundidad, en oscuridad, en tristeza.

En silencio.

Segunda parte

Las emociones no expresadas nunca mueren.
Quedan enterradas en vida y emergen más adelante,
de formas más desagradables.

SIGMUND FREUD

1

Diario de Alicia Berenson

16 de julio

Nunca pensé que desearía que lloviera. Ya vamos por la cuarta semana de ola de calor y esto parece una prueba de resistencia. Cada día da la sensación de ser más caluroso que el anterior. Es como si no estuviésemos en Inglaterra. Más bien en un país extranjero; en Grecia o algún lugar así.

Escribo esto en Hampstead Heath. Todo el parque está plagado de cuerpos semidesnudos con la cara roja, como en una playa o en un campo de batalla, sentados en bancos o tumbados en mantas o directamente sobre la hierba. Yo me he sentado bajo un árbol, a la sombra. Son las seis en punto y el calor ha empezado a aflojar. El sol está bajo y rojo en un cielo dorado. El parque se ve diferente con esta luz: sombras más profundas, colores más brillantes. La hierba parece encendida, como si hubiera llamas titilantes bajo mis pies.

De camino aquí me he quitado los zapatos y he andado descalza. Me ha recordado a cuando era pequeña y jugaba fuera. Me ha recordado a otro verano, caluroso como este, el verano en que murió mi madre, cuando jugaba fuera con Paul y montábamos en bici por los campos dorados salpicados de margaritas silvestres, explorábamos casas abandonadas y huertos encantados. En mi memoria, ese verano no acaba nunca. Recuerdo a mi madre y esas prendas de arriba tan coloridas que se ponía, con tirantes de cordón amarillo, tan finos y delicados..., igual que ella. Era delgada como un pajarillo. Encendía la radio y me cogía en brazos y me hacía bailar las canciones pop que sonaban. Recuerdo que olía a champú y tabaco y crema de manos Nivea, siempre con unas ligeras notas de vodka. ¿Cuántos años tenía entonces? ¿Veintiocho? ¿Veintinueve? Era más joven que yo ahora.

Resulta extraño pensarlo.

De camino aquí he visto un pajarillo en el sendero, tirado junto a las raíces de un árbol. He pensado que debía de haberse caído del nido. No se movía y me he preguntado si se habría roto las alas. Le he acariciado suavemente la cabeza con el dedo. No ha reaccionado. Lo he empujado un poco para darle la vuelta..., y la parte de abajo del pájaro no estaba, se la habían comido, solo quedaba una cavidad llena de gusanos. Gusanos gordos, blancos, escurridizos... Se retorcían, se revolvían, se estremecían. Se me ha revuelto el estómago y he creído que iba a vomitar. Era tan repugnante, tan asqueroso... Mortal.

No puedo quitármelo de la cabeza.

17 de julio

He empezado a refugiarme del calor en una cafetería con aire acondicionado que hay en la calle principal: el Caffè dell'Artista. Dentro hace un frío glacial, como si te metieras en una nevera. Hay una mesa junto a la ventana que me gusta, donde me siento a beber café helado. A veces leo, o hago bocetos, o tomo notas. Lo que más hago es dejar la mente vagar, deleitándome en el frío. La chica guapa de detrás de la barra está ahí con pinta de aburrida, mirando el teléfono, consultando el reloj y suspirando de vez en cuando. Ayer por la tarde sus suspiros me parecieron especialmente largos... y me di cuenta de que estaba esperando a que me marchara para poder cerrar. Me fui a regañadientes.

Caminar con este calor es como vadear un lodazal. Me siento agotada, deshecha, machacada por el clima. No estamos preparados para esto, no en este país. Gabriel y yo no tenemos aire acondicionado en casa, ¿quién lo tiene? Pero sin él es imposible dormir. Por la noche apartamos las sábanas y nos quedamos tumbados en la oscuridad, desnudos, empapados en sudor. Dejamos las ventanas abiertas, pero no corre ni una brizna de brisa. Solo entra un aire caliente y muerto.

Ayer compré un ventilador eléctrico. Lo coloqué a los pies de la cama, encima del arcón.

Gabriel empezó a quejarse al instante:

—Hace demasiado ruido. No podremos dormir.

—De todas formas no dormimos. Por lo menos así no estaremos como metidos en una sauna.

Refunfuñó, pero al final se quedó dormido antes que yo, que seguí tumbada escuchando el ventilador. Me gusta el ruido que hace, un zumbido leve. Puedo cerrar los ojos, sintonizar con él y desaparecer.

He estado cargando con el ventilador por toda la casa, enchufándolo y desenchufándolo en cada habitación. Esta tarde lo he bajado al estudio, al fondo del jardín. Tener el ventilador allí ha hecho que fuera más o menos soportable, pero todavía hace demasiado calor para conseguir trabajar. Me estoy retrasando, pero tengo demasiado calor para que me importe.

Sí que he conseguido un pequeño avance: por fin he comprendido lo que va mal con el cuadro del Jesucristo. Por qué no funciona. El problema no es la composición —Jesús en la cruz—: el problema es que en absoluto es un cuadro de Jesucristo. Ni siquiera se parece a Él, comoquiera que fuese. Porque no es Jesús.

Es Gabriel.

Me parece increíble no haberlo visto antes. De alguna forma, sin pretenderlo, he colgado a Gabriel ahí arriba. Es su rostro el que he pintado, su cuerpo. ¿No es una locura? Así que debo rendirme a ello..., y hacer lo que el cuadro pide de mí.

Ahora sé que cuando tengo un plan para un cuadro, una idea predeterminada de cómo debería ser, nunca funciona. Nace muerto, sin vida. Pero si presto atención de verdad, mucha atención, a veces oigo una voz susurrante que me señala la dirección correcta. Y si me rindo a ella, como en un acto de fe, me lleva a un lugar inesperado, no a donde yo pretendía ir, sino a otro lugar intensamente vivo, glorioso... Y el resultado no depende de mí, tiene una fuerza vital propia.

Supongo que lo que me asusta es rendirme a lo desconocido. Prefiero saber adónde voy. Por eso siempre hago tantos bocetos: intento controlar el resultado. No me extraña que nada cobre vida, porque en realidad no estoy respondiendo a lo que ocurre delante de mí. Debo abrir los ojos y mirar, y ser consciente de la vida tal como ocurre, no solo como yo quiero que sea. Ahora que sé que es un retrato de Gabriel, puedo volver a él. Puedo empezar de nuevo.

Le pediré que pose para mí. Hace mucho tiempo que no se ha sentado a posar. Espero que le guste la idea..., que no le parezca sacrílega ni nada por el estilo.

A veces puede ser un poco raro con esas cosas.

18 de julio

Esta mañana he bajado la cuesta hasta el mercado de Camden. Hacía años que no me acercaba por allí, desde que Gabriel y yo fuimos juntos una tarde en busca de su juventud perdida. Gabriel solía ir cuando era adolescente, cuando sus amigos y él se pasaban toda la noche despiertos, bailando, bebiendo, charlando. Se plantaban en el mercado a primera hora de la mañana, veían a los vendedores montar los puestos e intentaban conseguir un poco de hierba de los camellos rastafaris que merodeaban por el puente, junto a Camden Lock. Cuando fuimos Gabriel y yo ya no había camellos..., para consternación de Gabriel.

—No reconozco este sitio —dijo—. Es una trampa aséptica para turistas.

Hoy, al pasear por allí me he preguntado si el problema no era tanto que el mercado haya cambiado como el hecho de que Gabriel ha cambiado. Aquello sigue plagado de chavales de dieciséis años que se entregan al sol, despatarrados a ambos lados del canal, un revoltijo de cuerpos; chicos con las perneras de los pantalones remangadas y el pecho desnudo, chicas en biquini o sujetador, piel por todas partes, carne ardiente, enrojecida. La energía sexual era palpable: su apetito, su impaciente sed de vida. He sentido un deseo repentino de Gabriel, de su cuerpo y sus piernas fuertes, sus gruesos muslos sobre los míos. Cuando hacemos el amor siempre me consume un hambre insaciable de él, de una especie de unión entre ambos, y a veces es superior a mí, a nosotros; no hay palabras para ello, es algo sagrado.

De repente he visto a un indigente sentado cerca de mí en la acera, mirándome. Llevaba los pantalones sujetos con una cuerda, los zapatos parcheados con cinta adhesiva. Tenía llagas en la piel, y una erupción abultada le cruzaba la cara. He sentido una tristeza repentina, y repugnancia. Apestaba a sudor rancio y orines. Por un segundo he creído que me decía algo, pero solo estaba renegando para sí a media voz: «joder» esto, «joder» lo otro. He rebuscado en el bolso para encontrar algo de suelto y se lo he dado.

Luego he vuelto a casa andando, de nuevo cuesta arriba, despacio, paso a paso. Esta vez la cuesta parecía más inclinada. He tardado una eternidad con este calor abrasador. Por algún motivo no podía dejar de pensar en el indigente. Aparte de sentir lástima había algo más, un sentimiento indescriptible, algo así como... una especie de miedo. Me lo he imaginado de bebé, en brazos de su madre. ¿Llegó ella a imaginar alguna vez que su bebé acabaría loco, sucio y apestoso, mascullando obscenidades acurrucado en una acera?

He pensado en mi madre. ¿Estaba loca? ¿Por eso lo hizo? ¿Por eso me ató con el cinturón de seguridad al asiento del acompañante de su mini amarillo y aceleró hasta estrellarnos contra esa pared de ladrillo rojo? Siempre me gustó ese coche, su alegre amarillo canario. El mismo amarillo que el de mi caja de acuarelas. Ahora odio ese color; cada vez que lo uso pienso en la muerte.

¿Por qué lo hizo? Supongo que nunca lo sabré. Antes pensaba que fue un suicidio. Ahora creo que fue un intento de asesinato. Porque yo también estaba en ese coche, ¿o no? A veces creo que se suponía que la víctima tendría que haber sido yo, que era yo a quien intentaba matar, no a sí misma. Pero eso es una locura. ¿Por qué iba a querer matarme?

Mientras subía la cuesta se me han saltado las lágrimas. No lloraba por mi madre, ni por mí, ni siquiera por ese pobre indigente. Lloraba por todos nosotros. Hay demasiado dolor en todas partes, solo que cerramos los ojos para no verlo. La verdad es que todos tenemos miedo. Nos aterrorizan los demás. Yo tengo miedo de mí misma..., y de la parte de mi madre que llevo dentro. ¿Está su locura en mi sangre? ¿Lo está? ¿Voy a...?

No. Para. Para...

No voy a escribir sobre eso. No pienso hacerlo.

20 de julio

Anoche Gabriel y yo salimos a cenar. Los viernes solemos hacerlo. «Noche de cita», lo llama él, con un acento americano muy tonto.

Gabriel siempre le resta importancia a sus sentimientos y se ríe de cualquier cosa que considere «cursi». Le gusta pensar que es un hombre cínico y nada sentimental, pero lo cierto es que es un gran romántico; de corazón, aunque no de palabra. Pero los hechos hablan más claro que las palabras, ¿verdad? Y con lo que hace, Gabriel consigue que me sienta completamente amada.

—¿Adónde quieres ir? —le pregunté.

—Tienes tres intentos.

—¿A Augusto's?

—Has acertado a la primera.

Augusto's es el restaurante italiano del barrio, está en nuestra misma calle. No es que sea nada especial, pero es nuestra «casa fuera de casa» y allí hemos pasado muchas veladas felices. Fuimos sobre las ocho de la tarde. El aire acondicionado no funcionaba, así que nos sentamos junto a la ventana, con ese aire caliente, inmóvil, húmedo, y pedimos un vino blanco fresco. Al final yo estaba bastante achispada y nos reímos muchísimo, de nada en concreto, la verdad. Fuera del restaurante nos besamos y al llegar a casa hicimos el amor.

Por suerte Gabriel se ha acostumbrado al ventilador portátil, al menos cuando estamos en la cama. Lo coloqué delante de nosotros y nos tumbamos en la brisa fresca, envueltos uno en los brazos del otro. Me acarició el pelo y me besó.

—Te quiero —susurró.

Yo no dije nada; no hacía falta. Sabe lo que siento por él.

Pero estropeé el momento, torpe, tonta, preguntándole si querría posar para mí.

—Quiero pintarte —dije.

—¿Otra vez? Ya lo hiciste.

—Eso fue hace cuatro años. Quiero volver a pintarte.

—Ajá —no parecía entusiasmado—. ¿Qué clase de obra tienes en mente?

Dudé..., pero luego le dije que era para el cuadro de Jesucristo. Gabriel se irguió y soltó una especie de risotada sofocada.

—Venga ya, Alicia.

—¿Qué?

—No sé, cariño. Me parece que no.

—¿Por qué no?

—¿Tú qué crees? ¿Pintarme en la cruz? ¿Qué va a decir la gente?

—¿Desde cuándo te importa lo que diga la gente?

—No me importa, sobre la mayoría de las cosas, pero... No sé, a lo mejor creen que es así como me ves.

Me reí.

—No creo que seas el hijo de Dios, si es eso lo que quieres decir. Es solo una imagen, algo que apareció de forma orgánica mientras pintaba. No lo he pensado de una forma consciente.

—Bueno, pues a lo mejor deberías pensarlo un poco.

—¿Por qué? No es un comentario sobre ti, ni sobre nuestro matrimonio.

—Entonces ¿qué es?

—¿Cómo voy a saberlo?

Gabriel se rio de eso y puso los ojos en blanco.

—Está bien —dijo—. A la mierda. Si tú quieres, podemos intentarlo. Supongo que sabes lo que haces.

Eso no sonó a que me apoyara mucho, pero sé que Gabriel cree en mí y en mi talento; nunca me habría hecho pintora de no ser por él. Si no me hubiera pinchado, alentado y obligado, jamás habría superado aquellos primeros años baldíos después de la universidad, cuando pintaba paredes con Jean-Felix. Antes de conocer a Gabriel había perdido el camino. De algún modo..., me había perdido a mí misma. No echo de menos a esos drogatas fiesteros que se hacían pasar por mis amigos a los veintitantos. Solo los veía de noche; al amanecer se esfumaban, como vampiros que huían de la luz. Cuando conocí a Gabriel, se desvanecieron en la nada y ni siquiera me di cuenta. Ya no los necesitaba, no necesitaba a nadie porque lo tenía a él. Me salvó..., como Jesucristo. Tal vez sea eso lo que cuenta el cuadro. Gabriel es todo mi mundo, y lo ha sido desde el día en que nos conocimos. Lo querré siempre, haga lo que haga, pase lo que pase, por mucho que me enfade, por muy desordenado o sucio que sea, por desconsiderado, por egoísta que se vuelva. Lo aceptaré tal como es.

Hasta que la muerte nos separe.

21 de julio

Hoy Gabriel ha venido al estudio y ha posado para mí.

—No pienso hacer esto durante días otra vez —me ha advertido—. ¿De cuánto tiempo estamos hablando?

—Voy a necesitar más de una sesión para que quede bien.

—¿No será una treta para que pasemos más tiempo juntos? Porque, entonces, ¿y si nos saltamos los preámbulos y nos vamos a la cama?

Me he reído.

—Tal vez luego. Si eres bueno y te estás quietecito.

Lo he puesto de pie delante del ventilador. El pelo se le movía con la brisa.

—¿Cómo quieres que me coloque? —ha preguntado, haciendo una pose.

—Así no. Sé tú mismo.

—¿No quieres que adopte una expresión de angustia?

—No sé yo si Jesús estaba angustiado. No lo veo así. No pongas caras, estate ahí de pie y ya. Y no te muevas.

—Tú mandas.

Ha aguantado unos veinte minutos, después ha dejado de posar diciendo que estaba cansado.

—Pues siéntate, pero no hables. Estoy trabajando en la cara.

Gabriel se ha sentado en una silla y ha seguido callado mientras yo trabajaba. He disfrutado pintando su cara. Es una buena cara. Mandíbula fuerte, pómulos altos, nariz elegante. Ahí sentado, con el foco iluminándolo, parecía una estatua griega. Una especie de héroe.

Pero algo iba mal. No sé qué era. Tal vez me estaba forzando demasiado, pero el caso es que no conseguía que me salieran ni la forma de sus ojos ni el color. Lo primero en lo que me fijé de Gabriel fue en la chispa de su mirada; como un pequeño diamante en cada iris. Pero por algún motivo no he podido plasmarlo. A lo mejor me falta habilidad..., o tal vez Gabriel tenga algo extraordinario que no puede capturarse en pintura. Los ojos seguían muertos, sin vida. Notaba que empezaba a enfadarme.

—Joder —he dicho—. Esto no va bien.

—¿Toca un descanso?

—Sí. Toca un descanso.

—¿Un poco de sexo?

Eso me ha hecho reír.

—Muy bien.

Gabriel se ha puesto en pie de un salto, ha venido a por mí y me ha besado. Hemos hecho el amor en el suelo del estudio.

Yo no dejaba de mirar todo el rato los ojos sin vida de su retrato. Me devolvían la mirada, me atravesaban con su fuego. He tenido que volverme hacia otro lado.

Pero aun así los sentía observándome.

2

Fui a buscar a Diomedes para informarle sobre mi encuentro con Alicia. Estaba en su despacho, revolviendo entre montones de partituras.

—Bueno —dijo sin levantar la mirada—, ¿qué tal ha ido?

—No ha ido, la verdad.

Diomedes me observó con socarronería.

Dudé un momento.

—Si quiero llegar a alguna parte con ella, necesito que Alicia sea capaz de pensar y sentir.

—Por supuesto. ¿Y lo que te preocupa es...?

—Que es imposible llegar hasta alguien que toma una medicación tan fuerte. Es como si estuviera a dos metros por debajo del agua.

Diomedes frunció el ceño.

—Yo no diría tanto. No estoy al corriente de la dosis exacta que se le administra...

—Le he preguntado a Yuri. Dieciséis miligramos de risperidona. Una dosis de caballo.

El profesor arqueó una ceja.

—La verdad es que es bastante alta, sí. Seguramente podría reducirse. Verás, Christian es el jefe del equipo que se encarga de Alicia. Deberías consultárselo a él.

—Creo que sonará mejor si viene de usted.

—Hmmm —Diomedes me dirigió una mirada dubitativa—. Christian y tú os conocíais de antes, ¿verdad? ¿De Broadmoor?

—Apenas de vista.

No reaccionó enseguida. Alargó la mano hacia un platito con peladillas que tenía en el escritorio y me ofreció una.

Negué con la cabeza.

Se metió una peladilla en la boca y la masticó, mirándome mientras la hacía crujir.

—Dime, ¿la relación entre Christian y tú es cordial?

—Es una pregunta extraña. ¿Por qué quiere saberlo?

—Porque detecto cierta hostilidad.

—No por mi parte.

—¿Y por la suya?

—Eso tendrá que preguntárselo a él. Yo no tengo ningún problema con Christian.

—Hmmm. Tal vez sean imaginaciones mías, pero noto algo... Estaré vigilante. Hasta la menor agresividad o competitividad interfiere en el trabajo. Vosotros dos tenéis que trabajar juntos, no uno contra el otro.

—Soy consciente de ello.

—Bueno, pues hay que involucrar a Christian en esta conversación. Quieres que Alicia sienta, sí. Pero recuerda: a mayor sentimiento, mayor peligro.

—¿Peligro para quién?

—Para Alicia, por supuesto —Diomedes me hizo un gesto admonitorio con el dedo—. No te olvides de que tenía fuertes tendencias suicidas cuando la trajeron aquí. Intentó acabar con su vida varias veces. Y la medicación la mantiene estable. La mantiene viva. Si reducimos la dosis, hay muchas probabilidades de que se vea sobrepasada por sus sentimientos y sea incapaz de gestionarlos. ¿Estás dispuesto a asumir ese riesgo?

Me tomé muy en serio lo que decía Diomedes, pero asentí.

—Es un riesgo que creo que debemos asumir, profesor. Si no, jamás llegaremos a ella.

Diomedes se encogió de hombros.

—Pues hablaré con Christian de tu parte.

—Gracias.

—A ver cómo reacciona. Los psiquiatras no suelen responder bien cuando les dicen cómo medicar a sus pacientes. Por supuesto, puedo imponer la autoridad de mi cargo, pero eso es algo que no suelo hacer. Déjame que aborde el tema con sutileza. Te haré saber lo que dice.

—Tal vez sea mejor que no me mencione cuando hable con él.

—Ya... —Diomedes esbozó una sonrisa extraña—. Muy bien, no lo haré.

Sacó una cajita de su escritorio, y al deslizar la tapa apareció una hilera de puros. Me ofreció uno. Negué con la cabeza.

—¿No fumas? —se sorprendió—. Habría dicho que eras fumador.

—No, no. Solo un cigarrillo de vez en cuando, alguna que otra vez... Estoy intentando dejarlo.

—Bien, haces muy bien —abrió la ventana—. ¿Conoces ese chiste de por qué no se puede ser terapeuta y fumar? Porque significa que tú mismo estás jodido todavía —se rio y se metió un puro en la boca—. Me parece que aquí todos estamos un poco locos. ¿Sabes ese cartel que había antes en las oficinas? ¿«No hay que estar loco para trabajar aquí, pero ayuda»?

Diomedes volvió a reír. Encendió el puro, le dio una calada y exhaló el humo. Lo miré con envidia.

3

Después de comer rondé por los pasillos buscando una puerta que diera al exterior. Tenía pensado escaparme a hurtadillas a fumar un cigarrillo, pero Indira me pilló junto a la salida de incendios. Dio por hecho que me había perdido.

—No te preocupes, Theo —dijo, y me tomó del brazo—. Yo tardé meses en orientarme aquí dentro. Es como un laberinto sin salida. Todavía me pierdo a veces, y eso que llevo diez años aquí —se rio.

Antes de que pudiera objetar nada, me estaba llevando a la planta de arriba para tomar un té en «la pecera».

—Encenderé la tetera. Qué tiempo más malo hace, ¿verdad? Ojalá nevara de una vez y nos lo quitáramos de encima... La nieve es un símbolo imaginativo muy potente, ¿no crees? Lo limpia todo. ¿Te has dado cuenta de que las pacientes siempre hablan de ella? Fíjate. Es interesante.

Y entonces, para mi sorpresa, rebuscó en su bolso y sacó un grueso trozo de bizcocho envuelto en film transparente que me puso en la mano con vehemencia.

—Toma. Bizcocho de nueces. Lo hice anoche. Para ti.

—Ah, gracias, no...

—Sé que es poco ortodoxo, pero siempre consigo mejores resultados con las pacientes difíciles cuando les doy un trozo de bizcocho durante la sesión.

Me eché a reír.

—Seguro que sí. ¿Soy un paciente difícil?

Esta vez fue Indira quien rio.

—No, aunque tengo la sensación de que funciona igual de bien con otros miembros difíciles del personal.

Algo que tampoco eres, por cierto. Un poco de azúcar es un gran potenciador del ánimo. Antes hacía pasteles para el comedor, pero luego Stephanie se puso muy pesada con todas esas tonterías sobre la salubridad y la seguridad de la comida que se trae de fuera. Ni que hubiese metido una lima de contrabando. Aun así, todavía traigo algo de repostería bajo mano. Es mi acto de rebelión contra el estado dictatorial. Pruébalo.

No fue un ofrecimiento, sino una orden. Di un bocado. Estaba bueno. Denso, dulce, con sabor a frutos secos. Tenía la boca llena, así que me la tapé con la mano para hablar.

—Estoy bastante seguro de que esto pondrá a tus pacientes de buen humor.

Indira rio una vez más, satisfecha, y entonces me di cuenta de por qué me caía bien: irradiaba una especie de calma maternal. Me recordaba a mi antigua terapeuta, Ruth. Era difícil imaginarla alterada o enfadada.

Paseé la mirada por la sala mientras ella hacía el té. El puesto de enfermería siempre es el núcleo de una unidad psiquiátrica, su corazón: el personal va y viene desde allí, que es donde se dirige todo en el día a día, o al menos es donde se toman todas las decisiones prácticas. «La pecera» era como llamaban los enfermeros al puesto, ya que sus paredes estaban hechas de cristal reforzado, lo cual significaba que el personal podía tener vigiladas a las pacientes en la sala de recreo; al menos, en teoría. En la práctica, las pacientes no hacían más que dar vueltas inquietas por fuera mirando dentro, vigilándonos a nosotros, de modo que éramos el personal quienes estábamos bajo vigilancia constante. Era un lugar pequeño, sin sillas suficientes, y las que había solían estar ocupadas por enfermeros que pasaban notas al ordenador. Por eso casi siempre te quedabas de pie en el centro, o apoyado contra un escritorio en una postura extraña, lo cual hacía que el espacio diera la sensación de estar abarrotado a todas horas, sin que importara cuántas personas hubiera en él.

—Aquí tienes, cielo —dijo Indira al tenderme la taza de té.

—Gracias.

Christian entró con paso tranquilo y me saludó con la cabeza. Desprendía un fuerte olor a los chicles de menta que mascaba siempre. Recuerdo que fumaba mucho cuando coincidimos en Broadmoor; era una de las pocas cosas que teníamos en común. Desde entonces, Christian lo había dejado, se había casado y tenía una hija pequeña. Me pregunté qué clase de padre sería. A mí no me daba la sensación de ser especialmente compasivo. Me dirigió una sonrisa fría.

—Qué raro volver a coincidir así, Theo.

—El mundo es un pañuelo.

—En términos de salud mental, lo es, sí —Christian lo dijo como dando a entender que había otros mundos, mayores, en los que también se le podía encontrar.

Intenté imaginar cuáles serían. Si soy sincero, lo cierto es que solo era capaz de imaginarlo en un gimnasio o en una melé en un campo de rugby.

Christian se quedó mirándome unos segundos. Había olvidado esa costumbre suya de detenerse, a menudo un buen rato, para hacerte esperar mientras valoraba su respuesta. Me seguía molestando tanto como lo había hecho en Broadmoor.

—Te unes al equipo en un momento bastante desafortunado —dijo por fin—. La espada de Damocles pende sobre The Grove.

—¿Tan mala es la situación?

—Solo es cuestión de tiempo. La Fundación acabará haciéndonos cerrar tarde o temprano. Así que la cuestión es: ¿qué estás haciendo aquí?

—¿A qué te refieres?

—Bueno, las ratas huyen del barco que se hunde. No se encaraman a bordo.

Me sobresaltó ese ataque tan patente de Christian. Decidí no morder el anzuelo y me encogí de hombros.

—Es posible, pero yo no soy una rata.

Antes de que Christian pudiera contestar, un enorme golpetazo nos hizo saltar a todos. Elif estaba al otro lado del cristal, aporreándolo con los puños. Tenía la cara apretada contra él, con la nariz aplastada, las facciones distorsionadas, lo cual la hacía parecer casi monstruosa.

—¡No pienso seguir tomándome esa mierda! ¡Las odio, odio esas putas pastillas, joder...!

Christian abrió una pequeña trampilla en el cristal y habló a través de ella:

—Ahora no es momento para discutir eso, Elif.

—¡Te digo que no pienso tomármelas más, joder, que me ponen enferma!

—No voy a tener esta conversación ahora. Pide cita para verme. Y aléjate del cristal, por favor.

Elif torció el gesto y se lo pensó unos instantes. Luego dio media vuelta y se marchó con paso pesado, dejando un leve círculo de condensación en el cristal, donde había apretado la nariz.

—Menudo carácter —comenté.

—Difícil —Christian gruñó.

Indira asintió con la cabeza.

—Pobre Elif.

—¿Por qué está aquí?

—Doble asesinato —explicó Christian—. Mató a su madre y a su hermana. Las asfixió mientras dormían.

Miré al otro lado del cristal. Elif había vuelto con las demás pacientes. Su altura la hacía destacar por encima de ellas. Una le puso algo de dinero en la mano y ella se lo guardó en el bolsillo.

Entonces vi a Alicia al fondo de la sala, sentada sola, junto a la ventana, mirando al exterior. La observé un momento. Christian siguió mi mirada.

—Por cierto, he estado hablando con el profesor Diomedes sobre Alicia. Quiero ver cómo le va con una dosis menor de risperidona. La he bajado a cinco miligramos.

—Ah.

—He pensado que querrías saberlo..., ya que has tenido una sesión con ella, según me han dicho.

—Sí.

—Tendremos que vigilarla de cerca para ver cómo reacciona al cambio. Y, dicho sea de paso, la próxima vez que tengas un problema con mi forma de medicar a las pacientes, ven a verme directamente a mí. No vayas al despacho de Diomedes de puntillas a mis espaldas —me fulminó con la mirada.

Le contesté con una sonrisa.

—No he ido a tus espaldas. No tengo ningún problema en hablarlo directamente contigo, Christian.

Hubo una pausa incómoda. Él asintió para sí, como si acabara de decidir algo.

—¿Eres consciente de que Alicia tiene un trastorno límite de la personalidad? No responderá a la terapia. Vas a perder el tiempo.

—¿Cómo sabes que es limítrofe si no puede hablar?

—No quiere hablar.

—¿Crees que está fingiendo?

—Sí, la verdad es que eso es lo que creo.

—Si finge, ¿cómo puede ser limítrofe?

Christian parecía molesto. Indira nos interrumpió antes de que pudiera contestarme.

—Con el debido respeto, no me parece que términos tan genéricos como «limítrofe» sean de especial utilidad. No dicen nada que nos sirva —miró a Christian—. Este es un tema en el que Christian y yo a menudo discrepamos.

—¿Y qué opinas tú sobre Alicia? —le pregunté.

Indira sopesó la pregunta un momento.

—Me he dado cuenta de que tengo sentimientos muy maternales hacia ella. Esa es mi contratransferencia, lo que ella saca de mí. Tengo la sensación de que necesita que alguien la cuide —Indira me sonrió—. Y ahora ya tiene a alguien. Te tiene a ti.

Christian soltó una de esas desagradables risas suyas.

—Perdonad que sea tan duro de mollera, pero ¿cómo va a sacar partido Alicia a la terapia si no habla?

—La terapia no solo consiste en hablar —dijo Indira—. También es proporcionar un espacio seguro, un entorno de contención. La mayor parte de la comunicación es no verbal, como sin duda sabrás.

Christian me miró y puso los ojos en blanco.

—Buena suerte, amigo. La vas a necesitar.

4

—Hola, Alicia —dije.

Solo habían pasado unos días desde que le habían bajado la dosis de la medicación, pero la diferencia en Alicia ya era perceptible. Sus movimientos resultaban más fluidos, tenía la mirada más clara. La bruma había desaparecido. Parecía una persona diferente.

Estaba en la puerta con Yuri y dudó. Me miró como si me viera por primera vez con claridad, estudiándome, juzgándome. Me pregunté a qué conclusión llegaría. Estaba claro que le pareció seguro seguir adelante, porque entró en la sala. Tomó asiento sin que se lo ofreciera.

Le hice una señal a Yuri para indicarle que podía dejarnos solos. Él se lo pensó un segundo, pero después cerró la puerta.

Me senté frente a Alicia. Hubo un largo momento de silencio. Solo el agitado sonido de la lluvia fuera, las gotas repiqueteando contra la ventana. Por fin tomé la palabra:

—¿Cómo te encuentras?

No hubo respuesta. Alicia se quedó mirándome. Sus ojos eran como lámparas; no pestañeaban.

Abrí la boca y volví a cerrarla. Estaba decidido a resistir el impulso de llenar el vacío hablando. En lugar de eso, al permanecer callado, simplemente sentado allí, esperaba comunicar algo más, algo de naturaleza no verbal: que no había nada malo en que nos quedáramos sentados así, que yo no le haría daño, que podía confiar en mí. Si quería tener algún éxito intentando que Alicia hablase, debía ganarme su confianza. Y eso llevaría su tiempo; no conseguiría nada de la noche a la mañana. Las cosas avanzarían despacio, como un glaciar, pero se moverían.

Mientras estábamos sentados en silencio, empecé a sentir un dolor latente en las sienes. El comienzo de un dolor de cabeza. Un síntoma muy revelador. Pensé en Ruth, que solía decir: «Para ser buen terapeuta, debes recibir los sentimientos de tus pacientes..., pero no te aferres a ellos, no son tuyos, no te pertenecen». Dicho de otro modo, ese pum, pum, pum de mi cabeza no era un dolor mío; pertenecía a Alicia. Y esa repentina oleada de tristeza, ese deseo de morir, morir, morir tampoco me pertenecía a mí. Era suyo, todo de ella. Me quedé allí sentado, sintiéndolo en su lugar, con ese latido en la cabeza y ese malestar en el estómago, durante lo que parecieron horas. Los cincuenta minutos terminaron por fin.

Consulté el reloj.

—Tenemos que acabar ya.

Alicia bajó la cabeza y se miró el regazo. Entonces dudé y olvidé mis reservas. Bajé la voz y hablé desde el corazón:

—Quiero ayudarte, Alicia. Necesito que lo creas. La verdad es que quiero ayudarte a ver con claridad.

Al oír eso, Alicia levantó la mirada y me clavó sus ojos; me atravesó con ellos.

«¡No puedes ayudarme! —gritaban esos ojos—. Mírate, apenas si puedes hacer nada por ti mismo. Finges saber mucho y ser muy sabio, pero eres tú el que debería estar sentado aquí y no yo. Monstruo. Fraude. Mentiroso. ¡Mentiroso!»

Mientras me miraba, cobré conciencia de qué era lo que me había estado perturbando durante toda la sesión. Resulta difícil expresarlo con palabras, pero un psicoterapeuta enseguida aprende a reconocer el dolor psíquico a través del comportamiento físico, el lenguaje y cierto brillo en los ojos; una presencia angustiada, asustada, loca. Y eso era lo que me inquietaba: a pesar de los años de medicación, a pesar de todo lo que había hecho y lo que había sufrido, los ojos azules de Alicia se conservaban tan claros y despejados como un día de verano. No estaba loca. Entonces ¿qué le pasaba? ¿Qué encerraba esa expresión de su mirada? ¿Cuál era la palabra adecuada? Era...

Antes de poder completar ese pensamiento, Alicia saltó de su asiento y se abalanzó sobre mí con las manos extendidas como garras. No tuve tiempo de moverme ni de apartarme. Aterrizó encima de mí y me hizo perder el equilibrio. Caímos al suelo.

Pude oír el golpe que me di en el cogote. Ella siguió golpeándome la cabeza contra la pared una y otra vez, y empezó a arañarme, a abofetearme, a clavarme los dedos... Tuve que hacer acopio de todas mis fuerzas para quitármela de encima.

Me arrastré por el suelo y alargué una mano hacia la mesa. Busqué a tientas la alarma contra ataques y justo cuando mis dedos la alcanzaron, Alicia saltó sobre mí y me la tiró de la mano.

—Alicia...

Sus dedos rodearon mi cuello con fuerza. Apretaban, me ahogaban... Yo intentaba alcanzar la alarma otra vez, pero no llegaba a ella. Sus manos se hundieron más, no me dejaban respirar. Hice otro intento... y esta vez sí logré llegar a la alarma. Apreté el botón.

Un pitido desgarrador inundó mis oídos al instante y me hizo ensordecer. Alcancé a oír el sonido lejano de una puerta que se abría y a Yuri gritando para pedir refuerzos. Apartó a Alicia de mí arrastrándola, me liberó de sus manos..., y pude inhalar una bocanada de aire.

Hicieron falta cuatro enfermeros para dominarla. Se debatía y daba patadas como una criatura poseída. No parecía humana, sino más bien un animal salvaje; algo monstruoso. Christian apareció y la sedó. Alicia quedó inconsciente.

Por fin hubo silencio

5

—Esto te escocerá un poco.

Yuri me estaba curando los arañazos en la pecera. Abrió la botella de antiséptico y mojó un algodón con él. El olor medicinal me transportó a la enfermería del colegio y me despertó recuerdos de cicatrices de batallas de patio, rodillas peladas y codos rasguñados. Recordé la sensación cálida y agradable de cuando la enfermera se ocupaba de mí, me vendaba y recompensaba mi valentía con un caramelo de frutas. Luego el escozor del antiséptico en la piel me devolvió con brusquedad al presente, donde no había un remedio tan sencillo para las heridas que presentaba.

—Noto la cabeza como si me hubiera golpeado con un martillo, joder.

—Es una contusión fea. Mañana tendrás un buen chichón. Será mejor que te lo vigilemos —Yuri sacudió la cabeza—. No debería haberte dejado solo con ella.

—No tenías más remedio.

Gruñó.

—Eso es verdad, sí.

—Gracias por no decir «Te lo dije». Soy consciente y te lo agradezco.

Yuri se encogió de hombros.

—No tengo que hacerlo, tío. El profesor te lo dirá por mí. Ha pedido que vayas a verlo a su despacho.

—Ah.

—Mejor tú que yo, con el humor que se gastaba.

Me dispuse a levantarme. Yuri me miró con atención.

—No tengas prisa. Espera un rato. Asegúrate de que estás preparado. Si notas mareos o dolor de cabeza, avísame.

—Estoy bien. De verdad.

Eso no era del todo cierto, pero no me encontraba tan mal como podía parecer por mi aspecto. Tenía rasguños con sangre y moratones oscuros alrededor de la garganta; Alicia había apretado con tanta fuerza que me habían salido hematomas.

Llamé a la puerta del profesor. Los ojos de Diomedes se abrieron más al verme. Chasqueó la lengua.

—Vaya, vaya. ¿Han tenido que darte puntos?

—No, no, claro que no. Estoy bien.

El profesor me dirigió una mirada de incredulidad y me invitó a entrar.

—Pasa, Theo. Siéntate.

Los demás ya estaban allí. Christian y Stephanie, de pie. Indira, sentada junto a la ventana. Daba la sensación de ser una reunión oficial, así que me pregunté si estarían a punto de despedirme.

Diomedes se sentó a su escritorio y me indicó por gestos que yo ocupara la silla que quedaba libre. Obedecí. Me miró un momento en silencio mientras tamborileaba con los dedos, pensando qué decir o cómo decirlo. Sin embargo, antes de que pudiera decidirse, Stephanie se le adelantó.

—Ha sido un incidente desafortunado. Muy desafortunado —se volvió hacia mí—. Desde luego, a todos nos alivia ver que sigue usted de una pieza, pero eso no cambia el hecho de que hayan surgido toda clase de preguntas. Y la primera es: ¿qué hacía usted solo con Alicia?

—Ha sido culpa mía. Le he pedido a Yuri que se marchara. Asumo toda la responsabilidad.

—¿Con qué autoridad ha tomado esa decisión? Si alguno de ustedes hubiera resultado herido de gravedad...

Diomedes la interrumpió.

—No nos pongamos dramáticos, por favor. Por suerte nadie ha salido herido —me señaló como quitándome importancia—. Unos cuantos rasguños difícilmente son motivo para un consejo de guerra.

Stephanie hizo una mueca.

—No creo que la broma sea muy apropiada, profesor. De verdad que no.

—¿Quién está de broma? —Diomedes se volvió hacia mí—. Yo hablo muy en serio. Cuéntanos, Theo. ¿Qué ha ocurrido?

Sentí todas las miradas sobre mí; me dirigí a Diomedes y escogí mis palabras con cautela.

—Bueno, que me ha atacado. Eso es lo que ha ocurrido.

—Hasta ahí resulta evidente. Pero ¿por qué? Supongo que no habría provocación...

—No. Al menos conscientemente.

—¿E inconscientemente?

—Bueno, es evidente que Alicia ha reaccionado a mí en algún nivel. Considero que eso demuestra lo mucho que desea comunicarse.

Christian se rio.

—¿A eso lo llamas comunicación?

—En efecto. La ira es una poderosa vía de comunicación. Las demás pacientes, esas zombis que están ahí sentadas sin más, ausentes, vacías, se han rendido. Alicia no. Su ataque nos dice algo que no es capaz de articular de manera directa: sobre su dolor, su desesperación, su angustia. Me estaba diciendo que no me rinda con ella. Todavía no.

Christian puso los ojos en blanco.

—Una interpretación menos poética podría ser que le falta medicación y está como una cabra —se volvió hacia Diomedes—. Le dije que esto pasaría, profesor. Le advertí en contra de reducir la dosis.

—¿De verdad, Christian? —dije—. Pensaba que había sido idea tuya.

Christian me miró con un gesto de exasperación en lugar de contestar. «El típico psiquiatra», pensé. Y con eso quiero decir que los psiquiatras suelen desconfiar del pensamiento psicodinámico. Prefieren un enfoque más biológico, químico y, sobre todo, práctico, como el tazón de pastillas que le daban a Alicia con cada comida. La mirada entornada y poco amistosa de Christian me decía que no había nada en lo que yo pudiera ayudar.

Sin embargo, Diomedes me observó con una actitud más reflexiva.

—¿No te ha desanimado lo que ha ocurrido, Theo? —preguntó.

Sacudí la cabeza.

—Al contrario: me ha alentado.

El profesor asintió, satisfecho.

—Bien. Estoy de acuerdo. Merece la pena investigar esa reacción tan intensa hacia ti, sin lugar a dudas. Creo que deberías continuar.

Al oír eso, Stephanie no pudo contenerse más.

—Eso queda absolutamente descartado.

Diomedes siguió hablando como si ella no hubiera dicho nada y sin apartar la mirada de mí.

—¿Crees que podrás conseguir que hable?

Antes de que pudiera contestar, una voz se alzó detrás de mí:

—Yo creo que podrá, sí.

Era Indira. Casi me había olvidado de que estaba ahí. Me volví.

—En cierto sentido —siguió diciendo—, Alicia ya ha empezado a hablar. Se está comunicando por medio de Theo: él es su defensor. Ya está sucediendo.

Diomedes asintió. Se quedó meditabundo unos instantes. Yo sabía lo que estaba pensando: que Alicia Berenson era una paciente famosa, y una potente herramienta de negociación con la Fundación. Si éramos capaces de demostrar que habíamos progresado con ella, tendríamos una baza mucho más fuerte para salvar The Grove del cierre.

—¿Cuánto tiempo para ver resultados? —preguntó Diomedes.

—No puedo responder a eso —dije—. Usted lo sabe tan bien como yo. Se tarda lo que se tarda. Seis meses. Un año. Probablemente más... Podría llevar años.

—Tienes seis semanas.

Stephanie se irguió y cruzó los brazos.

—Yo soy la directora de este centro y de ninguna manera puedo permitir...

—Y yo soy el director clínico de The Grove —la interrumpió Diomedes—. Esta decisión es mía, no suya. Asumo toda la responsabilidad en cuanto a las heridas recibidas aquí por nuestro sufrido terapeuta —me guiñó un ojo al decir eso.

Stephanie no añadió nada más. Fulminó al profesor con la mirada, y luego a mí. Dio media vuelta y salió.

—Vaya por Dios —dijo Diomedes—. Parece que has convertido a Stephanie en tu enemiga. Qué mala suerte —cruzó una sonrisa con Indira y luego me miró con seriedad—. Seis semanas. Bajo mi supervisión. ¿Entendido?

Accedí, por supuesto. No tenía más opción que acceder.

—Seis semanas.

—Bien.

Christian se levantó, visiblemente molesto.

—Alicia no hablará, ni en seis semanas ni en sesenta años. Estáis perdiendo el tiempo —y salió del despacho.

Me pregunté por qué estaría Christian tan seguro de que iba a fracasar.

Pero eso solo reforzó aún más mi determinación de conseguirlo.

6

Cuando llegué a casa estaba hecho polvo. La fuerza de la costumbre hizo que encendiera la luz del pasillo aunque la bombilla estaba fundida. Queríamos cambiarla, pero siempre se nos olvidaba.

Supe al instante que Kathy no estaba en casa. Había demasiado silencio, y ella era incapaz de estar callada. No es que fuese escandalosa, pero su mundo estaba lleno de sonidos: conversaciones telefónicas, recitados de líneas teatrales, películas en la tele, canciones, tarareos, grupos de los que yo nunca había oído hablar. Pero el piso estaba silencioso como una tumba. La llamé. La fuerza de la costumbre, de nuevo... ¿O tal vez el sentimiento de culpa, que me empujaba a asegurarme de que estaba solo antes de cometer una transgresión?

—¿Kathy?

No hubo respuesta.

Me abrí camino a oscuras y llegué al salón. Encendí la luz.

La habitación se abalanzó sobre mí como hacen las salas con muebles nuevos hasta que has tenido tiempo de acostumbrarte a ellos: sillas nuevas, cojines nuevos; colores nuevos, rojos y amarillos donde antes habían estado el blanco y el negro. Sobre la mesa había un jarrón de lirios rosa —las flores preferidas de Kathy—; su fuerte aroma almizclado cargaba el ambiente y hacía que costase respirar.

¿Qué hora era? Las ocho y media. ¿Dónde estaba Kathy? ¿Ensayando? Participaba en una nueva producción de *Otelo* con la Royal Shakespeare Company y no iba demasiado bien. Los interminables ensayos habían empezado a pasarle factura. Estaba visiblemente cansada, pálida, más flaca de lo habitual, luchando contra un resfriado. «Estoy enferma todo el tiempo, joder —decía—. Estoy agotada».

Y era cierto, llegaba de los ensayos más tarde cada noche, y con un aspecto terrible. Bostezaba y se iba directa a la cama. Así que lo más seguro era que no llegara a casa hasta al menos un par de horas después. Decidí arriesgarme.

Saqué el bote de maría de su escondite y empecé a liarme un porro.

Fumaba marihuana desde la universidad. Mi primer encuentro con ella tuvo lugar durante el primer semestre, solo y sin amigos en una fiesta de estudiantes de primer año, demasiado paralizado por el miedo para iniciar una conversación con ninguno de los jóvenes guapos y seguros que había a mi alrededor. Ya estaba planeando mi huida cuando la chica que tenía al lado me ofreció algo. Pensé que era un cigarrillo hasta que olí el humo negro que ascendía en volutas acres y especiadas. Demasiado tímido para rechazarlo, acepté el porro y me lo llevé a los labios. Estaba mal liado y se deshacía, se desenrollaba por la punta. La boquilla estaba húmeda y manchada del rojo de su pintalabios. Tenía un sabor diferente del de un cigarrillo; más intenso, más puro, más exótico. Me tragué el humo espeso e intenté no toser. Al principio lo único que sentí fue ligereza en los pies. Igual que con el sexo, estaba claro que con la marihuana se armaba más revuelo del que merecía. Y entonces, como un minuto después más o menos, ocurrió algo. Algo increíble. Fue como si me empapara una ola enorme de bienestar. Me sentí seguro, relajado, completamente a gusto, bobo y desinhibido.

Y no hizo falta más. No tardé mucho en fumar maría a diario. Se convirtió en mi mejor amiga, mi inspiración, mi consuelo. Un interminable ritual de liar, lamer, encender. Me colocaba solo con oír el susurro del papel al enrollarlo y anticipar el subidón cálido y embriagador.

Se han postulado toda clase de teorías acerca del origen de la adicción. Podría ser genético; podría ser químico; podría ser psicológico. Pero la marihuana hacía mucho más que calmarme: alteraba la forma en que experimentaba mis emociones, y de una manera fundamental. Me acunaba y me mantenía a salvo, como a un hijo muy querido. Dicho de otro modo, me contenía.

Fue el psicoanalista W. R. Bion quien acuñó el término «contención» para describir la capacidad de una madre para gestionar el dolor de su hijo. Recordemos que la primera infancia no es una época de dicha, sino de terror. De bebés nos encontramos atrapados en un mundo extraño y ajeno, incapaces de ver bien y en un estado de sorpresa continua ante nuestros propios cuerpos, alarmados por el hambre, los gases y las evacuaciones, superados por nuestros sentimientos. Estamos, de una forma bastante literal, viviendo un ataque constante. Necesitamos a nuestra madre para que calme nuestra angustia y le dé sentido a nuestra experiencia. A medida que lo hace, poco a poco vamos aprendiendo a enfrentarnos a nuestros estados físicos y emocionales por nosotros mismos. Sin embargo, nuestra capacidad de contenernos es directamente proporcional a la capacidad de nuestra madre de contenernos: si ella nunca experimentó la contención procedente de su madre, ¿cómo va a enseñarnos lo que nunca aprendió? Alguien que no ha aprendido a contenerse se verá acosado por sentimientos de angustia el resto de su vida, unos sentimientos que Bion definió con mucho acierto como un «terror sin nombre». Y una persona así buscará sin pausa esa contención insaciable en fuentes externas: necesitará siempre una copa o un porro para aliviar un poco su angustia permanente. De ahí mi adicción a la marihuana.

Hablé mucho de la marihuana en mi terapia. Me debatía con la idea de dejarla y me preguntaba por qué me asustaba tanto esa perspectiva. Ruth opinaba que la imposición y la represión nunca traían nada bueno, y que, en lugar de forzarme a vivir sin maría, un punto de partida mejor sería reconocer que en aquel momento era dependiente y no estaba dispuesto a abandonarla, o no era capaz de ello. Lo que fuese que la marihuana hacía por mí seguía funcionando, argumentaba Ruth, y así sería hasta el día en que dejara atrás su utilidad, momento en el que sin duda yo renunciaría a ella con facilidad.

Y Ruth tenía razón. Cuando conocí a Kathy y me enamoré, la marihuana pasó a un segundo plano. Estaba colocado de amor de forma natural, no necesitaba inducirme artificialmente un estado de ánimo positivo. También ayudó que Kathy no la fumara. Los porreros, en su opinión, eran unos vagos sin fuerza de voluntad que vivían a cámara lenta; les pinchabas y no gritaban «¡Ay!» hasta seis días después. Dejé de fumar hierba el día en que Kathy se vino a vivir a mi piso. Y, tal como había predicho Ruth, en cuanto me sentí seguro y feliz, me desprendí del hábito con bastante naturalidad, como si fuera un poco de barro seco pegado a una bota.

Puede que nunca hubiera vuelto a fumar si no hubiésemos ido a la fiesta de despedida de una amiga de Kathy, Nicole, que se marchaba a vivir a Nueva York. Kathy estuvo todo el tiempo acaparada por sus amigos actores, así que me encontré solo. Un hombre bajo y grueso que llevaba un par de gafas rosa neón me dio un codazo. «¿Quieres?», me ofreció, tendiéndome un porro. Estaba a punto de rechazarlo cuando algo me detuvo. No estoy seguro de qué fue. ¿Un capricho pasajero? ¿O un ataque inconsciente contra Kathy por haberme obligado a ir a esa fiesta espantosa y luego dejarme tirado? Miré alrededor y no la vi por ninguna parte. «A la mierda», pensé. Me llevé el porro a los labios y di una calada.

Y así, sin más, volvía a estar igual que al principio, como si no hubiese habido interrupción. Mi adicción me había esperado con paciencia todo ese tiempo, igual que un perro fiel. No le dije a Kathy lo que había hecho y me lo quité de la cabeza, pero en realidad solo estaba esperando una oportunidad, y se presentó seis semanas después. Kathy se marchó a Nueva York una semana, a visitar a Nicole. Sin su influencia, solo y aburrido, me rendí a la tentación. Ya no tenía camello, así que hice lo mismo que cuando era estudiante: me dirigí al mercado de Camden Town.

Al salir de la estación ya olí la marihuana en el aire, mezclada con el aroma a incienso y a los puestos de comida donde freían cebolla. Caminé hasta el puente que hay junto a Camden Lock. Me quedé allí de pie, incómodo, recibiendo empujones y codazos por parte de una corriente incesante de turistas y adolescentes que cruzaban en ambas direcciones con paso fatigado.

Busqué entre la multitud. No había rastro de los camellos que solían flanquear el puente y te llamaban al pasar. Vi a un par de agentes de policía, inconfundibles con sus chalecos amarillo brillante, patrullando entre el gentío. Se alejaron del puente, hacia la estación, y entonces oí una pregunta en voz baja a mi lado:

—¿Un poco de hierba, tío?

Bajé la mirada y me encontré con un tipo pequeño. Al principio pensé que era un chaval, de lo menudo y delgado que era. Pero su rostro parecía el mapa de carreteras de un terreno escarpado y surcado de vetas, como un niño avejentado prematuramente. Le faltaban los dos incisivos, lo que hacía que sus palabras sonaran sibilantes.

—¿Hierba? —repitió.

Asentí.

Me hizo un gesto brusco con la cabeza para indicarme que lo siguiera. Se coló entre la gente y dobló la esquina para enfilar una calle lateral. Entró en un viejo pub, y yo lo seguí. Dentro no había un alma; era un sitio lúgubre y destartalado que apestaba a vómito y a humo rancio de tabaco.

—Invítame a una cerveza —dijo tras parar junto a la barra.

Apenas alcanzaba a mirar por encima de ella. Le pagué media pinta a regañadientes, y él se la llevó a una mesa de un rincón. Me senté. Él miró alrededor con disimulo, luego buscó algo debajo de la mesa y me pasó un paquetito envuelto en celofán. Le pagué en metálico.

Volví a casa y abrí el paquete medio esperando que me hubiera timado, pero enseguida me llegó a la nariz el conocido olor penetrante de la maría. Vi los pequeños capullos verdes veteados de oro. El corazón se me aceleró como si me hubiera encontrado con un amigo al que no veía desde hacía mucho; y así era, supongo.

A partir de ese día empecé a colocarme de vez en cuando, siempre que me encontraba solo en el piso durante unas horas, cuando estaba seguro de que Kathy tardaría aún en volver.

Y esa noche, al llegar a casa cansado y frustrado y ver que Kathy estaba en un ensayo, enseguida me lie un porro. Me lo fumé en la ventana del baño, pero inhalé demasiado, y demasiado deprisa; me pegó fuerte, como un puñetazo entre los ojos. Estaba tan ido que hasta caminar se me hacía difícil, como si avanzase por una piscina de melaza. Luego llevé a cabo mi acostumbrado ritual de higienización —rociar ambientador, cepillarme los dientes, darme una ducha— y maniobré con cuidado para llegar a la sala de estar, donde me hundí en el sofá.

Busqué el mando a distancia de la tele, pero me costó encontrarlo. Solo al cabo de un rato lo vi en la mesa de café, asomando detrás del portátil abierto de Kathy. Intenté alcanzarlo, pero iba tan mal que acabé tirando el ordenador al suelo. Lo puse de nuevo en su sitio y la pantalla volvió a la vida. El correo electrónico estaba abierto, y por algún motivo no pude evitar mirarlo. Me quedé petrificado; su bandeja de entrada me devolvió la mirada fijamente, como un enorme agujero. No podía apartar los ojos. Antes de que supiera lo que estaba leyendo, toda clase de cosas saltaron a mi encuentro: palabras como «sexy» y «fo-

llar» en los asuntos de los mensajes, y muchos correos de
«BADBOY22».
Ojalá me hubiera detenido ahí. Ojalá me hubiera le-
vantado y me hubiera ido; pero no.
Hice clic en el mensaje más reciente y lo abrí:

Asunto: Re: señorita fóllame
De: Katerama_1
Para: BADBOY22

Estoy en el autobús. Me has puesto muy cachonda. Ya te
huelo encima de mí. ¡Me siento como una puta! Kxx

Enviado desde mi iPhone

Asunto: Re: re: re: señorita fóllame
De: BADBOY22
Para: Katerama_1

Pq eres una puta! JUAS. Nos vemos? Después del ensayo?

Asunto: Re: re: re: re: señorita fóllame
De: Katerama_1
Para: BADBOY22

Vale. 8.30? 9? Xx

Enviado desde mi iPhone

Asunto: Re: re: re: re: re: señorita fóllame
De: BADBOY22
Para: Katerama_1

Vale. A ver a qué hora puedo escaparme. Te envío un sms.

Levanté el portátil de la mesa y me senté con él en el regazo sin dejar de mirarlo. No sé cuánto tiempo estuve ahí sentado. ¿Diez minutos? ¿Veinte? ¿Media hora? Puede que más. El tiempo parecía haberse ralentizado a paso de tortuga.

Intenté procesar lo que acababa de ver..., pero seguía tan fumado que no estaba seguro de qué era lo que había visto en realidad. Porque ¿era real? ¿O alguna clase de malentendido, una broma que no pillaba porque iba colocadísimo?

Me obligué a leer otro correo.

Y otro más.

Acabé revisando todos los mensajes de Kathy para BADBOY22. Algunos eran sexuales, incluso obscenos. Otros eran más largos, con revelaciones íntimas, emocionales, y parecía haberlos escrito borracha. A lo mejor los había redactado a altas horas de la noche, después de que yo me hubiera acostado. Me imaginé a mí mismo en la cama, dormido, mientras Kathy estaba ahí fuera, escribiendo mensajes íntimos a ese desconocido. Ese desconocido al que se estaba follando.

El tiempo recuperó su ritmo normal con una sacudida. De repente ya no estaba colocado; estaba terrible y dolorosamente sobrio.

Sentí un dolor desgarrador en el estómago y lancé el portátil a un lado. Corrí al baño.

Caí de rodillas delante de la taza del váter y vomité.

7

—Hoy la sensación es muy diferente a la última vez —comenté.

Ninguna respuesta.

Alicia estaba sentada en una silla delante de mí, con la cabeza algo vuelta hacia la ventana. Permanecía inmóvil, con la espalda rígida y recta. Parecía una chelista. O una soldado.

—Estoy pensando en cómo terminó la última sesión. Cuando me agrediste físicamente y hubo que sujetarte.

Ninguna reacción. Dudé.

—Me pregunto si lo hiciste como una especie de prueba. ¿Para ver de qué pasta estoy hecho, quizá? Me parece importante que sepas que no es fácil intimidarme. Puedo soportar cualquier cosa que me eches encima.

Ella seguía mirando por la ventana, al cielo gris de más allá de los barrotes. Esperé un momento antes de continuar.

—Hay algo que necesito decirte, Alicia: estoy de tu parte. Espero que algún día llegues a creerlo. Por supuesto, generar confianza lleva su tiempo. Mi antigua terapeuta solía decir que la intimidad requiere de la experiencia repetida de recibir respuesta..., y eso no sucede de la noche a la mañana.

Alicia me miró, sin parpadear, con una mirada inescrutable. Pasaron los minutos. Aquello daba la sensación de ser una prueba de resistencia más que una sesión de terapia.

Por lo que parecía, no estaba avanzando en ninguna dirección. Quizá nada de aquello tuviera sentido. Christian había acertado al señalar que las ratas huyen de los barcos que se hunden. ¿Qué narices hacía yo encaramándome a ese navío que hacía agua por todas partes, amarrándome al palo mayor y preparándome para ahogarme?

La respuesta, desde luego, estaba sentada delante de mí. Alicia, tal como la había descrito Diomedes, era una sirena silenciosa que me atraía hacia mi aciago destino.

Sentí una desesperación repentina. Quería gritarle: «¡Di algo! ¡Lo que sea, pero habla!».

No lo hice, claro, pero en cambio rompí con la tradición terapéutica. Dejé de pisar con cuidado y fui directo al grano:

—Me gustaría hablar acerca de tu silencio. Acerca de lo que significa..., de cómo es vivirlo. Y, en concreto, de por qué dejaste de hablar.

Alicia no me miraba. ¿Me estaba escuchando siquiera?

—Sentado aquí contigo, hay una imagen que no deja de venirme a la mente: la imagen de alguien que se muerde el puño, que reprime un grito, que se traga un chillido. Recuerdo la primera vez que fui a terapia. Me resultaba muy difícil llorar. Temía que la riada me superase y se me llevase por delante. Tal vez sea así como te sientes tú. Por eso es importante que te tomes tu tiempo para sentirte segura, y puedes confiar en que no estarás sola en esa riada, en que yo me meteré en el agua contigo.

Silencio.

—Pienso en mí mismo como en un terapeuta relacional. ¿Sabes lo que significa eso?

Silencio.

—Significa que, en mi opinión, Freud se equivocaba en un par de cosas. No creo que un terapeuta pueda ser nunca una tabla rasa, como él pretendía. Sin quererlo, dejamos entrever toda clase de información sobre nosotros mismos: por el color de mis calcetines, por cómo estoy sentado o la forma que tengo de hablar. Solo estando aquí contigo revelo mucho acerca de mí mismo. A pesar de todos mis esfuerzos por ser invisible, te estoy mostrando quién soy.

Alicia levantó la mirada. Me miró, la barbilla ligeramente inclinada; ¿había desafío en esa mirada? Por fin tenía su atención. Me removí en la silla.

—El caso es: ¿qué podemos hacer al respecto? Podemos pasarlo por alto y negarlo, y fingir que esta terapia solo te concierne a ti. O podemos reconocer que es una calle de doble sentido y trabajar con eso. Y entonces, por fin, podremos empezar a llegar a alguna parte.

Levanté una mano. Señalé mi alianza con un gesto de la cabeza.

—Este anillo te dice algo, ¿verdad?

Los ojos de Alicia se movieron despacísimo en dirección al anillo.

—Te dice que soy un hombre casado. Te dice que tengo esposa. Hace casi nueve años que estamos casados.

No hubo reacción, y sin embargo Alicia no apartaba los ojos del anillo.

—Tú estuviste casada durante siete años, ¿verdad?

Ninguna respuesta.

—Quiero mucho a mi mujer. ¿Tú querías a tu marido?

Alicia movió los ojos. Apuntaron a mi cara como una flecha. Nos estábamos mirando.

—El amor abarca toda clase de sentimientos, ¿verdad? Buenos y malos. Yo quiero a mi mujer, que se llama Kathy, pero a veces me enfado con ella. A veces... la odio.

Alicia no dejaba de mirarme; me sentía como un conejo frente a los faros de un coche, paralizado, incapaz de apartar la mirada y de moverme. La alarma contra ataques estaba sobre la mesa, a mi alcance. Hice un esfuerzo consciente para no volver la mirada hacia allí.

Sabía que no debía continuar hablando, que debía callarme ya, pero no podía parar. Seguí compulsivamente:

—Y cuando digo que la odio, no quiero decir que «todo yo» la odie. Solo es una parte de mí la que odia. Se trata de mantener el contacto con ambas partes a la vez. Parte de ti amaba a Gabriel. Parte de ti lo odiaba.

Alicia sacudió la cabeza: no. Un movimiento breve, pero claro. Por fin: una respuesta. Sentí una emoción repentina. Debería haberme detenido ahí, pero no lo hice.

—Parte de ti lo odiaba —repetí con más firmeza.

Otra negación de cabeza. Sus ojos ardientes me atravesaban. Se está enfadando, pensé.

—Es cierto, Alicia. Si no, no lo habrías matado.

Saltó de repente. Pensé que se me iba a echar encima, y mi cuerpo se tensó ante la expectativa. Sin embargo, en lugar de eso, se volvió y se encaminó hacia la puerta. Empezó a aporrearla con los puños.

Se oyó el ruido de una llave girando... y Yuri abrió la puerta de golpe. Pareció aliviado al ver que Alicia no me estaba estrangulando en el suelo. Ella lo apartó de en medio y salió corriendo al pasillo.

—Calma, más despacio, cielo —dijo él, y se volvió para mirarme—. ¿Todo bien? ¿Qué ha pasado?

No contesté. Yuri me dirigió una mirada extrañada y se marchó. Me quedé solo.

«Imbécil —dije para mis adentros—. Eres un imbécil». ¿Qué acababa de hacer? La había presionado demasiado, con demasiada intensidad y demasiado pronto. Era terriblemente poco profesional, por no decir de una ineptitud de cojones. Mi actitud desvelaba muchísimo más de mi estado mental que del de ella.

Sin embargo, eso era lo que te hacía Alicia. Su silencio era como un espejo: te devolvía tu propio reflejo.

Y a menudo era una visión espantosa.

8

No hacía falta ser psicoterapeuta para sospechar que Kathy había dejado el portátil abierto porque —en un nivel inconsciente, por lo menos— quería que yo descubriera su infidelidad.

Bueno, pues ya lo había descubierto. Ya lo sabía.

No había hablado con ella desde la noche anterior. Cuando llegó, fingí que estaba dormido, y por la mañana salí de casa antes de que se despertara. La evitaba, evitándome a mí mismo. Me encontraba en estado de shock. Sabía que tenía que analizarme, o arriesgarme a perderme. «Contrólate», me repetía en un murmullo mientras me liaba un porro. Me lo fumé en la ventana, y entonces, debidamente colocado, me serví una copa de vino en la cocina.

La copa se me resbaló de entre los dedos al levantarla. Intenté atraparla mientras caía, pero solo conseguí lanzar la mano contra un trozo de cristal cuando se rompió sobre la mesa, y me rebané un trozo de carne del dedo.

De repente había sangre por todas partes: sangre goteándome por el brazo, sangre en la copa rota, sangre mezclándose con el vino blanco sobre la mesa. Con dificultad, logré arrancar un trozo de papel de cocina y me lo apreté alrededor del dedo para contener la hemorragia. Levanté la mano por encima de la cabeza mientras veía cómo el reguero de sangre que me recorría el brazo se escindía en riachuelos, emulando el dibujo de las venas bajo la piel.

Pensé en Kathy.

Era Kathy a quien acudía en momentos de crisis, cuando necesitaba compasión, que me tranquilizaran o que me curaran con besos. Quería que cuidara de mí. Pensé en llamarla, pero nada más imaginarlo vi una puerta cerrándose de golpe al instante, una puerta que la dejaba fuera de mi alcance. Kathy ya no estaba; la había perdido. Quería llorar, pero no podía. Estaba bloqueado por dentro, lleno de barro y mierda.

«Joder —no dejaba de repetir—, joder...».

Tomé conciencia del tictac del reloj. Parecía sonar más alto. Intenté concentrarme en él y frenar así el remolino de mis pensamientos: tic, tac, tic, tac... Pero el coro de voces de mi cabeza se hizo más fuerte y ya no hubo forma de acallarlo. «Claro —pensé—, tarde o temprano tenía que serme infiel, algo así tenía que pasar, era inevitable; nunca fui lo bastante bueno para ella, era un inútil, feo, indigno, un mierda; en algún momento tenía que cansarse de mí; no la merecía, no era merecedor de absolutamente nada». Y así seguía y seguía, un terrible pensamiento tras otro que me golpeaban como puños.

Qué poco la conocía. Esos correos electrónicos demostraban que había estado viviendo con una desconocida. De pronto veía la verdad. Kathy no me había salvado; era incapaz de salvar a nadie. No era una heroína a la que admirar, solo una cría asustada y jodida, una puta mentirosa. Toda esa mitología del «nosotros» que yo había construido, nuestras esperanzas y nuestros sueños, nuestros gustos, nuestros planes para el futuro; una vida que parecía tan segura, tan sólida, de repente se desmoronaba en cuestión de segundos. Como un castillo de naipes en una ráfaga de viento.

Mi mente regresó a esa fría habitación de la universidad en la que, hacía ya muchos años, me dediqué a abrir cajas de paracetamol como un loco, con los dedos entumecidos y torpes. Ese mismo entumecimiento se apoderó de mí esta vez, ese mismo deseo de hacerme un ovillo y morir. Pensé en mi madre. ¿Podía llamarla? ¿Recurrir a ella en un momento de desesperación y necesidad? Imaginé que contestaba al teléfono, su voz temblorosa; el temblor de su voz dependía del humor de mi padre, y de si había estado bebiendo. Quizá me escucharía con compasión, pero tendría la cabeza en otra parte, y un ojo puesto en mi padre y su cólera. ¿Cómo iba a ayudarme ella? ¿Cómo puede una rata que se ahoga salvar a otra?

Tenía que salir. No podía respirar allí dentro, en ese apartamento con esos lirios apestosos. Necesitaba aire fresco. Necesitaba respirar.

Salí del piso. Hundí las manos en los bolsillos y mantuve la cabeza gacha. Caminé deprisa por las calles sin ir a ninguna parte. No hacía más que repasar mentalmente nuestra relación, escena por escena, recordándola, examinándola, dándole vueltas en busca de pistas. Recordé peleas no resueltas, ausencias no explicadas y retrasos frecuentes. Pero también recordé pequeños actos de bondad; las notas afectuosas que Kathy me dejaba en lugares inesperados, los momentos de ternura y de lo que parecía amor genuino. ¿Cómo era posible? ¿Había estado actuando todo el tiempo? ¿Me había querido alguna vez?

Recordé el destello de duda que sentí al conocer a sus amigos. Todos eran actores; estridentes, narcisistas y presumidos, hablaban sin parar de sí mismos y de personas a quienes yo no conocía. De repente me sentí transportado de vuelta al colegio, merodeando solo por los márgenes del patio, mirando jugar a los demás niños. Me había convencido de que Kathy no era como ellos, pero estaba claro que sí. De habérmelos encontrado con ella junto a la barra la noche en que la conocí, ¿habría actuado yo de otra forma? Lo dudo. Nada habría podido impedir nuestra unión; desde el momento en que vi a Kathy, mi destino estaba sellado.

¿Qué debía hacer?

Enfrentarme a ella, por supuesto. Contarle lo que había visto. Reaccionaría negándolo y después, al ver que era inútil, admitiría la verdad y se postraría, vencida por el arrepentimiento. Me suplicaría perdón…, ¿no?

¿Y si no lo hacía? ¿Y si se burlaba de mí? ¿Y si se reía, daba media vuelta y se marchaba? Entonces ¿qué?

De los dos, yo era el que tenía más que perder, de eso no cabía duda. Kathy sobreviviría; le gustaba decir que era dura como el acero. Se recompondría, se sacudiría el polvo de encima y se olvidaría por completo de mí. Pero yo no la olvidaría jamás. ¿Cómo iba a olvidarla? Sin Kathy regresaría a esa existencia vacía y solitaria que ya había sufrido antes. Nunca volvería a conocer a nadie como ella, nunca viviría esa misma conexión ni experimentaría esa profundidad de sentimientos por otro ser humano. Era el amor de mi vida —era mi vida entera—, y no estaba preparado para dejarla marchar. Todavía no. Aunque me hubiese traicionado, seguía queriéndola.

Tal vez sí estaba loco, después de todo.

Un ave solitaria chilló por encima de mi cabeza y me sobresaltó. Me detuve y miré alrededor. Había llegado mucho más lejos de lo que creía. No sin cierto sobresalto, vi adónde me habían llevado mis pasos: había llegado a un par de calles de la puerta de Ruth.

Sin proponérmelo, inconscientemente había acudido a mi antigua terapeuta en un momento de dificultad, igual que había hecho tantas otras veces en el pasado. Aquello daba fe de lo atribulado que estaba: que me planteara incluso presentarme en su puerta, llamar al timbre y pedir ayuda.

«Y por qué no», pensé de pronto; sí, era una conducta poco profesional y nada apropiada, pero estaba desesperado y necesitaba ayuda. Así que, antes de darme cuenta, me encontraba frente a la puerta verde de Ruth y vi cómo mi mano se alzaba hasta el timbre y lo pulsaba.

Ruth tardó un rato en contestar. Una luz se encendió en el pasillo: luego la puerta se abrió con la cadena echada.

Ruth espió por la rendija. La vi mayor. Debía de tener ya ochenta y tantos años; estaba más menguada, más frágil de como yo la recordaba, y algo encorvada también. Llevaba puesta una chaqueta gris de punto por encima de un camisón rosa palo.

—¿Hola? —dijo con nerviosismo—. ¿Quién es?

—Hola, Ruth —respondí, dando un paso hacia la luz.

Me reconoció y me miró con sorpresa.

—¿Theo? ¿Qué demonios...? —sus ojos fueron desde mi cara hasta el vendaje improvisado y torpe que me envolvía el dedo y que estaba manchado de sangre—. ¿Estás bien?

—La verdad es que no. ¿Puedo pasar? Es que... necesito hablar contigo.

No hubo titubeo alguno por parte de Ruth, solo una mirada de preocupación. Asintió con la cabeza.

—Por supuesto. Pasa —quitó la cadena y abrió la puerta.

Entré en su casa.

9

Ruth me hizo pasar a la sala de estar.

—¿Te apetece una taza de té?

La habitación estaba como siempre, como yo la recordaba: la alfombra, los pesados cortinajes, el reloj de plata y su tictac en la repisa de la chimenea, el sillón, el sofá azul desvaído. Me sentí más tranquilo al instante.

—Si te soy sincero, me vendría bien algo más fuerte.

Ruth me lanzó una mirada breve y penetrante, pero no hizo ningún comentario. Tampoco se negó, como yo medio esperaba.

Sirvió una copa de jerez y me la dio. Me senté en el sofá. La fuerza de la costumbre hizo que ocupara mi sitio de siempre de las terapias, en el extremo izquierdo, con un brazo encima del reposabrazos. Noté bajo los dedos la tela ya fina a causa del desgaste, del frotar nervioso de muchos pacientes, yo incluido.

Tomé un trago de jerez. Era cálido, dulce y un poco empalagoso, pero me lo bebí, consciente de que Ruth no dejaba de observarme. Su mirada era descarada, pero no resultaba molesta ni incómoda; en veinte años, Ruth nunca había conseguido hacerme sentir incómodo. No dije nada hasta que me acabé el jerez y dejé la copa vacía.

—Qué extraño es estar aquí sentado con una copa en la mano. Sé que no tienes por costumbre ofrecer bebida a los pacientes.

—Tú ya no eres mi paciente. Solo un amigo, y..., por la pinta que traes —añadió con delicadeza—, ahora mismo necesitas a una amiga.

—¿Tan mal aspecto tengo?

—Pues sí, me temo. Y debe de ser grave, o no habrías venido así, sin avisar. Por lo menos no a las diez de la noche.

—Tienes razón. Me ha parecido que... que no tenía otra opción.

—¿Qué ocurre, Theo? ¿Qué te inquieta?

—No sé cómo decírtelo. No sé por dónde empezar.

—¿Qué te parece por el principio?

Asentí. Respiré hondo y empecé. Le conté todo lo que había ocurrido. Le conté que había vuelto a fumar marihuana y que lo hacía en secreto..., y que eso me había llevado a descubrir los correos electrónicos de Kathy y su aventura. Hablaba deprisa, sin aliento, como queriendo desahogarme. Me sentía igual que en un confesonario.

Ruth escuchó sin interrumpirme hasta que hube terminado. Su expresión era difícil de interpretar.

—Siento mucho que haya pasado eso, Theo. Sé lo mucho que significa Kathy para ti. Lo mucho que la quieres.

—Sí, quiero a... —me detuve, incapaz de decir su nombre.

En mi voz se oía un temblor. A Ruth no le pasó por alto y me acercó la caja de pañuelos de papel. Solía enfadarme cuando hacía eso en nuestras sesiones, la acusaba de intentar hacerme llorar. Normalmente lo conseguía, pero esa noche no. Esa noche mis lágrimas estaban congeladas. Eran un depósito de hielo.

Ya llevaba una temporada viendo a Ruth antes de conocer a Kathy y continué con la terapia durante los tres primeros años de nuestra relación. Recuerdo el consejo que me dio Ruth cuando Kathy y yo empezamos a salir: «Escoger una amante se parece mucho a escoger un terapeuta. Debemos preguntarnos: ¿se trata de alguien que será honesto conmigo, que escuchará las críticas, admitirá los errores cometidos y no prometerá imposibles?».

En aquel momento le conté todo eso a Kathy, y ella me propuso que hiciéramos un pacto. Juramos no mentirnos nunca. No fingir nunca. Ser siempre sinceros.

—¿Qué ha pasado? —pregunté—. ¿Qué ha salido mal?

Ruth dudó antes de hablar. Lo que dijo me sorprendió:

—Sospecho que ya conoces la respuesta a eso. Solo tienes que admitirlo ante ti mismo.

—No la sé —repuse, negando con la cabeza—, de verdad que no.

Caí en un silencio indignado..., y sin embargo, en mi mente surgió de pronto la imagen de Kathy escribiendo todos esos correos, tan apasionados y tan intensos, como si se estuviera colocando solo con el hecho de escribirlos, con la naturaleza clandestina y secreta de su relación con ese hombre. Le gustaba mentir y hacer cosas a escondidas: era como actuar, solo que fuera del escenario.

—Creo que está aburrida —dije entonces.

—¿Qué te hace pensar eso?

—Necesita emoción. Dramatismo. Siempre ha sido así. Se ha estado quejando... desde hace un tiempo, supongo, de que ya nunca nos divertimos, de que yo siempre estoy estresado, de que trabajo demasiado. Hace poco discutimos por eso. No dejaba de usar la expresión «fuegos artificiales».

—¿Fuegos artificiales?

—Porque ya no los hay. Entre nosotros.

—Ah, entiendo —Ruth asintió—. Ya hemos hablado de eso antes, ¿verdad?

—¿De los fuegos artificiales?

—Del amor. De que a menudo confundimos el amor con los fuegos artificiales. Con dramatismo y disfunción. Pero el amor de verdad es muy tranquilo, muy callado. Es aburrido, si se contempla desde la perspectiva del dramatismo exacerbado. El amor es profundo y calmado..., y constante. Imagino que sí le das amor a Kathy, en el sentido auténtico de la palabra. Que ella sea o no capaz de dártelo a ti es otra cuestión.

Miré la caja de pañuelos de papel que había en la mesa, ante mí. No me gustaba por dónde iba Ruth. Intenté desviarla.

—Hay errores por ambas partes. Yo también le he mentido. Con lo de la maría.

Ruth sonrió con tristeza.

—No sé si una traición sexual y emocional continuada con otro ser humano está al mismo nivel que colocarse un poco de vez en cuando. Me parece que señala a un tipo de individuo muy diferente: alguien que es capaz de mentir repetidamente, y mentir bien, que puede traicionar a su compañero sin sentir ningún remordimiento...

—Eso no lo sabes —la interrumpí. Soné tan patético como me sentía—. A lo mejor se siente fatal.

Pero eso ni yo mismo me lo creía al decirlo.

Tampoco Ruth lo creyó.

—Lo dudo. A mí su comportamiento me hace pensar que está bastante mal, que le falta empatía e integridad, además de pura y simple bondad. Cualidades, todas ellas, que tú tienes de sobra.

Negué con la cabeza.

—Eso no es cierto.

—Sí que lo es, Theo —dudó un instante—. ¿No crees que quizá ya hayas estado antes en esta situación?

—¿Con Kathy?

Ruth negó con la cabeza.

—No me refiero a eso. Me refiero a tus padres. Cuando eras más joven. Tal vez se esconda ahí una dinámica de la infancia que ahora estás replicando.

—No —de repente me molestó—. Lo que me pasa con Kathy no tiene nada que ver con mi infancia.

—Ah, ¿no? —Ruth parecía escéptica—. ¿Intentar contentar a alguien impredecible, alguien emocionalmente inaccesible, indiferente, poco amable? ¿Intentar tenerlos contentos, ganarte su amor? ¿No es una vieja historia, Theo? ¿Una historia conocida?

Apreté el puño y no dije nada. Ruth, con ciertos titubeos, prosiguió:

—Sé que estás muy triste, pero quiero que consideres la posibilidad de que esa tristeza la sintieras ya mucho antes de conocer a Kathy. Es una tristeza que has llevado contigo durante años. Verás, Theo, una de las cosas más difíciles de admitir es que no nos quisieron cuando más lo necesitábamos. Es una sensación terrible: el dolor de no ser amado.

Tenía razón. Yo había estado buscando a tientas las palabras adecuadas para expresar ese turbio sentimiento de traición de mi interior, ese espantoso dolor hueco; y al oír a Ruth describirlo —«el dolor de no ser amado»—, vi que dominaba todo mi yo consciente y que al mismo tiempo era la historia de mi pasado, mi presente y mi futuro. Aquello no era solo por Kathy, era por mi padre y los sentimientos de abandono de mi infancia; era mi dolor por todo lo que nunca tuve y que, en mi corazón, seguía creyendo que jamás tendría. Y Ruth me decía que por eso había escogido a Kathy. ¿Qué mejor forma de demostrarme que mi padre tenía razón en eso de que yo era indigno y no merecía ser amado que buscarme a alguien que nunca me amaría?

Hundí la cabeza entre las manos.

—O sea que ¿todo esto era inevitable? ¿Es eso lo que me estás diciendo: que me lo he buscado yo? Joder, ¿es que no hay salida?

—Sí hay salida. Ya no eres un niño a merced de tu padre. Ahora eres un hombre adulto, y tienes elección. Utiliza esto como otra confirmación de lo indigno que eres..., o rompe con el pasado. Libérate de repetirlo una y otra vez sin fin.

—¿Y cómo lo hago? ¿Crees que debería dejarla?

—Creo que es una situación muy difícil.

—Pero crees que debería dejarla, ¿verdad?

—Has llegado demasiado lejos y has trabajado demasiado para regresar a una vida de falsedad, negación y maltrato emocional. Te mereces a alguien que te trate mejor. Mucho mejor...

—Pero dilo, Ruth. Dilo. Crees que debería dejarla.

Ruth me miró a los ojos. Me sostuvo la mirada.

—Sí, lo creo. Y no lo digo como antigua terapeuta, sino como vieja amiga. No creo que pudieras volver, aunque quisieras. Podrías aguantar un tiempo más, tal vez, pero al cabo de unos meses sucedería algo que te traería de vuelta a este sofá. Sé sincero contigo mismo, Theo, sobre Kathy y esta situación, y te desprenderás de todo lo que se ha construido sobre mentiras y falsedades. Recuerda, el amor que no implica sinceridad no merece el nombre de amor.

Suspiré, abatido, deprimido y muy cansado.

—Gracias, Ruth..., por tu sinceridad. Significa mucho para mí.

Me dio un abrazo en la puerta antes de que me fuera. Nunca lo había hecho. La sentí frágil entre mis brazos, sus huesos eran muy delicados; inspiré su leve esencia floral y el olor a lana de su chaqueta, y de nuevo me sentí al borde de las lágrimas. Pero no lloré, o no pude llorar.

En lugar de eso, eché a andar y no volví la cabeza.

Tomé el autobús para regresar a casa. Me senté junto a la ventana, mirando fuera, pensando en Kathy, en su piel blanca y esos hermosos ojos verdes. Me invadió un anhelo enorme: del sabor dulce de sus labios, de su suavidad. Pero Ruth tenía razón. El amor que no implica sinceridad no merecía el nombre de amor.

Tenía que volver a casa y enfrentarme a Kathy.

Tenía que dejarla.

10

Kathy estaba en casa cuando llegué. Me la encontré sentada en el sofá, enviando un mensaje de texto.

—¿Dónde te habías metido? —preguntó sin levantar la mirada.

—He salido a pasear. ¿Qué tal el ensayo?

—Bien. Cansado.

La miré mientras tecleaba y me pregunté a quién le estaría escribiendo. Sabía que era mi momento para hablar: «Sé que tienes una aventura, quiero el divorcio». Abrí la boca para decirlo, pero me sorprendí mudo y, antes de que pudiera recuperar la voz, Kathy se me adelantó. Dejó de teclear y soltó el teléfono.

—Theo, tenemos que hablar.

—¿Sobre qué?

—¿No tienes nada que contarme?

En su voz había una nota severa. Evité mirarla por si me leía el pensamiento. Me sentí avergonzado y furtivo, como si fuese yo el que tenía un secreto culpable.

Y así era, por lo que a ella respectaba. Kathy alargó la mano por detrás del sofá y levantó algo. De pronto me dio un vuelco el corazón. Sostenía el botecito donde guardaba la hierba. Se me había olvidado volver a esconderlo en la habitación de invitados después de cortarme el dedo.

—¿Qué es esto? —preguntó, levantándolo.

—María.

—Eso ya lo veo. ¿Y qué hace aquí?

—He comprado un poco. Me apetecía.

—¿Te apetecía qué? ¿Colocarte? ¿Lo dices en serio?

Me encogí de hombros y evité su mirada como un niño travieso.

—¿Qué cojones...? Venga ya, joder —Kathy sacudió la cabeza, indignada—. A veces creo que no te conozco en absoluto.

Quería pegarle. Quería saltarle encima y molerla a puñetazos. Quería destrozar la habitación, estrellar los muebles contra las paredes. Quería llorar, y aullar, y hundirme en sus brazos.

No hice nada de eso.

—Vámonos a la cama —dije, y salí al pasillo.

Nos acostamos en silencio y me quedé tumbado a su lado en la oscuridad. Estuve horas despierto, sintiendo la calidez de su cuerpo, mirándola mientras dormía.

«¿Por qué no acudiste a mí? —quería decirle—. ¿Por qué no hablaste conmigo? Yo era tu mejor amigo. No habría hecho falta más que una palabra por tu parte y podríamos haberlo solucionado. ¿Por qué no hablaste conmigo? Estoy aquí. ¡Estoy aquí mismo!»

Quería alargar la mano y atraerla hacia mí. Quería abrazarla, pero no podía. Kathy se había ido; la persona a la que tanto había amado había desaparecido para siempre y había dejado a una extraña en su lugar.

Un sollozo afloró desde el fondo de mi garganta. Por fin llegaron las lágrimas, que cayeron como un torrente por mis mejillas.

En silencio, a oscuras, lloré.

La mañana siguiente nos levantamos y cumplimos con el ritual de siempre: ella se metió en el baño mientras yo hacía café. Le serví una taza cuando entró en la cocina.

—Anoche hacías ruidos raros —dijo—. Hablabas dormido.

—¿Qué decía?

—No lo sé. Nada. No tenía sentido. Seguramente porque estabas colocadísimo —me soltó una miradita mordaz y consultó el reloj—. Tengo que irme, voy a llegar tarde.

Kathy se acabó el café y dejó la taza en el fregadero. Me dio un beso rápido en la mejilla. El contacto de sus labios casi hizo que me estremeciera.

Cuando se fue, me metí en la ducha y subí la temperatura casi hasta escaldarme. El agua caliente me daba latigazos en la cara mientras yo lloraba, abrasaba mis lágrimas infantiles y dolorosas. Al secarme después, vi de reojo mi imagen en el espejo. Me sobresalté; estaba ceniciento, encogido, había envejecido treinta años en una noche. Se me veía viejo, exhausto: mi juventud se había evaporado.

En ese mismo instante tomé una decisión.

Dejar a Kathy sería como permitir que me arrancasen una extremidad. No estaba preparado para mutilarme así y punto. No me importaba lo que dijera Ruth. Ruth no era infalible. Kathy no era mi padre y yo no estaba condenado a repetir el pasado. Podía cambiar el futuro. Kathy y yo habíamos sido felices antes; podíamos volver a serlo. Quizá un día me lo confesara todo. Me lo contaría y yo la perdonaría. Lo superaríamos.

No pensaba dejar que se fuera. En lugar de eso, me quedaría callado. Fingiría que nunca había visto esos correos electrónicos y, de alguna manera, lo olvidaría. Lo enterraría. No tenía más elección que seguir adelante. Me negaba a rendirme ante la situación, me negaba a tener una crisis y desmoronarme.

A fin de cuentas, no solo era responsable de mí mismo. ¿Acaso no tenía pacientes a mi cuidado? Ciertas personas dependían de mí.

No podía abandonarlas.

11

—Estoy buscando a Elif. ¿Tienes idea de dónde puedo encontrarla?

Yuri me miró con curiosidad.

—¿La buscas por algo en concreto?

—Solo para saludarla un momento. Quiero conocer a todas las pacientes, decirles quién soy, que sepan que estoy aquí.

Yuri parecía dubitativo.

—Vale. Bueno, no te lo tomes como algo personal si no se muestra muy receptiva —miró al reloj de la pared—. Son y media pasadas, así que acabará de salir de terapia artística. Probablemente la encontrarás en la sala de recreo.

—Gracias.

El área de recreo era una gran sala circular equipada con sofás destartalados, mesitas bajas, una librería llena de libros destrozados que nadie quería leer. Olía a té rancio y al humo de cigarrillo que impregnaba el mobiliario. Un par de pacientes jugaban al backgammon en un rincón. Elif estaba sola en la mesa de billar. Me acerqué con una sonrisa.

—Hola, Elif.

Levantó la mirada con ojos asustados y recelosos.

—¿Qué?

—No te preocupes, no pasa nada. Solo quería hablar contigo un momento.

—No eres mi médico. Ya tengo uno.

—No soy médico. Soy psicoterapeuta.

Elif refunfuñó con desdén.

—De eso también tengo una.

Sonreí, secretamente aliviado por que fuera paciente de Indira y no mía. De cerca, Elif resultaba más intimidante aún. No era solo por su enorme tamaño, sino también por la ira que llevaba grabada en la cara: un ceño permanente y unos ojos negros y rabiosos, ojos a todas luces desequilibrados. Apestaba a sudor y a esos cigarrillos de liar que fumaba siempre, que le habían dejado las puntas de los dedos manchadas de negro y las uñas y los dientes de un amarillo oscuro.

—Solo quería hacerte un par de preguntas, si te parece bien... Sobre Alicia.

Elif arrugó la frente, dejó el taco en la mesa con un golpe y empezó a colocar las bolas para la siguiente partida. Entonces se detuvo y se quedó allí de pie, con aspecto distraído, callada.

—¿Elif?

No respondía. Por su expresión comprendí lo que estaba ocurriendo.

—¿Oyes voces, Elif?

Una mirada recelosa. Se encogió de hombros.

—¿Qué te dicen?

—Que no eres legal. Me dicen que vaya con cuidado.

—Comprendo. Es cierto. No me conoces, así que es sensato que no confíes en mí. Todavía no. Quizá con el tiempo eso cambie.

La forma en que Elif me miró parecía decir que lo dudaba.

Asentí en dirección a la mesa de billar.

—¿Te apetece una partida?

—Pues no.

—¿Por qué no?

Volvió a encogerse de hombros.

—El otro taco está roto. Todavía no lo han cambiado.

—Pero puedo compartir el taco contigo, ¿no?

El taco descansaba en la mesa. Fui a tocarlo..., y ella lo agarró para alejarlo de mí.

—¡Este taco es mío, joder! ¡Búscate otro!

Retrocedí, inquieto ante la ferocidad de su reacción. Elif tiró con una fuerza considerable. Estuve viéndola jugar un rato, luego volví a intentarlo.

—Me preguntaba si podrías contarme algo sobre lo que ocurrió cuando internaron a Alicia en The Grove. ¿Lo recuerdas?

Elif negó con la cabeza.

—He leído en su expediente que tuvisteis un altercado en el comedor. ¿Fuiste tú la víctima del ataque?

—Ah, eso, sí, sí, intentó matarme, ¿a que sí? Intentó rajarme la puta garganta.

—Según las notas que se entregaron, una enfermera te vio susurrarle algo a Alicia antes de que te atacara. Me preguntaba qué le dijiste.

—No —Elif negó con la cabeza, furiosa—. Yo no le dije nada.

—No insinúo que la provocaras. Solo tengo curiosidad. ¿Qué fue?

—Le pregunté una cosa, joder, ¿y qué?

—¿Qué le preguntaste?

—Le pregunté si él se lo merecía.

—¿Quién?

—Él. Su hombre —Elif sonrió, aunque en realidad no fue una sonrisa, sino más bien una mueca deforme.

—¿Quieres decir... su marido? —dudé, no estaba seguro de haberla entendido bien—. ¿Le preguntaste a Alicia si su marido se merecía que lo matara?

Elif asintió y tiró con el taco.

—También le pregunté qué pinta tenía. Cuando le disparó y le reventó el cráneo y se le desparramaron los sesos —rio.

Sentí un repentino aflujo de asco..., parecido a los sentimientos que imagino que Elif provocó en Alicia. Elif te hacía sentir repulsión y odio; esa era su patología, así era como la había hecho sentir su madre cuando era muy pe-

137

queña. Odiosa y repulsiva. De manera que Elif te provocaba inconscientemente para que la odiases..., y casi siempre lo conseguía.

—¿Y cómo están las cosas ahora? —pregunté—. ¿Alicia y tú os lleváis bien?

—Uy, sí, tío. Estamos muy unidas. Es mi mejor amiga —volvió a reír.

Antes de que pudiera contestarle nada, el móvil empezó a vibrarme en el bolsillo. Miré quién era. No reconocí el número.

—Tengo que contestar. Gracias. Me has ayudado mucho.

Elif masculló algo ininteligible y siguió con su partida.

Salí al pasillo y contesté la llamada.

—¿Sí?

—¿Theo Faber?

—Yo mismo. ¿Con quién hablo?

—Soy Max Berenson, quería hablar conmigo.

—Ah, sí. Hola. Gracias por llamar. Me preguntaba si podríamos tener una conversación sobre Alicia.

—¿Por qué? ¿Ha ocurrido algo? ¿Hay algún problema?

—No. Bueno, no exactamente... La estoy tratando y querría hacerle un par de preguntas sobre ella. Cuando le vaya bien.

—¿Y no podríamos hacerlo por teléfono? Estoy bastante ocupado.

—Preferiría hablar en persona, si es posible.

Max Berenson suspiró y masculló algo apartándose del teléfono y dirigiéndose a otra persona. Y después:

—Mañana por la tarde, a las siete, en mi despacho.

Estaba a punto de preguntarle por la dirección, pero me colgó el teléfono.

12

La recepcionista de Max Berenson estaba muy resfriada. Cogió un pañuelo de papel, se sonó la nariz y me indicó por gestos que esperase.

—Está hablando por teléfono. Saldrá enseguida.

Asentí y me senté en la sala de espera. Unas cuantas sillas rectas e incómodas, una mesa de café con una pila de revistas viejas. «Todas las salas de espera se parecen —pensé—. Igual podría estar esperando para ver a un médico que al director de una funeraria que a un abogado».

La puerta del otro lado del pasillo se abrió. Max Berenson salió y me hizo señas para que me acercara. Volvió a desaparecer en su despacho, así que me levanté y lo seguí adentro.

Esperaba lo peor, dado lo brusco de su reacción al teléfono. Sin embargo, para mi sorpresa, empezó con una disculpa.

—Le pido disculpas si fui algo cortante cuando hablamos. Ha sido una semana larga y estoy algo acatarrado. ¿No quiere sentarse?

Tomé asiento en la silla que había frente al escritorio.

—Gracias —repuse—. Y gracias también por acceder a verme.

—Bueno, al principio no estaba seguro de que debiera hacerlo. Pensé que era usted un periodista intentando hacerme hablar de Alicia. Pero luego llamé a The Grove y comprobé que trabaja allí.

—Ya veo. ¿Ocurre mucho? Lo de los periodistas, quiero decir.

—Últimamente no, pero antes sí. Aprendí a no bajar la guardia...

Iba a decir algo más, pero lo interrumpió un estornudo. Alargó la mano hacia una caja de pañuelos de papel.

—Lo siento... En casa estamos todos resfriados.

Se sonó la nariz. Lo miré con detenimiento. Al contrario que su hermano menor, Max Berenson no era un hombre atractivo. Su presencia imponía, ciertamente, tenía una calvicie incipiente y su rostro estaba salpicado de profundas marcas de acné. Llevaba una anticuada fragancia de caballero, especiada, como las que solía usar mi padre. Su despacho era asimismo tradicional y desprendía ese tranquilizador olor a mobiliario de cuero, madera, libros. No podía ser más diferente del mundo en el que había vivido Gabriel; un mundo de color y de belleza por el amor a la belleza. Estaba claro que Max y él no se parecían en nada.

En el escritorio había una fotografía enmarcada de Gabriel. Una instantánea natural —¿hecha por Max, tal vez?— en la que se le veía sentado en una valla en el campo, con el pelo alborotado por la brisa y la cámara colgada al cuello. Parecía más un actor que un fotógrafo. O un actor interpretando a un fotógrafo.

Max me sorprendió mirando la fotografía y asintió, como si me leyera la mente.

—Mi hermano se quedó con el atractivo y el buen pelo. Yo con el cerebro —rio—. Lo digo en broma. En realidad soy adoptado. No teníamos parentesco sanguíneo.

—No lo sabía. ¿Los adoptaron a ambos?

—No, solo a mí. Nuestros padres creían que no podían tener hijos, pero poco después de adoptarme concibieron a uno. Es muy frecuente, por lo visto. Tiene algo que ver con la desaparición del estrés.

—¿Estaban muy unidos, Gabriel y usted?

—Más que la mayoría. Aunque él siempre acaparaba la atención de los focos, claro. Yo estaba bastante eclipsado por él.

—¿Y eso por qué?

—Bueno, era difícil no estarlo. Gabriel era especial, ya de niño —Max tenía la costumbre de juguetear con su alianza. No paraba de darle vueltas en el dedo mientras hablaba—. Solía llevarse la cámara a todas partes, ¿sabe?, y hacer fotos. Mi padre pensaba que estaba loco, pero resulta que mi hermano era una especie de genio. ¿Conoce su obra?

Sonreí con diplomacia. No tenía ningún deseo de meterme en una discusión sobre los méritos de Gabriel como fotógrafo.

En lugar de eso, reconduje la conversación hacia Alicia.

—A ella también debía de conocerla muy bien.

—¿A Alicia? ¿Eso cree? —algo en Max cambió en cuanto mencioné su nombre. Su calidez se evaporó. Su tono se volvió frío—. No sé si podré ayudarle —siguió diciendo—. No representé a Alicia en los tribunales. Puedo ponerle en contacto con mi colega, Patrick Doherty, si quiere detalles sobre el juicio.

—No es esa la clase de información que busco.

—¿No? —me miró con curiosidad—. Como psicoterapeuta, ¿no es una práctica habitual entrevistarse con el abogado de una paciente?

—No si la paciente pudiera hablar por sí misma.

Max pareció sopesar eso.

—Comprendo. Bueno, como le he dicho, no sé en qué puedo ayudarle, así que...

—Solo tengo un par de preguntas.

—Muy bien. Dispare.

—Recuerdo haber leído entonces en la prensa que vio usted a Gabriel y a Alicia la noche antes del asesinato, ¿cierto?

—Sí, cenamos juntos.

—¿Cómo los encontró?

A Max se le pusieron los ojos vidriosos. Debían de haberle hecho esa pregunta cientos de veces y su respuesta fue automática, no la pensó.

—Normales. Completamente normales.

—¿Y a Alicia?

—Normal —se encogió de hombros—. Quizá algo más nerviosa que otras veces, pero...

—¿Pero?

—Nada.

Presentí que ahí había algo más. Esperé. Al cabo de un momento, Max continuó:

—No sé cuánto sabe de la relación que tenían.

—Solo lo que leí en los periódicos.

—¿Y qué leyó?

—Que eran felices.

—¿Felices? —Max sonrió con frialdad—. Sí, eran felices. Gabriel se esforzaba todo lo que podía por hacerla feliz.

—Comprendo.

Aunque no lo comprendía. No sabía adónde quería ir a parar. Debí de poner cara de desconcierto, porque se encogió de hombros.

—No voy a explayarme más. Si lo que busca son cotilleos, hable con Jean-Felix, no conmigo.

—¿Jean-Felix?

—Jean-Felix Martin, el galerista de Alicia. Hacía años que se conocían. Eran uña y carne. Nunca me cayó muy bien, si le soy sincero.

—No me interesan los cotilleos —repuse, y tomé nota mental de que tenía que hablar con Jean-Felix en cuanto pudiera—. Me interesa más su opinión personal. ¿Puedo hacerle una pregunta directa?

—Pensaba que acababa de hacerlo.

—¿Le caía bien Alicia?

Max me miró con un rostro del todo inexpresivo mientras respondía.

—Por supuesto que sí.

No lo creí.

—Percibo que tiene usted dos posiciones diferentes. La del abogado, que se muestra discreto, como es comprensible, y la del hermano. Es al hermano a quien he venido a ver.

Hubo una pausa. Me pregunté si Max iba a pedirme que me marchara. Parecía a punto de decir algo, pero cambió de opinión. Y entonces, de pronto, se levantó y fue a la ventana. La abrió. Entró una ráfaga de aire frío. Max inhaló profundamente, como si la habitación lo hubiera estado asfixiando. Después habló en voz baja:

—La verdad es que... la odiaba. La detestaba.

No dije nada. Esperé a que continuase.

Seguía mirando por la ventana y hablaba despacio.

—Gabriel no era solo mi hermano, era mi mejor amigo —dijo, despacio—. Era el hombre más amable que pueda imaginar. Demasiado amable. Y todo su talento, su bondad, su pasión por la vida... se fueron al traste por culpa de... ¡esa zorra! No fue solo su vida lo que destruyó, la mía también. Gracias a Dios que mis padres ya no estaban vivos para verlo... —se le ahogó la voz, emocionado de pronto.

Era difícil no sentir el dolor de Max Berenson, y me dio pena.

—Debió de ser dificilísimo para usted organizar la defensa de Alicia —dije.

Max cerró la ventana y volvió al escritorio. Había recuperado el control de sí mismo y ocupaba de nuevo la posición del abogado. Neutral, equilibrado, impasible.

Se encogió de hombros una vez más.

—Era lo que habría deseado Gabriel. Quería lo mejor para Alicia, siempre. Estaba loco por ella. Ella solo estaba loca.

—¿Cree que estaba desequilibrada?

—Dígamelo usted, que es su terapeuta.

—Pero ¿usted qué cree?

—Sé lo que he visto.

—¿Y qué ha visto?

—Cambios de humor. Ira. Arrebatos violentos. Rompía cosas, lo destrozaba todo. Gabriel me dijo que había amenazado con asesinarlo en varias ocasiones. Debí hacerle caso, haber hecho algo. Debí haber intervenido después de que intentara suicidarse, haber insistido en que buscara ayuda. Pero no lo hice. Gabriel estaba decidido a protegerla y, como un idiota, yo le dejé.

Suspiró y consultó el reloj: una señal para que yo fuera concluyendo la conversación.

Sin embargo, seguí mirándolo inexpresivo.

—¿Alicia intentó suicidarse? ¿Qué quiere decir? ¿Cuándo? ¿Se refiere a después del asesinato?

Max negó con la cabeza.

—No, muchos años antes. ¿No lo sabía? Suponía que sí.

—¿Cuándo ocurrió eso?

—Después de la muerte de su padre. Se tomó una sobredosis... de pastillas o algo así. No lo recuerdo exactamente. Tuvo una especie de crisis nerviosa.

Estaba a punto de presionarlo más cuando la puerta se abrió. La recepcionista entró y habló con voz resfriada.

—Cariño, tenemos que irnos. Vamos a llegar tarde.

—Cierto. Ya voy, cielo.

La puerta se cerró. Max se levantó y me dirigió una mirada de disculpa.

—Tenemos entradas para el teatro —debí de parecerle asombrado, porque se echó a reír—. Tanya y yo nos casamos el año pasado.

—Ah, entiendo.

—La muerte de Gabriel nos unió mucho. No podría haberlo superado sin ella.

El teléfono de Max sonó y lo distrajo.

Le hice un gesto con la cabeza para que contestara la llamada.

—Gracias, me ha sido de mucha ayuda —dije.

Salí del despacho sin hacer ruido. Miré con más detenimiento a Tanya, en la recepción; era rubia, guapa, bastante menuda. Se sonó la nariz y me fijé en el enorme diamante que llevaba en el anular.

Para mi sorpresa, se levantó y se acercó a mí frunciendo el ceño. Me habló en voz baja pero con urgencia.

—Si quiere saber algo de Alicia, hable con su primo, Paul. Él la conoce mejor que nadie.

—Intenté llamar a su tía, Lydia Rose. No estuvo muy comunicativa.

—Olvídese de Lydia. Vaya a Cambridge. Hable con Paul. Pregúntele por Alicia y la noche posterior al accidente, y...

La puerta del despacho se abrió. Tanya calló al instante. Max salió y ella corrió hacia él con una sonrisa de oreja a oreja.

—¿Listo, cariño? —le preguntó.

Tanya sonreía, pero parecía nerviosa. «Tiene miedo de Max», pensé. Y me pregunté por qué.

13

Diario de Alicia Berenson

22 de julio

Odio que haya un arma en casa.

Anoche volvimos a discutir por eso. O al menos yo creía que nos peleábamos por eso, pero ya no estoy tan segura. Gabriel dijo que era culpa mía que discutiéramos. Supongo que es verdad. No soportaba verlo disgustado, mirándome con ojos dolidos. Detesto causarle dolor..., y aun así, a veces lo único que quiero es hacerle daño, no sé por qué.

Dijo que yo había llegado a casa de muy mal humor. Que fui directa arriba y empecé a gritarle. A lo mejor sí lo hice. Supongo que estaba enfadada. No estoy del todo segura de lo que pasó. Acababa de volver del parque. No recuerdo casi nada del paseo; iba como sonámbula, pensando en el trabajo, en el cuadro de Jesucristo. Recuerdo haber pasado por delante de una casa en el camino de vuelta. Había dos niños jugando con una manguera. No debían de tener más de siete u ocho años. El mayor estaba mojando al pequeño con un chorro de agua; un arcoíris de color relucía en la luz. Un arcoíris perfecto. El pequeño extendió las manos, riendo. Pasé de largo y me di cuenta de que tenía las mejillas mojadas de lágrimas.

En ese momento no hice caso, pero pensándolo ahora me parece evidente. No quiero admitir la verdad ante mí misma: que a mi vida le falta una parte enorme. Que he negado el hecho de que quiero tener hijos, he fingido no sentir ningún interés por ellos, que lo único que me importa es mi arte. Y no es cierto. Eso es solo una excusa: la verdad es que me da miedo tener hijos. No sería de fiar con ellos.

No con la sangre de mi madre corriendo por mis venas.

Eso era lo que tenía en la cabeza, consciente o inconscientemente, cuando llegué a casa. Gabriel tenía razón: no estaba de buen humor.

Pero jamás habría explotado si no me lo hubiese encontrado limpiando el arma. Me disgusta muchísimo que la tenga. Y me duele que no quiera deshacerse de ella, por mucho que yo se lo pida. Siempre me dice lo mismo: que era uno de los viejos fusiles que su padre guardaba en la granja, y que se lo dio cuando él tenía dieciséis años, que su valor sentimental es enorme y bla, bla, bla. No me lo creo. Yo creo que el motivo de que se lo quede es otro. Y se lo dije. Gabriel contestó que no era malo querer estar seguro, querer proteger su casa y a su mujer. ¿Y si nos entraba alguien?

—Pues llamamos a la policía —contesté—. ¡No le disparamos, joder!

Levanté la voz, pero él la levantó aún más, y antes de que me diera cuenta, ya estábamos gritándonos. Quizá estuviera algo descontrolada, pero solo porque reaccionaba ante su actitud; Gabriel tiene un lado agresivo, una parte de él que solo atisbo en ocasiones, y cuando lo hago, me asusta. Durante esos breves momentos es como vivir con un extraño. Y es aterrador.

No nos hablamos el resto de la noche. Nos acostamos en silencio.

Esta mañana hemos hecho el amor y las paces. Parece que siempre resolvemos nuestros problemas en la cama. En cierto sentido es más fácil susurrar «Lo siento» cuando estás desnuda y medio dormida, bajo las sábanas, pero siempre lo digo de corazón. Todos los reproches y las justificaciones de mierda quedan aparcados, hechos un guiñapo en el suelo con toda nuestra ropa.

—Quizá deberíamos convertir en una regla discutir siempre en la cama —me ha besado—. Te quiero. Me desharé del fusil, te lo prometo.

—No. No importa, olvídalo. No pasa nada. De verdad.

148

Gabriel me ha besado otra vez y me ha atraído hacia sí. Yo me he abrazado a él y he tendido mi cuerpo desnudo sobre el suyo. He cerrado los ojos y me he estirado sobre esa roca afable y moldeada según mi forma. Y por fin me he sentido tranquila.

23 de julio

Escribo esto en el Caffè dell'Artista. Ahora vengo aquí casi todos los días. Sigo sintiendo la necesidad de salir de casa. Cuando estoy con más personas, aunque solo sea la camarera aburrida de la cafetería, de alguna forma me siento conectada con el mundo, como un ser humano.

Si no, corro el peligro de dejar de existir. Como si fuera a desaparecer.

A veces pienso que ojalá pudiera desaparecer; como esta noche. Gabriel ha invitado a su hermano a cenar en casa. Me lo ha soltado esta mañana.

—Hace muchísimo que no vemos a Max —ha dicho—. Desde la fiesta de inauguración de la casa de Joel. Haré una barbacoa —Gabriel me ha mirado con cara rara—. No te importa, ¿verdad?

—¿Por qué iba a importarme?

Se ha reído.

—Mientes fatal, ¿lo sabías? Te leo la cara como si fuera un libro abierto.

—¿Y qué dice?

—Que Max no te cae bien. Nunca te ha gustado.

—Eso no es verdad —sentía que me ponía colorada, me he encogido de hombros y he mirado a otro lado—. Claro que me cae bien Max —he dicho—. Estará bien verlo... ¿Cuándo vas a volver a posar para mí? Necesito terminar el cuadro.

Gabriel ha sonreído.

—¿Qué te parece este fin de semana? Y con ese cuadro..., hazme un favor: no se lo enseñes a Max, ¿vale? No quiero que me vea como un Jesucristo. Me tomaría el pelo el resto de mi vida.

—Max no lo verá. No está listo todavía.

Y aunque lo estuviera, Max es la última persona a la que quiero en mi estudio. Eso lo he pensado, pero no lo he dicho.

Ahora temo el momento de volver a casa. Querría quedarme aquí, en esta cafetería con aire acondicionado, y esconderme hasta que Max se haya ido. Pero la camarera ya se está impacientando y no deja de consultar descaradamente el reloj. No tardará en echarme. Y eso significa que, a menos que me ponga a vagar por las calles como una loca, no tengo más remedio que volver a casa y enfrentarme a la situación. Y a Max.

24 de julio

Vuelvo a estar en la cafetería. Había alguien sentado a mi mesa, y la camarera me ha lanzado una mirada comprensiva; al menos creo que era eso lo que me comunicaba, un sentimiento de solidaridad, pero a lo mejor me equivoco. He ocupado otra mesa, de cara al interior, no afuera, junto al aparato de aire acondicionado. No hay mucha luz, es un sitio frío y oscuro, lo cual encaja con mi estado de ánimo.

Anoche fue horrible. Peor de lo que había imaginado.

No reconocí a Max cuando llegó; creo que no lo había visto nunca sin traje. Estaba un poco ridículo en pantalón corto. Sudaba a mares porque había venido a pie desde la estación. Tenía la calva roja y brillante, y en las axilas se le extendían unos redondeles oscuros. Al principio no quería mirarme a los ojos. ¿O era yo la que no lo miraba?

Hizo muchos aspavientos hablando de la casa, dijo que estaba muy diferente, que hacía tanto desde la última vez que lo habíamos invitado que ya pensaba que no volveríamos a hacerlo. Gabriel no dejaba de disculparse, le dijo que habíamos estado ocupadísimos, yo con la próxima exposición y él con su trabajo, y que no habíamos visto a nadie. Gabriel sonreía, pero yo me daba cuenta de que le había molestado que Max insistiera tanto con ese comentario.

Al principio conseguí poner bastante buena cara. Estaba esperando el momento adecuado. Y por fin lo encontré. Max y Gabriel salieron al jardín a encender la barbacoa. Yo me quedé en la cocina con la excusa de hacer una ensalada. Sabía que Max encontraría un pretexto para entrar a buscarme. Y no me equivocaba. Unos cinco minutos después, oí sus pasos pesados y sordos. No camina como Gabriel. Qué va. Gabriel es silencioso, como un gato, nunca lo oigo moverse por la casa.

—Alicia —dijo Max.

Vi que me temblaban las manos mientras troceaba los tomates. Dejé el cuchillo y me volví hacia él.

Max sostuvo en alto su botella de cerveza vacía y sonrió. Seguía sin mirarme.

—He venido a por otra.

Asentí. No dije nada. Él abrió la nevera y cogió una cerveza. Miró a su alrededor buscando el abridor. Se lo señalé, en la encimera.

Mientras abría la botella me brindó una sonrisa extraña, como si fuera a decir algo, pero yo me adelanté:

—Voy a contarle a Gabriel lo que pasó. He pensado que deberías saberlo.

Max dejó de sonreír y me miró por primera vez, con ojos de serpiente.

—¿Qué?

—Que se lo voy a contar a Gabriel. Lo que pasó en casa de Joel.

—No sé de qué estás hablando.

—Ah, ¿no?

—No recuerdo nada. Estaba bastante borracho, me temo.

—Y una mierda.

—Es verdad.

—¿No recuerdas que me besaste? ¿No recuerdas que me metiste mano?

—Alicia, no.

—No ¿qué? ¿Que no monte un escándalo? Me agrediste.

Sentía que me estaba enfadando. Me costaba un esfuerzo enorme controlar la voz y no ponerme a gritar. Miré por la ventana. Gabriel estaba al fondo del jardín, de pie junto a la barbacoa. El humo y el aire caliente distorsionaban mi visión, lo veía como desfigurado.

—Te admira —dije—. Eres su hermano mayor. Le dolerá mucho cuando se lo cuente.

—Pues no lo hagas. No hay nada que contar.

—Tiene que saber la verdad. Tiene que saber cómo es su hermano en realidad. Tú...

Antes de que pudiera terminar, Max me agarró del brazo con fuerza y tiró de mí hacia él. Perdí el equilibrio y caí contra su torso. Levantó el puño y pensé que iba a pegarme.

—Te quiero —dijo—. Te quiero, te quiero, te quiero...

Antes de que yo pudiera reaccionar, me besó. Intenté apartarme, pero él no me dejaba. Sentí sus labios toscos sobre los míos, por todas partes, y su lengua intentando entrar en mi boca. El instinto tomó el control.

Le mordí la lengua con todas mis fuerzas.

Max gritó y me apartó de un empujón. Cuando levantó la mirada, tenía la boca llena de sangre.

—¡Puta asquerosa! —su voz sonaba embrollada, tenía los dientes rojos. Me fulminó con una mirada como de animal herido.

No puedo creer que Max sea hermano de Gabriel. No tiene ninguna de las cualidades delicadas de Gabriel, ni su decencia, ni su bondad. Max me da asco..., y se lo dije.

—Alicia, no se lo cuentes a Gabriel —me ordenó—. Lo digo en serio. Te lo advierto.

No dije una palabra más. Notaba el sabor de su sangre en la lengua, así que abrí el grifo y me aclaré la boca hasta que desapareció. Después salí al jardín.

Durante la cena, de vez en cuando sentía que Max me miraba directamente. Entonces levantaba la vista, lo pillaba y él miraba hacia otro lado. No comí nada. La idea de comer me daba asco. No hacía más que notar el sabor de su sangre en mi boca.

No sé qué hacer. No quiero mentir a Gabriel. Tampoco quiero guardar ese secreto. Pero si se lo cuento, jamás volverá a dirigir la palabra a Max. Le devastaría saber cómo se ha equivocado al confiar en su hermano. Porque confía mucho en Max. Lo idolatra. Y no debería.

No creo que Max esté enamorado de mí. Creo que odia a Gabriel, nada más. Creo que tiene unos celos salvajes de él..., y que quiere quitarle todo lo que le pertenece, lo cual me incluye a mí. Pero ahora me he enfrentado a él, así que no creo que vuelva a molestarme... Al menos eso espero. Durante una temporada, como mínimo.

O sea que, de momento, voy a guardar silencio.

Claro que Gabriel me lee como si fuera un libro abierto. O a lo mejor es que no soy muy buena actriz. Anoche, cuando nos estábamos preparando para acostarnos, me dijo que había estado rara con Max.

—Es que estaba cansada.

—No, ha sido más que eso. Estabas distante. Podrías haberte esforzado un poco más. Casi nunca lo vemos. No sé por qué tienes tanto problema con él.

—No lo tengo. No ha tenido nada que ver con Max. Estaba distraída pensando en el trabajo. Voy retrasada con la exposición y no consigo pensar en otra cosa —lo dije con toda la convicción que logré reunir.

Gabriel me miró con incredulidad, pero lo dejó correr. Tendré que enfrentarme a ello la próxima vez que veamos a Max, pero algo me dice que eso no pasará hasta dentro de una buena temporada.

Me siento mejor después de haber escrito esto. Me siento más segura, según cómo, viéndolo sobre el papel. Significa que tengo alguna prueba..., que puedo demostrarlo.

Si alguna vez se da el caso.

26 de julio

Hoy es mi cumpleaños. Tengo treinta y tres años.

Es raro. Soy mayor de lo que nunca me visualicé; mi imaginación solo llegaba hasta cierto punto. Ya he vivido más que mi madre. Es una sensación inquietante, ser mayor de lo que llegó a ser ella. Cumplió los treinta y dos y ahí se detuvo. Yo ya he vivido más que ella, y no me detendré. Me haré cada vez mayor..., pero ella no.

Esta mañana Gabriel ha estado encantador. Me ha despertado con un beso y me ha regalado treinta y tres rosas rojas. Eran preciosas. Se ha pinchado en un dedo con una de las espinas. Una lágrima rojo sangre. Ha sido perfecto.

Luego me ha llevado al parque de pícnic para desayunar. El sol acababa de salir, así que el calor aún no era insoportable. Soplaba una brisa fresca desde el agua, y el aire olía a hierba podada. Nos hemos tumbado junto al estanque, debajo de un sauce llorón, en la manta azul que compramos en México. Las ramas del sauce formaban un dosel por encima de nosotros, y el sol se colaba ardiente entre las hojas. Hemos bebido champán y hemos comido unos pequeños tomates dulces con salmón ahumado sobre rebanadas de pan. En algún lugar de los recovecos de mi mente se ha despertado una vaga sensación de familiaridad; un insistente sentimiento de *déjà vu* que no lograba identificar del todo. Tal vez no fuera más que un recuerdo de historias de la infancia, cuentos de hadas y árboles mágicos que son portales hacia otros mundos. O quizá fuera algo más prosaico. Y entonces me ha asaltado el recuerdo: me he visto cuando era muy pequeña, sentada bajo las ramas del sauce llorón de nuestro jardín de Cambridge. Solía pasar horas allí escondida. Puede que no fuera una niña feliz, pero el rato que pasaba bajo ese sauce llorón sentía una satisfacción similar a la de hoy, estando allí con Gabriel. Y entonces ha sido como si el pasado y el presente coexistieran simultáneamente en un momento perfecto. He deseado que ese momento durara para siempre. Gabriel se ha quedado dormido y yo lo he dibujado intentando capturar la luz del sol moteada sobre su rostro. Esta vez he conseguido un resultado mejor con sus ojos. Era más fácil porque los tenía cerrados, pero al menos me ha salido bien la forma. Parecía un niño pequeño, acurrucado y dormido y respirando suavemente, con migas alrededor de la boca.

Una vez acabado el pícnic, hemos vuelto a casa y hemos hecho el amor. Y Gabriel me ha abrazado y me ha dicho algo asombroso:

—Alicia, cariño, escucha. Le estoy dando vueltas a algo que quiero hablar contigo.

Por la forma en que lo ha dicho me he puesto nerviosa enseguida. Me he preparado, temiendo lo peor.

—Adelante.

—Quiero que tengamos un hijo.

He tardado un momento en hablar. Estaba tan atónita que no sabía qué decir.

—Pero... si tú no querías hijos. Dijiste que...

—Olvídate de eso. He cambiado de opinión. Quiero que tengamos un hijo juntos. Bueno, ¿qué me dices?

Gabriel me ha mirado expectante, esperanzado, aguardando mi respuesta. He sentido que se me llenaban los ojos de lágrimas.

—Sí —le he dicho—. Sí, sí, sí...

Nos hemos abrazado, hemos llorado y reído.

Ahora está en la cama, dormido. He tenido que escaparme a escribir todo esto; quiero recordar este día el resto de la vida. Hasta el último segundo.

Me siento dichosa. Me siento llena de esperanza.

14

No dejaba de pensar en lo que me había dicho Max Berenson: lo del intento de suicidio de Alicia tras la muerte de su padre. En su expediente no aparecía, y me preguntaba por qué.

Llamé a Max al día siguiente y lo pillé justo cuando salía del despacho.

—Solo quería hacerle un par de preguntas más, si no le importa.

—Es que estoy saliendo por la puerta, literalmente.

—No le robaré mucho tiempo.

Max suspiró y apartó el teléfono para decirle algo ininteligible a Tanya.

—Cinco minutos —dijo—. Es todo lo que tiene.

—Gracias, se lo agradezco. Ayer comentó que Alicia había intentado suicidarse. Quisiera saber en qué hospital la trataron.

—No ingresó en ningún hospital.

—Ah, ¿no?

—No. Se recuperó en casa. La cuidó mi hermano.

—Pero... seguro que veía a un médico, ¿no? ¿Fue una sobredosis, dijo?

—Sí. Y Gabriel llamó a un médico para que fuera a verla, por supuesto. Él, el médico, accedió a mantener la discreción.

—¿Quién fue ese médico? ¿Recuerda su nombre?

Se produjo una pausa mientras Max lo pensaba un momento.

—Lo siento, no puedo decírselo... No lo recuerdo.

—¿Era su médico de cabecera?

—No, eso seguro que no. Mi hermano y yo teníamos el mismo médico de cabecera, y recuerdo que Gabriel me pidió que no le comentara nada.

—¿Está seguro de que no recuerda ningún nombre?

—Lo siento. ¿Es todo? Tengo que irme.

—Solo una cosa más... Siento curiosidad por las cláusulas del testamento de Gabriel.

Una ligera inspiración, y el tono de Max se endureció al instante.

—¿Su testamento? De verdad que no veo la relevancia...

—¿Alicia era la beneficiaria principal?

—Debo decir que me parece una pregunta bastante extraña.

—Bueno, estoy intentando entender...

—¿Entender qué? —preguntó Max sin esperar a que yo terminara. Parecía molesto—. El beneficiario principal era yo. Alicia había heredado una gran cantidad de dinero de su padre, así que Gabriel creía que ya tenía una situación económica holgada. Por eso me dejó a mí el grueso de su patrimonio. Por supuesto, no tenía ni idea de que su obra se revalorizaría tanto tras su muerte. ¿Es eso todo?

—¿Y el testamento de Alicia? Cuando ella muera, ¿quién heredará?

—Eso —repuso Max con sequedad— es más de lo que yo puedo decirle. Y, sinceramente, espero que esta sea la última vez que hablamos.

Se oyó un chasquido cuando colgó, pero algo en su tono de voz me dijo que no sería la última vez que sabría de Max Berenson.

No tuve que esperar demasiado.

Diomedes me llamó a su despacho después de comer. Alzó la mirada cuando entré, pero no sonrió.

—¿A ti qué te pasa?

—¿A mí?

—No te hagas el tonto. ¿Sabes quién me ha llamado esta mañana? Max Berenson. Dice que te has puesto en contacto con él dos veces y que le has hecho un montón de preguntas personales.

—Le pedí un poco de información sobre Alicia. No pareció importarle.

—Bueno, pues ahora sí le importa. Dice que lo estás acosando.

—Venga ya...

—Lo último que necesitamos es a un abogado buscándonos las cosquillas. Todo lo que hagas debe suceder dentro de los límites de esta unidad, y bajo mi supervisión, ¿entendido?

Me enfadé, pero asentí. Miré al suelo como un adolescente enfurruñado. Diomedes reaccionó en consonancia y me dio una palmadita paternal en el hombro.

—Theo, deja que te dé un consejo. Estás enfocando esto de la forma equivocada. Haces preguntas, buscas pistas como si fuera una historia de detectives —rio y sacudió la cabeza—. Así no llegarás nunca.

—¿Llegar adónde?

—A la verdad. Recuerda a Bion: «Sin memoria, sin deseo». Sin planes. Como terapeuta, tu único objetivo es el de mantenerte presente y receptivo a tus sentimientos mientras estás con ella. Eso es todo lo que necesitas. El resto vendrá por sí solo.

—Lo sé —repuse—. Tiene razón.

—Sí, así es. Y que no me entere yo de que vuelves a visitar a los parientes de Alicia, ¿entendido?

—Le doy mi palabra.

15

Esa tarde fui a Cambridge a ver al primo de Alicia, Paul Rose.

A medida que el tren se acercaba a la estación, el paisaje se hizo más llano y los campos se abrieron a una gran extensión de fría luz azul. Me alegraba de haber salido de Londres; allí el cielo era menos opresivo y se respiraba mejor.

Bajé del tren junto con un desfile de estudiantes y turistas, y usé el mapa del teléfono para guiarme. Las calles estaban tranquilas; oía el eco de mis pasos sobre la acera. La calzada se interrumpió de repente, y por delante solo vi un páramo, tierra lodosa y hierba que llegaban hasta el río.

Una única casa se alzaba solitaria junto a la orilla. Tenaz e imponente, como un enorme ladrillo rojo lanzado al barro. Era una casa fea, una monstruosidad victoriana. Las paredes estaban recubiertas de hiedra crecida y el jardín había sido invadido por plantas, malas hierbas casi todas ellas. Tuve la sensación de que la naturaleza conquistaba, reclamaba el territorio que una vez fuera suyo. Aquella era la casa donde nació Alicia. Allí pasó los primeros dieciocho años de su vida. Dentro de esas paredes se había formado su personalidad; las raíces de su vida adulta, todas las causas y las decisiones subsiguientes, estaban enterradas allí. A veces es difícil comprender por qué las respuestas al presente se encuentran en el pasado. Una sencilla analogía puede resultar útil: una destacada psiquiatra especializada en abusos sexuales me dijo una vez que, en treinta años de trabajo exhaustivo con pedófilos, nunca había conocido a ninguno del que no hubieran abusado cuando era niño.

Eso no significa que todos los niños víctimas de abusos hayan de convertirse en pederastas, pero es imposible que alguien que nunca los ha sufrido acabe cometiéndolos. Nadie nace malo. Como escribió Winnicott: «Un bebé no puede odiar a la madre sin que la madre odie antes al bebé». De bebés somos esponjas inocentes, tablas rasas, solo conocemos las necesidades más básicas: comer, defecar, amar y ser amados. Pero a veces algo sale mal, según las circunstancias que nos encontramos al nacer y la casa en la que crecemos. Un niño atormentado que sufre malos tratos no podrá vengarse en la vida real, puesto que no está capacitado y no puede defenderse, pero sí puede —y debe— tener fantasías vengativas en su imaginación. La ira, igual que el miedo, es de naturaleza reactiva. Algo malo le ocurrió a Alicia, seguramente en su más tierna infancia, que provocó esos impulsos asesinos que volvieron a surgir al cabo de muchos años. Sea cual fuere la provocación, no todo el mundo habría cogido el arma y habría disparado a bocajarro a Gabriel a la cara; de hecho, la mayoría de las personas no podrían. Que Alicia lo hubiera hecho indicaba que albergaba algún trastorno en su mundo interior. Por eso para mí era crucial comprender cómo había sido su vida en esa casa, descubrir qué ocurrió para moldearla y convertirla en la persona que llegó a ser: una persona capaz de asesinar.

Me interné más por entre las malas hierbas de ese jardín crecido, apartando las flores silvestres, y fui avanzando a lo largo del lateral de la casa. En la parte de atrás había un gran sauce llorón: un árbol bello, majestuoso, con largas ramas desnudas que caían hasta el suelo. Me imaginé a Alicia jugando allí de niña, en ese mundo mágico y secreto de debajo de sus ramas. Sonreí.

Y, de repente, me sentí incómodo. Sentía los ojos de alguien clavados en mí.

Me volví hacia la casa. En una de las ventanas del piso superior había un rostro. Una cara fea, una cara anciana apretada contra el cristal; me miraba. Sentí un extraño e inexplicable escalofrío de miedo.

No oí los pasos detrás de mí hasta que fue demasiado tarde. Se oyó un golpe, un topetazo sordo, y sentí un latigazo de dolor en la nuca.

Todo se volvió negro.

16

Desperté boca arriba en la tierra dura y fría. Mi primera sensación fue de dolor. Sentía que me latía la cabeza, un dolor punzante, como si me hubieran partido el cráneo. Levanté una mano y me toqué la parte de atrás de la cabeza con sumo cuidado.

—No sangra —dijo una voz—, pero mañana le saldrá una buena contusión. Y tendrá un dolor de cabeza espantoso, claro.

Levanté la mirada y vi a Paul Rose por primera vez. Estaba de pie junto a mí y sostenía un bate de béisbol. Era más o menos de mi edad, pero más alto, y por tanto también más ancho de espaldas. Tenía un rostro infantil y una mata de pelo rojizo, del mismo color que el de Alicia. Apestaba a whisky.

Intenté incorporarme, pero no acabé de conseguirlo.

—Será mejor que no se mueva. Espere un momento hasta que se haya recuperado.

—Creo que tengo una conmoción.

—Es posible.

—¿Por qué cojones ha hecho eso?

—¿Qué esperaba, amigo? Pensaba que era un ladrón.

—Bueno, pues no lo soy.

—Eso lo sé ahora. Le he revisado la cartera. Es psicoterapeuta.

Se llevó la mano al bolsillo trasero y sacó mi cartera. Me la lanzó. Aterrizó en mi pecho y la recogí.

—He visto su identificación. Trabaja en ese hospital... ¿The Grove?

Asentí con la cabeza, y el movimiento me causó más latidos de dolor.

—Sí.

—Entonces sabe quién soy.

—¿El primo de Alicia?

—Paul Rose —me tendió la mano—. Venga. Le ayudaré a levantarse.

Tiró de mí y me puso de pie con una facilidad asombrosa. Era fuerte. Yo apenas me sostenía.

—Podría haberme matado —mascullé.

Paul se encogió de hombros.

—Y usted podría haber ido armado. Ha entrado sin permiso en una propiedad privada. ¿Qué esperaba? ¿Por qué ha venido?

—He venido a verle —hice una mueca de dolor—. Ojalá no lo hubiera hecho.

—Entre. Siéntese un rato.

La cabeza me dolía demasiado para hacer nada que no fuese seguirle. Sentía latigazos de dolor a cada paso. Entramos por la puerta de atrás.

El interior de la casa estaba tan destartalado como el exterior. Las paredes de la cocina tenían un estampado geométrico de color naranja que parecía llevar cuarenta años anticuado. El papel pintado se despegaba por algunos sitios; se rizaba y se retorcía, a veces ennegrecido como si se le hubiera prendido fuego. Insectos momificados colgaban suspendidos de telarañas en las esquinas del techo. La capa de polvo del suelo era tan gruesa que parecía una moqueta sucia. El olor de fondo a orines de gato me revolvió el estómago. Conté por lo menos cinco gatos en la cocina, durmiendo en sillas y demás superficies. En el suelo había bolsas de plástico abiertas que rebosaban de latas apestosas de comida para gatos.

—Siéntese. Haré un poco de té.

Paul dejó el bate apoyado contra la pared, junto a la puerta. Yo no le quitaba ojo de encima. No me sentía seguro con ese hombre cerca.

Me ofreció una taza agrietada llena de té.

—Bébase esto.

—¿Tiene analgésicos?

—Hay aspirinas por alguna parte, iré a ver. Tenga... —me enseñó una botella de whisky—. Esto le ayudará.

Sirvió un poco de whisky en mi taza. Di un sorbo. Estaba caliente, dulce y fuerte. Hubo una pausa mientras Paul se bebía su té, mirándome... Me recordó a Alicia y esa mirada suya tan penetrante.

—¿Cómo está? —preguntó entonces, y siguió hablando antes de que yo pudiera contestar—. No he ido a verla. No es fácil escaparse... Mi madre no está bien, no me gusta dejarla sola.

—Comprendo. ¿Cuándo fue la última vez que vio a Alicia?

—Uy, hace años. Ha pasado mucho tiempo. Habíamos perdido el contacto. Estuve en su boda y la vi un par de veces después, pero... Gabriel era bastante posesivo, creo. El caso es que ella dejó de llamarme, después de que se casaran. Dejó de venir. A mi madre le dolió bastante, para ser sincero.

No dije nada. Apenas podía pensar con ese dolor palpitante de la cabeza. Sentía que Paul me observaba.

—¿Y por qué quería verme?

—Solo para hacerle algunas preguntas... Quería preguntarle por Alicia. Por... su infancia.

Paul asintió y se sirvió whisky en su taza. Ya parecía más relajado; el alcohol también me estaba haciendo efecto a mí, entumecía un poco el dolor, así que empezaba a pensar con más claridad. «Concéntrate —me dije—. Consigue información y luego te largas de aquí».

—¿Crecieron juntos?

Paul asintió.

—Mi madre y yo vinimos a vivir aquí cuando murió mi padre. Yo tenía unos ocho o nueve años. Iba a ser algo temporal, creo, pero entonces la madre de Alicia murió en el accidente..., así que mi madre se quedó, para cuidar de ella y del tío Vernon.

—Vernon Rose. ¿El padre de Alicia?

—Exacto.

—¿Y Vernon murió aquí hace unos años?

—Sí. Hace bastantes años —arrugó la frente—. Se suicidó. Se colgó. Arriba, en el desván. Yo encontré el cadáver.

—Debió de ser horrible.

—Sí, fue duro... Sobre todo para Alicia. Ahora que lo pienso, esa fue la última vez que la vi. En el funeral del tío Vernon. Estaba muy mal —Paul se levantó—. ¿Quiere otro trago?

Intenté rechazarlo, pero él siguió hablando mientras servía más whisky.

—Yo nunca lo creí, ¿sabe? Que matara a Gabriel. Para mí no tiene ningún sentido.

—¿Por qué no?

—Bueno, es que ella no era así para nada. No era una persona violenta.

«Ahora sí lo es», pensé yo. Pero no dije nada. Paul daba sorbos a su whisky.

—¿Sigue sin hablar?

—Sí, sigue sin hablar.

—No tiene ningún sentido. Nada de todo eso. Verá, yo creo que la...

Nos interrumpieron unos golpes sordos, alguien que golpeaba en el suelo del piso de arriba. Se oyó una voz amortiguada, una voz de mujer; las palabras resultaban ininteligibles.

Paul se puso en pie de un salto.

—Un segundo —salió corriendo al pie de la escalera, donde levantó la voz—. ¿Va todo bien, mamá?

Desde arriba llegó una respuesta mascullada que no pude entender.

—¿Qué? Ah, muy bien. Espera... Espera un momento —parecía intranquilo. Paul me miró desde el pasillo arrugando la frente. Me señaló con la cabeza—. Quiere que suba usted.

17

Con paso algo más firme pero sintiéndome débil todavía, seguí a Paul, que subía la polvorienta escalera con pesadez.

Lydia Rose nos esperaba en lo alto. Reconocí su rostro ceñudo: era el que había visto en la ventana. Tenía el pelo largo y blanco, y le caía sobre los hombros como una tela de araña. Su sobrepeso era espectacular: cuello hinchado, antebrazos carnosos, piernas enormes como troncos de árbol. Apoyaba toda su mole en un bastón que se combaba bajo su peso y parecía a punto de ceder.

—¿Quién es? ¿Quién es?

Su estridente pregunta iba dirigida a Paul, aunque me miraba a mí. No me quitaba los ojos de encima. De nuevo la misma mirada intensa que ya había visto en Alicia.

Paul habló en voz baja.

—Mamá, no te inquietes. Es el psicoterapeuta de Alicia, nada más. Del hospital. Ha venido a hablar conmigo.

—¿Contigo? ¿Para qué quiere hablar contigo? ¿Qué has hecho?

—Solo quiere saber un poco más sobre Alicia.

—Es un periodista, imbécil —su voz se acercaba a un chillido—. ¡Sácalo de aquí!

—No es periodista. He visto su documentación, ¿vale? Venga, mamá, por favor. Vamos otra vez a la cama.

Entre reniegos, la mujer dejó que la llevara de vuelta a su dormitorio. Paul me indicó que los siguiera.

Lydia se dejó caer en el colchón y se oyó un golpetazo amortiguado. La cama vibró al absorber su peso. Paul le recolocó las almohadas. Un gato viejísimo dormía a los pies de la mujer. Era el gato más feo que había visto nunca: lleno de cicatrices de batallas, con varias calvas, una oreja arrancada de un mordisco. Gruñía en sueños.

Paseé la mirada por la habitación. Estaba llena de basura: pilas de revistas antiguas y periódicos amarillentos, montones de ropa vieja. Había una bombona de oxígeno junto a la pared y un molde de pastel lleno de medicamentos en la mesita de noche.

En todo momento sentía los ojos hostiles de Lydia clavados en mí. Había locura en su mirada, estaba bastante seguro de ello.

—¿Qué quiere? —preguntó. Sus ojos se movían raudos y febriles, intentando calarme—. ¿Quién es?

—Acabo de decírtelo, mamá. Quiere saber cosas del pasado de Alicia para ayudarla en su tratamiento. Es su psicoterapeuta.

Lydia no dejó lugar a dudas en cuanto a su opinión sobre los psicoterapeutas. Volvió la cabeza, se aclaró la garganta... y escupió en el suelo, delante de mí.

Paul refunfuñó.

—Mamá, por favor...

—Cállate —Lydia me fulminó con la mirada—. Alicia no merece estar en un hospital.

—Ah, ¿no? —pregunté—. ¿Dónde tendría que estar?

—¿Dónde cree usted? En la cárcel —me miró con desdén—. ¿Quiere saber cosas de Alicia? Yo le hablaré de ella. Es una cabrona. Siempre lo fue, incluso de niña.

Escuché, con la cabeza palpitante, mientras Lydia siguió hablando con una ira creciente:

—Mi pobre hermano, Vernon... Jamás se recuperó de la muerte de Eva. Yo me ocupé de él. Me ocupé de Alicia. ¿Y me dio ella las gracias?

Era evidente que no esperaba respuesta.

—¿Sabe cómo me pagó Alicia? ¿Por toda mi bondad? ¿Quiere saber lo que me hizo?

—Mamá, por favor...

—¡Cállate, Paul! —Lydia se volvió hacia mí. Me sorprendió la cantidad de rabia que contenía su voz—. Esa zorra me... pintó. Me hizo un cuadro sin que yo lo supiera y sin pedirme permiso. Fui a su exposición, y allí estaba, colgado. Inmundo, asqueroso... Una burla obscena.

La voz de Lydia temblaba de ira, y Paul parecía preocupado. Me dirigió una mirada de descontento.

—Será mejor que se marche ya, amigo. No es bueno que mi madre se altere tanto.

Asentí. Lydia Rose no era una persona sana, de eso no había duda. No podía alegrarme más de escapar de allí.

Salí de esa casa y me dirigí de vuelta a la estación de tren con un chichón y la cabeza a punto de estallar de dolor. Menuda pérdida de tiempo, joder. No había descubierto nada, salvo que era obvio por qué Alicia se largó en cuanto pudo de aquella casa. Me recordaba a mi propia huida de casa a los dieciocho años, escapando de mi padre. Era más que evidente de quién había escapado Alicia: de Lydia Rose.

Pensé en el cuadro que Alicia había pintado de Lydia. «Una burla obscena», lo había llamado la mujer. Bueno, ya era hora de visitar la galería de Alicia y descubrir por qué ese cuadro había disgustado tanto a su tía.

Mientras me alejaba de Cambridge, mis últimos pensamientos fueron para Paul. Sentía lástima por él, que tenía que vivir con esa mujer monstruosa, ser su esclavo. Una vida solitaria. Imaginé que no tendría muchos amigos. Ni novia. De hecho, no me habría sorprendido que aún fuese virgen. Había algo atrofiado en él, a pesar de su tamaño; algo frustrado.

Mi repulsión hacia Lydia había sido inmediata y violenta; seguramente porque me recordó a mi padre. Yo habría acabado igual que Paul si me hubiera quedado en casa, si me hubiera quedado en Surrey con mis padres, a la entera disposición de un loco.

Me sentí deprimido todo el trayecto hasta Londres. Triste, cansado, al borde de las lágrimas. No fui capaz de distinguir si sentía la tristeza de Paul... o la mía propia.

18

Kathy no estaba en casa cuando llegué.

Encendí su portátil e intenté acceder a su correo electrónico, pero no hubo suerte. Había cerrado la sesión.

Tenía que aceptar la posibilidad de que tal vez nunca repitiera su error. ¿Seguiría yo comprobándolo *ad nauseam*?, ¿caería en la obsesión?, ¿me volvería loco? Tenía la suficiente claridad mental para reconocer el cliché en el que me había convertido —el marido celoso—, y tampoco se me había escapado la ironía de que Kathy estuviese ensayando en esos momentos para la Desdémona de *Otelo*.

Tendría que haberme reenviado esos correos aquella primera noche, en cuanto los leí. Así contaría con alguna prueba física, real. Había sido un error. De hecho, incluso había empezado a preguntarme qué había visto. ¿Podía fiarme de mi recuerdo? Al fin y al cabo, estaba muy colocado en aquel momento; ¿no habría malinterpretado lo que había leído? Me descubrí elucubrando toda clase de teorías descabelladas para demostrar la inocencia de Kathy. Tal vez no era más que un ejercicio de interpretación; escribía desde su personaje como preparación para *Otelo*. Se había pasado seis semanas hablando con un acento regional americano cuando ensayaba para *Todos eran mis hijos*. Era posible que esta vez ocurriera algo similar. Solo que los mensajes iban firmados por Kathy, no por Desdémona.

Ojalá hubiesen sido todo imaginaciones mías; así podría olvidarlo igual que se olvida un sueño, podría despertarme y todo desaparecería. En lugar de eso, estaba atrapado en una interminable pesadilla de recelo, sospecha y paranoia. Sin embargo, en la superficie muy poco había cambiado. Seguíamos saliendo a pasear juntos los domingos. Nuestro aspecto era el de cualquier otra pareja que paseaba por el parque. Tal vez nuestros silencios fuesen más largos de lo habitual, pero parecían bastante cómodos. Bajo ese silencio, en cambio, mi mente mantenía una febril conversación unilateral. Preparaba un millón de preguntas. ¿Por qué lo había hecho? ¿Cómo había podido? ¿Por qué decirme que me quería, casarse conmigo, follar conmigo y compartir mi cama... para luego mentirme a la cara, y seguir mintiéndome, un año tras otro? ¿Desde cuándo sucedía? ¿Amaba a ese hombre? ¿Iba a dejarme por él?

Un par de veces le miré el teléfono mientras estaba en la ducha en busca de mensajes de texto, pero no encontré nada. Si había recibido alguno incriminatorio, lo había borrado. No era tonta, por lo visto; solo descuidada en alguna que otra ocasión.

Tal vez nunca llegara a saber la verdad. Quizá no la descubriera jamás.

En cierto sentido, esperaba que así fuera.

Kathy me miró de reojo mientras estábamos sentados en el sofá después del paseo.

—¿Estás bien?

—¿Qué quieres decir?

—No sé. Se te ve un poco mustio.

—¿Hoy?

—No solo hoy. Últimamente.

Rehuí su mirada.

—Líos del trabajo. Tengo muchas cosas en la cabeza.

Kathy asintió y me apretó la mano con compasión. Era buena actriz. Casi podía creerme que le importaba.

—¿Qué tal van los ensayos?

—Mejor. A Tony se le han ocurrido buenas ideas. La semana que viene nos quedaremos hasta tarde para trabajarlas.

—Muy bien.

Ya no me creía ni una palabra de lo que decía. Analizaba cada frase igual que lo haría con una paciente. Buscaba el subtexto, leía entre líneas para cazar pistas no verbales: inflexiones sutiles, evasivas, omisiones. Mentiras.

—¿Cómo está Tony?

—Bien —se encogió de hombros, como para indicar que no le importaba lo más mínimo.

No me lo creí. Idolatraba a Tony, su director, y siempre estaba hablando de él; al menos antes, porque desde hacía un tiempo no lo mencionaba tanto. Ellos charlaban sobre obras, interpretación, teatro; un mundo que quedaba fuera de mi competencia. Yo había oído hablar mucho de Tony, pero solo lo había visto brevemente una vez, de lejos, un día en que fui a buscar a Kathy después de un ensayo. Me pareció extraño que no nos presentara. Él estaba casado, y su mujer era actriz; me dio la impresión de que a Kathy no le caía muy bien. Tal vez la mujer tenía celos de su relación, igual que yo. Le propuse que saliéramos a cenar los cuatro, pero a Kathy no le entusiasmó la idea. A veces me preguntaba si intentaba mantenernos alejados.

Vi cómo abría su portátil. Ladeó la pantalla de manera que yo no pudiera verla mientras tecleaba. Oía sus dedos tamborileando. ¿A quién escribía? ¿A Tony?

—¿Qué haces? —pregunté con un bostezo.

—Le envío un mail a mi prima... Ahora está en Sídney.

—Ah, ¿sí? Dale recuerdos de mi parte.

—Vale.

Kathy siguió escribiendo un poco más, luego paró y dejó el portátil.

—Voy a darme un baño.

Asentí con la cabeza.

—Muy bien.

Me miró con una expresión divertida.

—Anímate, cariño. ¿Estás seguro de que te encuentras bien?

Sonreí y asentí. Ella se levantó y salió al pasillo. Esperé a oír cómo se cerraba la puerta del baño y el sonido del agua de la ducha. Me desplacé hasta donde se había sentado ella y alcancé el portátil. Los dedos me temblaron al encenderlo. Volví a abrir el navegador... y fui a la página de inicio de su correo.

Pero había cerrado la sesión.

Aparté el ordenador con rabia. Esto se tiene que acabar, pensé. Así terminaré volviéndome loco. ¿No lo estaría ya?

Iba a retirar el edredón para acostarme cuando Kathy entró en el dormitorio cepillándose los dientes.

—Se me había olvidado decírtelo. Nicole vuelve a estar en Londres la semana que viene.

—¿Nicole?

—Ya conoces a Nicole. Fuimos a su fiesta de despedida.

—Ah, sí. Pensaba que se había ido a vivir a Nueva York.

—Sí. Y ahora ha vuelto —una pausa—. Quiere que nos veamos el jueves... El jueves por la noche, después del ensayo.

No sé qué fue lo que despertó mis sospechas. ¿Tal vez que Kathy miraba hacia mí pero sin establecer contacto visual? Sentí que me estaba mintiendo. No dije nada. Ella tampoco. Desapareció de la puerta. La oí en el baño, escupiendo la pasta de dientes y enjuagándose la boca.

Tal vez no fuera nada. Quizá era algo del todo inocente y de verdad Kathy iba a quedar con Nicole el jueves.

Quizá.

Solo había una forma de descubrirlo.

19

Esta vez, frente a la galería de Alicia no había ninguna cola como la de aquel día de hacía seis años cuando fui a ver el *Alcestis*. Un artista diferente ocupaba el escaparate, y a pesar de su posible talento, le faltaba la notoriedad de Alicia y su consiguiente capacidad para atraer a multitudes.

Cuando entré en la galería, me estremecí. Allí hacía más frío aún que en la calle. La atmósfera tenía algo gélido, aparte de la temperatura; olía a vigas vistas de acero y suelos de hormigón desnudo. «Esto no tiene alma —pensé—. Está vacío».

El galerista estaba sentado detrás de su escritorio y se levantó al ver que me acercaba.

Jean-Felix Martin tenía cuarenta y pocos años, era un hombre atractivo de ojos negros, igual que su pelo, y llevaba una camiseta ajustada con una calavera roja. Le dije quién era yo y por qué había ido. Para mi sorpresa, pareció encantado de hablar de Alicia. Tenía acento. Le pregunté si era francés.

—Sí, nací allí. En París. Pero he vivido aquí desde que vine a estudiar..., hará por lo menos veinte años. Ahora ya me considero más británico que francés —sonrió y señaló hacia la trastienda—. Pase, podemos tomar un café.

—Gracias.

Jean-Felix me llevó a un despacho que esencialmente era un almacén repleto de pilas de cuadros.

—¿Cómo está Alicia? —preguntó mientras manipulaba una cafetera que parecía complicada—. ¿No ha hablado todavía?

Negué con la cabeza.

—No.

Asintió y suspiró.

—Qué triste. ¿Quiere sentarse? ¿Qué es lo que le gustaría saber? Haré todo lo posible por responder con sinceridad —Jean-Felix me ofreció una sonrisa irónica y teñida de curiosidad—. Aunque no estoy del todo seguro de por qué ha venido a verme a mí.

—Alicia y usted eran íntimos, ¿verdad? Al margen de su relación profesional...

—¿Quién le ha dicho eso?

—El hermano de Gabriel, Max Berenson. Me sugirió que hablara con usted.

Jean-Felix puso los ojos en blanco.

—Ah, o sea que ha visto a Max, ¿eh? Menudo pelmazo.

Lo dijo con tanto desdén que no pude evitar reír.

—¿Conoce a Max Berenson?

—Lo suficiente. Más de lo que me gustaría —me tendió una taza de café solo—. Alicia y yo éramos íntimos, sí. Hacía años que nos conocíamos, desde mucho antes de que ella conociera a Gabriel.

—No lo sabía.

—Oh, sí. Estudiamos juntos en la Escuela de Bellas Artes. Después de graduarnos pintamos juntos.

—¿Quiere decir que colaboraron?

—Bueno, la verdad es que no —Jean-Felix rio—. Quería decir que pintamos paredes juntos. Como pintores de brocha gorda.

Sonreí.

—Ah, entiendo.

—Resultó que a mí se me daba mejor pintar paredes que cuadros. Así que lo dejé, más o menos por la misma época en que el arte de Alicia empezó a despegar de verdad. Y cuando me decidí a montar esto, me pareció que tenía sentido exponer su obra. Fue un proceso muy natural, muy orgánico.

—Sí, sí que lo parece. ¿Y qué me dice de Gabriel?

—¿Qué quiere saber?

Percibí cierta irritabilidad, una reacción defensiva que me indicó que esa era una ruta que merecía la pena explorar.

—Bueno, me pregunto cómo encajaba él en esa dinámica. Debió de conocerlo bastante bien...

—La verdad es que no tanto.

—¿No?

—No —Jean-Felix dudó un segundo—. Gabriel nunca se tomó mucho tiempo para conocerme. Estaba muy... metido en sí mismo.

—No parece que le cayera bien.

—No especialmente. Tampoco creo que yo le cayera bien a él. De hecho, sé que no.

—¿Y eso por qué?

—No tengo ni idea.

—¿Cree que tal vez tenía celos? ¿De su relación con Alicia?

Jean-Felix dio un sorbo de café y asintió con la cabeza.

—Pues sí, sí. Es posible.

—¿Lo veía como una amenaza, quizá?

—Dígamelo usted. Da la impresión de que tiene todas las respuestas.

Pillé la indirecta y no seguí presionando. En lugar de eso, lo intenté con una táctica diferente.

—Tengo entendido que vio usted a Alicia unos días antes del asesinato.

—Sí. Fui a verla a su casa.

—¿Puede contarme algo más sobre eso?

—Bueno, se acercaba la fecha de la exposición y ella iba algo retrasada con el trabajo. Estaba preocupada, y con razón.

—¿Usted no había visto nada de la obra nueva?

—No. Llevaba una buena temporada dándome largas. Pensé que sería mejor ir a verla. Supuse que la encontraría en el estudio, al fondo del jardín, pero no estaba.

—¿No?

—No, la encontré en la casa.

—¿Cómo entró?

A Jean-Felix pareció sorprenderle la pregunta.

—¿Qué?

Me di cuenta de que estaba haciendo una rápida evaluación mental. Entonces asintió.

—Ah, ya veo a lo que se refiere. Bueno, había una verja que se abría desde la calle y comunicaba con el jardín trasero. No solían cerrarla con llave. Desde el jardín entré en la cocina por la puerta de atrás, que tampoco estaba cerrada —sonrió—. ¿Sabe que parece más un inspector de policía que un psiquiatra?

—Soy psicoterapeuta.

—¿Hay alguna diferencia?

—Solo intento entender el estado mental de Alicia. ¿Cómo la encontró anímicamente?

Jean-Felix se encogió de hombros.

—Parecía estar bien. Un poco estresada por el trabajo.

—¿Nada más?

—No parecía que fuese a disparar a su marido unos días después, si es eso lo que insinúa. Me pareció que estaba... bien —apuró el café y dudó un momento, como si se le hubiera ocurrido algo—. ¿Le gustaría ver alguno de sus cuadros?

Sin esperar respuesta, Jean-Felix se levantó y fue hacia la puerta, indicándome que lo siguiera.

—Venga.

20

Seguí a Jean-Felix a un almacén. Se acercó a un gran cajón, tiró de un estante extraíble y sacó tres cuadros envueltos en mantas. Los apoyó contra la pared y fue desenvolviéndolos uno a uno con cuidado. Después se alejó unos pasos y me presentó el primero con un ademán elegante.

—*Voilà.*

Lo miré. El cuadro tenía el mismo estilo fotorrealista que el resto de la obra de Alicia. Era una representación del accidente de tráfico en el que murió su madre. Se veía el cuerpo de una mujer sentada entre el amasijo de hierros, desplomada sobre el volante. Aparecía cubierta de sangre y no había duda de que estaba muerta. Su espíritu, su alma, se elevaba del cadáver como una gran ave de alas amarillas que volaba hacia los cielos.

—¿No es soberbio? —dijo Jean-Felix, observándolo—. Todos esos amarillos y rojos y verdes... Casi podría perderme en él. Es radiante.

«Radiante» no era la palabra que yo habría elegido. «Inquietante», quizá. No estaba seguro de cómo me sentía ante él.

Pasé a la siguiente obra. Un cuadro de Jesucristo en la cruz. ¿O no lo era?

—Es Gabriel —explicó Jean-Felix—. Es un buen retrato.

Sí era Gabriel, pero Gabriel retratado como Jesús crucificado, colgado en la cruz con sangre goteando de las heridas y una corona de espinas en la cabeza. No tenía la mirada gacha, sino que sus ojos se dirigían al frente; bien abiertos, torturados, sin ningún reparo en mostrar su reproche. Parecía que iban a atravesarme con su ardor. Miré el cuadro con más detenimiento y me fijé en el incongruente objeto que Gabriel llevaba sujeto al torso. Un fusil.

—¿Esa es el arma que lo mató?

Jean-Felix asintió con la cabeza.

—Sí. Era de él, creo.

—¿Y esto lo pintó antes del asesinato?

—Más o menos un mes antes. Muestra lo que Alicia tenía en la cabeza, ¿verdad? —Jean-Felix se desplazó hasta el tercer cuadro. Era un lienzo más grande que los otros dos—. Este es el mejor. Aléjese un poco para verlo bien.

Hice lo que me dijo, retrocedí unos cuantos pasos. Entonces me volví y miré. En cuanto lo vi se me escapó una risa involuntaria.

El motivo del cuadro era la tía de Alicia, Lydia Rose. Y era evidente por qué la mujer se había enfadado tanto con él. Lydia aparecía desnuda y recostada en una cama minúscula. El colchón se combaba bajo su peso. Se la veía enorme y monstruosamente gorda; una explosión de carne que rebosaba por encima de la cama, llegaba al suelo y se extendía por la habitación, se rizaba y se curvaba como en ondas de papilla gris.

—Madre mía. Qué cruel.

—A mí me parece bastante encantador —Jean-Felix me miró con interés—. ¿Conoce a Lydia?

—Sí, he ido a hacerle una visita.

—Ya veo —sonrió—. Ha hecho usted los deberes. Yo no llegué a conocerla. Alicia la odiaba, ¿sabe?

—Sí —contesté sin apartar la vista del retrato—. Sí, eso está claro.

Jean-Felix se puso a envolver los cuadros otra vez con cuidado.

—¿Y el *Alcestis*? —pregunté—. ¿Podría verlo?

—Desde luego. Sígame.

Me llevó por un pasillo estrecho hasta el final de la galería. Allí, el *Alcestis* ocupaba toda una pared. Era tan bello y misterioso como yo lo recordaba. Alicia desnuda en su estudio, delante de un lienzo en blanco, pintando con un pincel rojo sangre. Me fijé en la expresión de su rostro. De nuevo, desafiaba cualquier interpretación. Arrugué la frente.

—Es imposible saber qué piensa.

—De eso se trata: es la negativa a comentar nada. Es un cuadro sobre el silencio.

—No estoy seguro de entender lo que quiere decir.

—Bueno, en el corazón de todo arte reside un misterio. El silencio de Alicia es su secreto; su misterio, en un sentido religioso. Por eso lo tituló *Alcestis*. ¿La ha leído? Es una tragedia de Eurípides —me dirigió una mirada curiosa—. Léala. Entonces lo entenderá.

Asentí, y en ese momento me fijé en un detalle del cuadro en el que no había reparado antes. Me incliné hacia delante para verlo mejor. Había un cuenco de fruta en la mesa del fondo: unas cuantas manzanas y peras. En el rojo de las manzanas se veían varios borrones blancos y pequeños, unos borrones blancos y escurridizos que se arrastraban sobre la fruta y por entre ella. Los señalé.

—¿Son...?

—¿Gusanos? —Jean-Felix asintió—. Sí.

—Fascinante. Me pregunto qué significarán.

—Es maravilloso. Una obra maestra. De verdad que lo es —Jean-Felix suspiró y me miró desde el otro lado del retrato. Bajó la voz, como si Alicia pudiera oírnos—. Es una lástima que no la conociera entonces. Era la mujer más interesante que he conocido jamás. La mayoría de las personas no están vivas, ¿sabe?, no de verdad. Caminan sonámbulas por la vida. Pero Alicia estaba tan intensamente viva... Era difícil apartar los ojos de ella —volvió de nuevo la cara hacia el cuadro y contempló el cuerpo desnudo de Alicia—. Una belleza.

También yo miré su cuerpo. Pero donde Jean-Felix veía belleza, yo solo veía dolor. Veía las heridas autoinfligidas, cicatrices de cuando se había autolesionado.

—¿Alguna vez le habló de su intento de suicidio?

Lancé el anzuelo a ciegas, pero Jean-Felix lo mordió.

—Ah, ¿también sabe eso? Sí, por supuesto.

—¿Después de que muriera su padre?

—Se vino abajo —asintió—. Lo cierto es que Alicia estaba muy jodida. No como artista, sino como persona, era tremendamente vulnerable. Cuando su padre se colgó, ya fue demasiado. No pudo con ello.

—Debía de quererlo muchísimo.

Jean-Felix soltó una especie de risa estrangulada. Me miró como si estuviera loco.

—¿De qué está hablando?

—¿Qué quiere decir?

—Alicia no lo quería. Odiaba a su padre. Lo despreciaba.

Eso me dejó descolocado.

—¿Alicia le dijo eso?

—Pues claro que sí. Lo odiaba desde que era niña..., desde que murió su madre.

—Pero... entonces ¿por qué intentó suicidarse después de su muerte? Si no fue por dolor, ¿por qué?

Jean-Felix se encogió de hombros.

—¿Por sentimiento de culpa, quizá? ¿Quién sabe?

Había algo que no me estaba contando, pensé. Algo no encajaba. Ahí pasaba algo.

Le sonó el teléfono.

—Disculpe un momento —se apartó para contestar. Al otro lado de la línea se oía una voz de mujer. Hablaron un momento, quedando para verse—. Luego te vuelvo a llamar, cariño —dijo, y colgó.

Jean-Felix se volvió de nuevo hacia mí.

—Lo siento.

—No pasa nada. ¿Su novia?

Sonrió.

—Solo una amiga... Tengo muchas amigas.

«Seguro que sí», pensé, y sentí una punzada de rechazo, no sé muy bien por qué. Mientras me acompañaba a la puerta, le hice una última pregunta.

—Solo una cosa más: ¿Alicia le habló alguna vez de un médico?

—¿Un médico?

—Por lo visto la visitó un médico, más o menos por la época del intento de suicidio. Estoy intentando localizarlo.

—Hmmm... —Jean-Felix arrugó la frente—. Es posible. Había alguien...

—¿Recuerda su nombre?

Lo pensó un momento y luego negó con la cabeza.

—Lo siento. No, la verdad es que no.

—Bueno, si le viene a la memoria, ¿le importaría llamarme?

—Desde luego, pero lo dudo —me miró y titubeó—. ¿Quiere un consejo?

—No me iría mal.

—Si de verdad quiere conseguir que Alicia hable..., dele pintura y pinceles. Déjela pintar. Es la única forma en que hablará. A través de su arte.

—Es una idea interesante... Me ha ayudado usted mucho. Gracias, señor Martin.

—Llámeme Jean-Felix. Y cuando vea a Alicia, dígale que la quiero.

Sonrió, y de nuevo sentí cierta repulsión; Jean-Felix tenía algo que me resultaba difícil de digerir. Veía con claridad que había estado muy cerca de Alicia; hacía muchísimo que se conocían y era evidente que él se sentía atraído por ella. ¿Estaría enamorado? No estaba del todo seguro. Pensé en la cara de Jean-Felix mientras miraba el *Alcestis*. Sí, en sus ojos había amor, pero amor por el cuadro, no necesariamente por la pintora. Lo que Jean-Felix codiciaba era el arte. Si no, habría ido a ver a Alicia a The Grove. Se habría mantenido a su lado. De eso no me cabía ninguna duda. Un hombre nunca abandona así a una mujer.

No si la ama.

21

De camino al trabajo entré en la librería Waterstones y compré un ejemplar de *Alcestis*. La introducción decía que era la primera obra que se nos ha conservado de Eurípides y una de las menos representadas.

Empecé a leerla en el metro. No es que fuera de lo más trepidante. Una obra extraña, en realidad. El héroe, Admeto, es condenado a muerte por las Parcas, pero gracias a la intermediación de Apolo le ofrecen una escapatoria: Admeto podrá rehuir la muerte si logra convencer a otra persona para que muera en su lugar. Al saberlo, va a pedir a su madre y a su padre que mueran por él, pero ellos se niegan en redondo. Llegado este punto, es difícil saber qué pensar de Admeto. No es exactamente heroico en su comportamiento, y los antiguos griegos debieron de considerarlo un poco memo. Alcestis está hecha de otra pasta, más dura; da un paso al frente y se ofrece voluntaria para morir por su marido. Tal vez no espera que Admeto acepte su ofrecimiento..., pero él lo hace, y acto seguido Alcestis muere y parte hacia el Hades.

La cosa no acaba ahí, sin embargo. Hay un final más o menos feliz, un *deus ex machina*. Heracles saca a Alcestis del Hades y la devuelve triunfal a la tierra de los vivos. Ella regresa a la vida y Admeto llora conmovido en el reencuentro con su mujer. Las emociones de Alcestis son más difíciles de interpretar; permanece callada, no habla.

Me erguí sobresaltado en mi asiento al leer eso. No podía creerlo.

Leí de nuevo la página final de la obra, despacio, con atención: Alcestis regresa de entre los muertos, viva otra vez.

Y permanece callada, incapaz de hablar de su experiencia o reacia a ello. Admeto, desesperado, acude a Heracles: «Mi esposa está ahí de pie, pero ¿por qué no dice nada?».

Admeto no recibe respuesta alguna, y la obra termina cuando este acompaña a Alcestis otra vez al interior de la casa..., en silencio.

¿Por qué? ¿Por qué no dice nada?

22

Diario de Alicia Berenson

2 de agosto

Hoy hace más calor todavía. Hace más calor en Londres que en Atenas, por lo visto. Aunque al menos Atenas tiene playa.

Paul me ha llamado hoy desde Cambridge. Me ha sorprendido oír su voz. Hacía meses que no hablábamos. Lo primero que he pensado ha sido que la tía Lydia había muerto; me avergüenza decir que he sentido una chispa de alivio.

Pero Paul no llamaba por eso. De hecho, todavía no sé muy bien por qué me ha llamado. Todo el rato se andaba con rodeos. Yo esperaba que fuese al grano, pero no lo hacía. No dejaba de preguntarme si yo estaba bien, si Gabriel estaba bien, y ha murmurado algo sobre que Lydia está igual que siempre.

—Iré a visitaros —le he dicho—. Hace siglos que no voy, pero tenía intención de hacerlo.

Lo cierto es que volver a casa, estar en esa casa con Lydia y Paul, despierta en mí muchos sentimientos complicados. Por eso evito volver..., y termino sintiéndome culpable, así que haga lo que haga salgo perdiendo.

—Estaría bien ponernos al día —he insistido—. Iré pronto a verte. Ahora mismo estaba a punto de salir, así que...

Y entonces Paul ha dicho algo en voz tan baja que no lo he entendido.

—¿Cómo? ¿Qué has dicho?

—He dicho que tengo problemas, Alicia. Necesito que me ayudes.

—¿Qué ocurre?

—No puedo contártelo por teléfono. Tengo que verte.

—Es que... No estoy segura de que pueda acercarme a Cambridge ahora mismo.

—Iré a verte yo. Esta tarde, ¿de acuerdo?

La voz de Paul desprendía algo que me ha hecho acceder sin pensarlo. Sonaba desesperado.

—De acuerdo. ¿Estás seguro de que no me lo puedes contar ahora?

—Hasta la tarde —y ha colgado.

He seguido pensando en ello toda la mañana. ¿Qué podía ser tan grave para que Paul recurra precisamente a mí? ¿Tiene que ver con Lydia? ¿O con la casa, quizá? No le encontraba sentido.

No he podido trabajar después de comer. Le he echado la culpa al calor, pero la verdad es que tenía la cabeza en otra parte. Me he puesto a dar vueltas por la cocina, mirando por las ventanas, hasta que he visto a Paul en la calle. Me ha saludado con la mano.

—¡Alicia, hola!

Lo primero que me ha sorprendido es el aspecto terrible que tenía. Ha perdido muchísimo volumen, sobre todo en la cara, en las sienes y la mandíbula. Estaba esquelético, se le veía enfermo. Exhausto. Asustado.

Nos hemos sentado en la cocina con el ventilador portátil encendido. Le he ofrecido una cerveza, pero ha dicho que prefería algo más fuerte, lo cual me ha sorprendido, porque no recordaba que fuese muy bebedor. Le he servido un whisky —uno corto— y él se ha acabado de llenar el vaso cuando yo no miraba.

Al principio no decía nada. Hemos estado sentados un rato en silencio. Luego ha repetido lo que ya me había dicho por teléfono. Las mismas palabras:

—Tengo problemas.

Le he preguntado qué quería decir. ¿Era por la casa?

Paul me ha dirigido una mirada inexpresiva. No, no era por la casa.

—Entonces ¿qué?

—Soy yo —ha dudado un momento y luego se ha soltado—. He estado jugando, y me temo que he perdido mucho.

Resulta que lleva años jugando con regularidad. Me ha contado que empezó como una forma de salir de casa: ir a algún sitio, hacer algo, divertirse un poco. Y no puedo decir que lo culpe. Viviendo con Lydia, la diversión debe de escasear bastante. Pero empezó a perder cada vez más, hasta que se le fue de las manos. Ha estado esquilmando la cuenta de ahorros, que nunca había estado boyante.

—¿Cuánto necesitas?

—Veinte mil.

No podía creer lo que estaba oyendo.

—¿Has perdido veinte mil?

—No todo a la vez. Pedí prestado a unas personas..., y ahora quieren que se lo devuelva.

—¿Qué personas?

—Si no pago la deuda, voy a tener problemas.

—¿Se lo has contado a tu madre?

Ya conocía la respuesta a esa pregunta. Puede que Paul sea un desastre, pero no es idiota.

—Claro que no. Mi madre me mataría. Necesito tu ayuda, Alicia. Por eso estoy aquí.

—Yo no tengo tanto dinero, Paul.

—Te lo devolveré. No lo necesito todo de golpe. Solo un poco.

No he dicho nada, y él ha seguido suplicando. Que «ellos» querían algo esta noche, y él no se atrevía a presentarse con las manos vacías. Que lo que pudiera darle, cualquier cosa. Yo no sabía qué hacer, pero sospechaba que darle dinero no era la solución. También sabía que sus deudas iban a ser un secreto muy difícil de ocultar a la tía Lydia. No sé qué haría yo si fuera Paul. Seguro que enfrentarse a Lydia le da más miedo que los usureros.

—Te haré un cheque —he dicho al final.

La gratitud de Paul resultaba patética, no hacía más que murmurar «gracias, gracias». Le he extendido un cheque por dos mil libras, al portador. Sé que no era lo que quería, pero estos asuntos son territorio desconocido para mí. Además, no estoy segura de creer todo lo que me ha contado. Había algo que sonaba falso.

—Tal vez pueda darte más cuando hable con Gabriel —le he dicho—, pero será mejor que encontremos otra forma de ocuparnos de esto. Verás, el hermano de Gabriel es abogado. Quizá podría...

Paul ha dado un respingo, aterrorizado, y ha sacudido la cabeza.

—No, no, no. No se lo cuentes a Gabriel. A él no lo metas. Por favor. Ya se me ocurrirá cómo solucionarlo. Se me ocurrirá algo.

—¿Y Lydia qué? Creo que a lo mejor deberías...

Paul ha negado violentamente con la cabeza y ha cogido el cheque. Parecía decepcionado con la cantidad, pero no ha dicho nada. Poco después se ha marchado.

Me da la sensación de que lo he defraudado. Es una sensación que tengo siempre con Paul, desde que éramos niños. Nunca he conseguido estar a la altura de sus expectativas para conmigo, que debería ser una figura maternal para él. Paul tendría que conocerme mejor a estas alturas. No soy una mujer maternal.

Cuando ha llegado Gabriel se lo he contado y, por supuesto, se ha enfadado conmigo. Ha dicho que no tendría que haberle dado dinero a Paul, y que no le debo nada, que no es responsabilidad mía.

Sé que Gabriel tiene razón, pero lo cierto es que no puedo evitar sentirme culpable. Yo escapé de esa casa, y de Lydia... Paul no. Sigue atrapado allí. Sigue teniendo ocho años. Quiero ayudarle.

Pero no sé cómo.

6 de agosto

Me he pasado todo el día pintando, experimentando con el fondo del cuadro de Jesucristo. He estado haciendo bocetos con las fotos que hicimos en México —tierra rojiza y cuarteada, arbustos oscuros y espinosos—, pensando en cómo atrapar el calor, esa sequía intensa..., y entonces he oído que Jean-Felix me llamaba.

Por un momento he pensado en no hacerle caso y fingir que no estaba en casa. Pero entonces he oído el chasquido de la verja y ya era demasiado tarde. He asomado la cabeza y lo he visto cruzando el jardín. Me ha saludado con la mano.

—Eh, linda. ¿Te molesto? ¿Estás trabajando?

—La verdad es que sí.

—Bien, bien. Sigue con ello. Solo faltan seis semanas para la exposición, ya lo sabes. Vas retrasadísima —ha soltado esa risa suya tan molesta.

Seguro que mi expresión me ha delatado, porque enseguida ha añadido:

—Lo digo en broma. No he venido a comprobar cómo vas.

Yo no he dicho nada, solo he vuelto a entrar en el estudio, y él me ha seguido. Ha colocado una silla delante del ventilador. Ha encendido un cigarrillo y las volutas de humo lo han envuelto a causa de la brisa. He regresado al caballete y he cogido el pincel. Jean-Felix se ha puesto a hablar mientras yo trabajaba, se ha quejado del calor, ha dicho que Londres no está preparado para un clima como este. Ha criticado la ciudad comparándola con París y otras ciudades. Al cabo de un rato he dejado de escucharlo. No se callaba, venga a quejarse, justificarse, lamentarse, aburrirme mortalmente. Nunca me pregunta nada. No tiene ningún interés real en mí. Después de todos estos años, solo soy el medio para llegar a un fin: un gran público para el Show de Jean-Felix.

Quizá esté siendo injusta. Es un viejo amigo, siempre ha estado a mi lado. Se siente solo, nada más. Igual que yo. Bueno, yo prefiero estar sola a estar con la persona equivocada. Por eso nunca tuve ninguna relación seria antes de Gabriel. Esperaba a Gabriel, a alguien de verdad, tan sólido y verdadero como falsos eran los demás. Jean-Felix siempre ha tenido celos de nuestra relación. Ha intentado ocultarlo —y todavía lo hace—, pero para mí es evidente que odia a Gabriel. Siempre se está metiendo con él, insinuando que no tiene tanto talento como yo, que es vanidoso y egocéntrico. Yo creo que Jean-Felix cree que un día conseguirá que yo cambie de bando y caiga a sus pies. Pero no se da cuenta de que con cada comentario insidioso y cada maldad que sale por su boca me empuja más a los brazos de Gabriel.

Jean-Felix está siempre aludiendo a nuestra larguísima amistad. Esa es la fuerza que tiene sobre mí, la intensidad de aquellos primeros años, cuando todo era «nosotros contra el mundo». Sin embargo, no creo que Jean-Felix se dé cuenta de que está vinculado a una parte de mi vida en la que yo no era feliz, de que todo el afecto que le tengo viene de aquella época. Somos como un matrimonio que ya no está enamorado. Hoy me he dado cuenta de lo mucho que me desagrada.

—Estoy trabajando —le he dicho—. Necesito seguir con esto, así que si no te importa...

Ha puesto mala cara.

—¿Me estás pidiendo que me vaya? Te he visto pintar desde la primera vez que cogiste un pincel. Si te he estado distrayendo todos estos años, podrías habérmelo dicho antes.

—Te lo digo ahora.

Notaba la cara ardiendo, me estaba enfadando. No podía controlarlo. He intentado pintar, pero me temblaba la mano. Sentía a Jean-Felix mirándome; era casi como si oyera los engranajes de su mente haciendo tictac, rechinando, girando.

—Estás molesta conmigo —ha dicho entonces—. ¿Por qué?

—Acabo de decírtelo. No puedes seguir presentándote así. Tienes que enviarme un mensaje o llamar antes.

—No sabía que necesitase invitación por escrito para ver a mi mejor amiga.

Ha habido un silencio. Se lo ha tomado mal. Supongo que no había otra forma de tomárselo. No tenía pensado decírselo así, quería hacérselo ver de una forma más delicada, pero el caso es que no he podido contenerme. Y lo gracioso es que quería..., sí, quería hacerle daño. Quería ser cruel.

—Jean-Felix, escucha.

—Estoy escuchando.

—No hay una forma fácil de decir esto. Pero, después de la exposición, ya es momento de cambiar.

—¿Cambiar el qué?

—Cambiar de galería. Por mi parte.

Jean-Felix me ha mirado sin salir de su asombro. «Parece un niño pequeño a punto de echarse a llorar», he pensado. Pero resulta que yo solo sentía irritación.

—Ha llegado el momento de empezar de cero. Para ambos.

—Entiendo —se ha encendido otro cigarrillo—. ¿Y supongo que ha sido idea de Gabriel?

—Gabriel no tiene nada que ver con esto.

—No me soporta.

—No seas tonto.

—Te ha puesto en mi contra. He visto cómo sucedía. Lleva años haciéndolo.

—Eso no es verdad.

—¿Qué otra explicación hay? ¿Qué otro motivo podrías tener para apuñalarme por la espalda?

—No te pongas tan trágico. Solo se trata de la galería. No es por ti y por mí. Seguiremos siendo amigos. Todavía podremos vernos.

—¿Si antes te envío un mensaje o te llamo? —se ha echado a reír y ha empezado a hablar deprisa, como intentando soltarlo todo antes de que pudiera detenerlo—. Vaya, vaya, vaya. Y todo este tiempo yo creyendo en algo, ¿sabes?, en ti y en mí... Y ahora vas tú y decides que no ha sido nada. De buenas a primeras. A nadie le importas tanto como a mí, ¿sabes? A nadie.

—Jean-Felix, por favor...

—No puedo creer que lo acabes de decidir así como así.

—Hace un tiempo que quería comentártelo.

Es evidente que me he equivocado al decir eso. Jean-Felix se ha quedado de piedra.

—¿Qué quieres decir con «un tiempo»? ¿Cuánto tiempo?

—No sé. Una temporada.

—¿Y has estado fingiendo conmigo? ¿Es eso? Joder, Alicia. No lo termines así. No me eches de esta manera.

—No te estoy echando. No seas tan melodramático. Siempre seremos amigos.

—Será mejor que nos calmemos un poco. ¿Sabes por qué he venido? Para invitarte a ir al teatro el viernes —ha sacado dos entradas del bolsillo interior de la americana y me las ha enseñado; eran para una tragedia de Eurípides, en el National Theatre—. Me gustaría que me acompañaras. Es una forma más civilizada de decir adiós, ¿no te parece? Por los viejos tiempos. No digas que no.

He dudado. Era lo último que me apetecía, pero tampoco quería que se enfadara más. A esas alturas creo que habría accedido a cualquier cosa con tal de que se marchase. O sea que le he dicho que sí.

22.30

Cuando Gabriel ha llegado a casa, le he contado lo que ha pasado con Jean-Felix. Él me ha dicho que de todas formas nunca ha logrado entender nuestra amistad. Dice que Jean-Felix le da grima, y que no le gusta la forma que tiene de mirarme.

—¿Y cómo me mira?

—Como si fueras de su propiedad o algo así. Creo que deberías dejar la galería ya. Antes de la exposición.

—No puedo hacerle eso... Es demasiado tarde. Tampoco quiero que me odie. No sabes lo vengativo que puede llegar a ser.

—Suena como si le tuvieras miedo.

—No, es solo que así resulta más fácil... Apartándome poco a poco.

—Cuanto antes, mejor. Está enamorado de ti. Lo sabes, ¿verdad?

No se lo he discutido, pero Gabriel se equivoca. Jean-Felix no está enamorado de mí. Les tiene más cariño a mis cuadros que a mí. Lo cual es otro motivo para alejarme de él. A Jean-Felix no le importo en absoluto. Gabriel sí tenía razón en una cosa, sin embargo.

Le tengo miedo.

23

Encontré a Diomedes en su despacho. Estaba sentado en un taburete, frente a su arpa, que tenía un gran marco de madera ornamentada y una lluvia de cuerdas doradas.

—Un bello objeto —comenté.

Diomedes asintió.

—Y muy difícil de tocar —hizo una demostración pasando los dedos amorosamente por todas las cuerdas. Una escala resonó como una cascada por la habitación—. ¿Te gustaría intentarlo?

Sonreí... y negué con la cabeza. Él se echó a reír.

—Seguiré preguntando, ¿sabes?, con la esperanza de que cambies de opinión. Si algo soy, es persistente.

—No tengo talento para la música. Ya me lo dijo bien claro mi profesora de música en el colegio.

—Al igual que la terapia, la música es en realidad una relación, y depende por completo del profesor que se elija.

—En eso le doy toda la razón.

Miró por la ventana e hizo un gesto con la cabeza hacia el cielo del atardecer.

—Esas nubes van cargadas de nieve.

—A mí me parecen nubes de lluvia.

—No, es nieve. Créeme, desciendo de un largo linaje de pastores griegos. Esta noche nevará.

Diomedes dirigió una última mirada rebosante de esperanza a las nubes, luego se volvió hacia mí.

—¿En qué puedo ayudarte, Theo?

—Se trata de esto.

Le tendí el ejemplar de la obra por encima del escritorio. Él se quedó mirándolo.

—¿Y qué es?

—Una tragedia de Eurípides.

—Ya lo veo. Pero ¿por qué me la enseñas?

—Bueno, es *Alcestis*: el título que Alicia le puso a su autorretrato, el que pintó tras el asesinato de Gabriel.

—Ah, sí, sí, claro —miró el libro con más interés—. Se arrogó el papel de heroína trágica.

—Es posible. Debo admitir que estoy bastante perplejo. Pensaba que usted dominaría el tema mejor que yo.

—¿Porque soy griego? —se echó a reír—. ¿Supones que debo tener un conocimiento exhaustivo de todas las tragedias griegas?

—Bueno, más que yo, al menos.

—No veo por qué. Es como suponer que todos los ingleses estáis familiarizados con las obras de Shakespeare —me ofreció una sonrisa compasiva—. Por suerte para ti, esa es la diferencia entre nuestros países. Todos los griegos nos sabemos las tragedias. Las tragedias son nuestros mitos, nuestra historia..., nuestra sangre.

—Entonces podrá ayudarme con esta.

Diomedes la abrió y la hojeó un poco.

—¿Y qué problema tienes?

—Mi problema radica en el hecho de que ella no habla. Alcestis muere por su marido y al final regresa a la vida..., pero no dice nada.

—Ah. Como Alicia.

—Sí.

—De nuevo, planteo la pregunta: ¿qué problema tienes?

—Bueno, es evidente que hay alguna relación, pero no la entiendo. ¿Por qué no habla Alcestis al final?

—Bueno, ¿por qué crees tú?

—No lo sé. ¿Le superan las emociones, tal vez?

—Tal vez. ¿Qué clase de emociones?

—¿Dicha?

—¿Dicha? —se echó a reír—. Theo, piensa. ¿Cómo te sentirías tú? La persona que más amas en este mundo te ha condenado a morir a causa de su propia cobardía. Eso es toda una traición.

—¿Quiere decir que estaba enfadada?

—¿Alguna vez te han traicionado?

La pregunta se me clavó como un cuchillo. Noté que me ponía colorado. Mis labios se movieron, pero de ellos no salió ningún sonido.

Diomedes sonrió.

—Ya veo que sí. Bueno..., dime. ¿Cómo se siente Alcestis?

Esta vez sí conocía la respuesta.

—Furiosa. Está... furiosa.

—Sí —Diomedes asintió—. Más que furiosa. Siente una rabia asesina —soltó una risa entre dientes—. Uno no puede evitar preguntarse cómo será esa relación en el futuro, entre Alcestis y Admeto. La confianza, una vez perdida, es muy difícil de recuperar.

Tardé varios segundos en atreverme a hablar.

—¿Y Alicia?

—Alicia ¿qué?

—Alcestis fue condenada a morir por la cobardía de su marido. Y Alicia...

—No, Alicia no murió... No físicamente —dejó la palabra pendiendo en el aire—. Psicológicamente, en cambio...

—¿Quiere decir que ocurrió algo... que mató su espíritu..., que mató su capacidad de estar viva?

—Es posible.

No me sentía satisfecho. Recogí la obra teatral y la miré. En la cubierta había una estatua clásica, una hermosa mujer inmortalizada en mármol. Me quedé mirándola mientras pensaba en lo que me había dicho Jean-Felix.

—Si Alicia está muerta..., como Alcestis, entonces tenemos que traerla de vuelta a la vida.

—Exacto.

—Se me ocurre que si el arte es el medio de expresión de Alicia, ¿no podríamos proporcionarle una voz?

—¿Y eso cómo lo hacemos?

—¿Y si la dejáramos pintar?

Diomedes me miró con sorpresa, luego desechó la sugerencia con un gesto de la mano.

—Ya va a terapia artística.

—No hablo de terapia artística. Hablo de que Alicia trabaje en sus propias condiciones: sola, con un espacio suyo para crear. Dejemos que se exprese, que libere sus emociones. Podría obrar maravillas.

Diomedes tardó un poco en contestar. Lo estuvo meditando.

—Tendrás que ponerte de acuerdo con la terapeuta de arte. ¿La has conocido ya? ¿A Rowena Hart? No es de las que se dejan avasallar.

—Hablaré con ella. Pero ¿cuento con su beneplácito?

Diomedes se encogió de hombros.

—Si logras convencer a Rowena, adelante. Pero ya te lo advierto: la idea no le gustará. No le hará ninguna gracia.

24

—Me parece una idea estupenda —dijo Rowena.

—Ah, ¿sí? —intenté no parecer sorprendido—. ¿De verdad?

—Uy, sí. El único problema es que Alicia no colaborará.

—¿Qué te hace estar tan segura?

Rowena soltó un soplido desdeñoso y burlón.

—Pues que Alicia es la bruja menos receptiva y menos comunicativa con la que he trabajado nunca.

—Ah.

Seguí a Rowena a la sala de arte. El suelo estaba lleno de salpicaduras de pintura, como un mosaico abstracto, y las paredes, cubiertas de obras artísticas, algunas buenas, la mayoría simplemente extrañas. Rowena tenía el pelo rubio y corto, un ceño de arrugas profundas y unos modales cansados y sufridos, sin duda a causa de su infinito mar de pacientes poco cooperativas. Estaba claro que Alicia había sido una de esas decepciones.

—¿No participa en la terapia artística? —pregunté.

—No —Rowena se puso a apilar material en una estantería mientras hablaba—. Tenía muchas esperanzas depositadas en ella cuando se unió al grupo. Hice todo lo posible para que se sintiera bienvenida, pero se queda ahí sentada y ya está, mirando la página en blanco. Nada consigue hacer que pinte, ni que coja un lápiz siquiera para dibujar algo. Es un ejemplo terrible para las demás.

Asentí, comprensivo. El objetivo de la terapia artística es lograr que los pacientes dibujen o pinten y, lo que es más importante, que hablen sobre sus creaciones relacionándolas con su estado emocional. Es una forma estupenda de, bastante literalmente, plasmar su inconsciente en una página, donde se puede reflexionar y hablar sobre él. Como siempre, todo depende de la habilidad individual del terapeuta. Ruth solía decir que muy pocos profesionales tenían la habilidad o la intuición necesarias; la mayoría no eran más que fontaneros. Rowena, en mi opinión, era bastante fontanera. Resultaba evidente que se sentía ofendida por Alicia. Intenté ser lo más apaciguador posible.

—Quizá le resulte doloroso —sugerí con cautela.

—¿Doloroso?

—Bueno, no debe de ser fácil para una artista de su talento sentarse a pintar junto a las demás pacientes.

—¿Por qué no? ¿Porque está por encima de eso? He visto su trabajo. A mí no me parece tan buena —succionó los labios hacia dentro, como si hubiese saboreado algo desagradable.

De modo que era eso por lo que a Rowena no le caía bien Alicia: le tenía envidia.

—Cualquiera puede pintar así —dijo—. No es difícil representar algo de manera fotorrealista. Lo difícil es tener un punto de vista sobre ello.

No quería entrar en un debate sobre la obra de Alicia.

—O sea, que lo que dices es que sería un alivio que te la quitara de encima…

Rowena me lanzó una mirada penetrante.

—Te la regalo.

—Gracias. Te lo agradezco.

Soltó un bufido de desdén.

—Tendrás que buscarte tú solo los materiales artísticos. Mi presupuesto no alcanza para óleos.

25

—Tengo que hacerte una confesión.

Alicia no me miraba.

Seguí hablando, observándola con detenimiento:

—Resulta que el otro día estuve en el Soho y pasé por tu antigua galería. Así que entré. El director fue muy amable y me enseñó algunas de tus obras. Es un viejo amigo tuyo, ¿no? Jean-Felix Martin.

Aguardé una respuesta. No la hubo.

—Espero que no te parezca una invasión de tu intimidad. Tal vez debería habértelo consultado antes. Espero que no te importe.

Ninguna reacción.

—Vi un par de cuadros que no había visto antes. El de tu madre... Y el de tu tía, Lydia Rose.

Alicia levantó la cabeza despacio y me miró. Sus ojos tenían una expresión nueva en ella para mí. No logré identificarla del todo. Era... ¿diversión?

—Aparte del evidente interés que me suscitan, como terapeuta tuyo, quiero decir, me pareció que esos cuadros llegan al espectador a un nivel personal. Son unas piezas de una fuerza extraordinaria.

Alicia bajó la mirada. Volvía a desinteresarse.

Me apresuré a insistir.

—Hubo un par de cosas que me sorprendieron. En el cuadro del accidente de tráfico de tu madre falta algo en la escena: tú. No te pintaste en el coche, aunque estabas allí.

Sin respuesta.

—Me pregunto si querrá decir eso que solo puedes pensar en el accidente como en la tragedia de ella. ¿Porque murió? Pero en realidad también había una niña pequeña en ese coche. Una niña que vio cómo no se daba validez a sus sentimientos de pérdida o bien no pudo experimentarlos.

Alicia movió la cabeza. Me miró. Fue una mirada desafiante. Iba por buen camino. Seguí por ahí.

—Pregunté a Jean-Felix por tu autorretrato, el *Alcestis*. Por su significado. Y me sugirió que le echara un vistazo a esto.

Saqué el ejemplar de la obra teatral, *Alcestis*. Lo dejé sobre la mesita de café y lo empujé hacia ella. Alicia se quedó mirándolo.

—«¿Por qué no dice nada?» Es lo que pregunta Admeto. Y yo te hago la misma pregunta a ti, Alicia: ¿qué es lo que no puedes decir? ¿Por qué tienes que guardar silencio?

Alicia cerró los ojos para hacerme desaparecer. Fin de la conversación. Miré el reloj que había en la pared, detrás de ella. La sesión casi había terminado, solo quedaban un par de minutos.

Me había estado guardando el as en la manga hasta ese momento, y lo jugué con una sensación de nerviosismo que esperaba que no resultase evidente.

—Jean-Felix también me propuso algo. A mí me pareció bastante buena idea. Me dijo que deberíamos permitirte pintar... ¿Te gustaría? Podríamos buscarte un espacio privado, con lienzos, pinceles y pintura.

Alicia parpadeó. Abrió los ojos. Fue como si hubiesen encendido una luz dentro de ellos. Eran los ojos de una niña, enormes e inocentes, libres de desdén y de sospecha. Pareció que recuperaba el color en la cara. De repente se la veía maravillosamente viva.

—Lo he comentado con el profesor Diomedes. Él ha accedido, y también Rowena... Así que en realidad depende de ti, Alicia. ¿Qué te parece?

Esperé. Me estaba mirando.

Y entonces, por fin, conseguí lo que quería: una reacción clara, una señal que me confirmaba que iba por buen camino.

Fue un movimiento pequeño. Minúsculo, en realidad. Aun así, lo decía todo.

Alicia sonrió.

26

El comedor era la sala más cálida de The Grove. Unos radiadores ardientes cubrían las paredes, y los bancos que estaban más cerca de ellos siempre eran los primeros en llenarse. El almuerzo era la comida con más ajetreo, ya que pacientes y personal se sentaban mezclados. Las voces alzadas de los comensales creaban una cacofonía de sonidos nacida del nerviosismo incómodo que se generaba cuando todas las pacientes estaban en un mismo lugar.

Un par de encargadas de comedor caribeñas y alegres reían y charlaban mientras servían salchichas y puré de patatas, *fish-and-chips* y pollo al curry; todos los platos olían bastante mejor de lo que sabían. Yo escogí el pescado como mal menor de los tres. De camino a la mesa pasé por el lado de Elif. Estaba rodeada de su pandilla, un grupo de aspecto hosco formado por las pacientes más duras. Se estaba quejando de la comida cuando llegué a la altura de su mesa.

—No pienso comerme esta mierda —apartó la bandeja.

La paciente que tenía a su derecha tiró de la bandeja hacia sí, preparándose para quitársela de las manos..., pero Elif le dio un manotazo en la cabeza.

—¡Puta glotona! —le gritó—. Devuélvemelo.

Eso arrancó una enorme carcajada en toda la mesa. Elif recuperó su bandeja y atacó la comida con renovado placer.

Me fijé en que Alicia estaba sentada sola al fondo del comedor. Pinchaba un trozo raquítico de pescado con el tenedor, como un pajarillo anoréxico, lo paseaba por el plato pero no se lo llevaba a la boca. Estuve medio tentado de sentarme con ella, pero decidí no hacerlo. Tal vez si hubiera levantado la mirada y hubiéramos establecido contacto visual sí me habría acercado. Pero mantuvo la mirada gacha, como intentando aislarse de todo y a todos los que la rodeaban. Sentí que entrometerme sería una invasión de su intimidad, así que me senté al final de otra mesa, unas cuantas sillas más allá de las pacientes, y empecé a comerme el pescado con patatas fritas. Solo di un bocado de ese pescado grasiento que no sabía a nada, estaba recalentado pero aun así frío por el centro todavía. Coincidí con la valoración de Elif. Estaba a punto de tirarlo a la basura cuando alguien se sentó frente a mí.

Para mi sorpresa, era Christian.

—¿Todo bien? —preguntó saludando con un gesto de la cabeza.

—Sí, ¿y tú?

No respondió. Se lanzó con decisión sobre su pollo al curry con arroz, que estaba duro como una piedra.

—He oído que tienes pensado dejar que Alicia pinte —dijo entre bocado y bocado.

—Veo que las noticias vuelan.

—En este sitio sí. ¿Ha sido idea tuya?

Dudé.

—Sí, así es. Creo que le irá bien.

Christian me miró con vacilación.

—Ve con cuidado, amigo.

—Gracias por la advertencia, pero es bastante innecesaria.

—Yo ya lo he dicho. Las limítrofes son seductoras. Eso es lo que está pasando aquí, y no creo que seas del todo consciente.

—No está intentando seducirme, Christian.

Se echó a reír.

—Me parece que ya lo ha hecho. Le estás dando justo lo que quiere.

—Le estoy dando lo que necesita. Es diferente.

—¿Cómo sabes tú lo que necesita? Te estás identificando demasiado con ella. Es evidente. La paciente es ella, ¿sabes?, no tú.

Consulté el reloj en un intento de disimular mi ira.

—Tengo que irme ya.

Me levanté y recogí la bandeja. Eché a andar, pero Christian me llamó.

—Se volverá contra ti, Theo. Tú espera. Luego no digas que no te lo advertí.

Estaba molesto, y esa sensación ya no me abandonó en todo el día.

Al terminar la jornada salí de The Grove y fui a la pequeña tienda que estaba al final de la calle a comprar un paquete de tabaco. Apenas consciente de mis actos, me llevé un cigarrillo a la boca, lo encendí y le di una buena calada. Estaba pensando en lo que había dicho Christian y le daba vueltas en la cabeza mientras los coches pasaban raudos por mi lado. «Las limítrofes son seductoras», lo oía decir.

¿Era cierto? ¿Por eso me había molestado tanto? ¿Alicia me había seducido emocionalmente? Estaba claro que Christian lo creía así, y no me cabía duda alguna de que Diomedes lo sospechaba. ¿Tenían razón?

Buscando en mi conciencia, tuve la seguridad de que la respuesta era no. Quería ayudar a Alicia, sí, pero era del todo capaz de mantenerme objetivo con ella, estar vigilante, pisar con cautela y poner unos límites claros.

Me equivocaba. Ya era demasiado tarde, aunque no quería admitirlo, ni siquiera a mí mismo.

Llamé a Jean-Felix a la galería y le pregunté qué había pasado con el material artístico de Alicia: la pintura, los pinceles, los lienzos.

—¿Está guardado en alguna parte?

Se produjo una breve pausa antes de que respondiera.

—Bueno, en realidad no... Yo tengo todas sus cosas.

—¿Usted?

—Sí. Vacié su estudio después del juicio... y me quedé con todo lo que valía la pena conservar: sus bocetos preliminares, sus cuadernos, su caballete, sus óleos. Se lo estoy guardando.

—Qué amable.

—O sea, ¿que va a seguir mi consejo? ¿Va a dejar que Alicia pinte?

—Sí. Si sale algo de ello o no, está por ver.

—Oh, ya lo creo que saldrá. Ya lo verá. Solo le pido que me deje ver los cuadros terminados.

Un extraño deje de avidez tiñó su voz. De repente vi los cuadros de Alicia arropados como niños en sus mantas en aquel almacén. ¿De verdad se los estaba guardando a ella? ¿O lo hacía porque no podía soportar separarse de ellos?

—¿Le importaría traer todo el material a The Grove? —pedí—. ¿Le iría bien?

—Ah, pues... —tuvo un instante de duda.

Percibí su angustia y salí a su rescate antes de darme cuenta.

—O puedo pasar yo a recogerlo, si le resulta más fácil.

—Sí, sí, tal vez eso sea mejor.

A Jean-Felix le daba miedo ir allí, le daba miedo ver a Alicia. ¿Por qué? ¿Qué había entre ambos?

¿Qué era a lo que no quería enfrentarse?

27

—¿A qué hora has quedado con tu amiga? —pregunté.

—A las siete. Después del ensayo —Kathy me alargó su taza de café—. Por si se te ha olvidado su nombre, Theo, es Nicole.

—Eso —dije con un bostezo.

Kathy me miró con severidad.

—¿Sabes?, es un poco insultante que no te acuerdes; es una de mis mejores amigas. Si hasta fuiste a su fiesta de despedida, joder.

—Claro que me acuerdo de Nicole. Es solo que se me había olvidado su nombre.

Kathy puso los ojos en blanco.

—Lo que tú digas, porrero. Voy a darme una ducha —y salió de la cocina.

Sonreí para mí.

A las siete.

A las siete menos cuarto recorría la orilla del río hacia el espacio donde ensayaba Kathy, en el South Bank.

Me senté en un banco al otro lado de la calle, frente a la sala de ensayo pero de espaldas a la entrada, para que ella no pudiera verme si salía temprano. De vez en cuando volvía la cabeza y miraba por encima del hombro, pero la puerta seguía obstinadamente cerrada.

Y entonces, a las siete y cinco minutos, se abrió por fin. Se oyó un rumor de conversaciones animadas y risas mientras los actores iban saliendo del edificio. Lo abandonaban en grupos de dos o tres. Ni rastro de Kathy.

Esperé cinco minutos. Diez minutos. El goteo de gente se terminó, de allí ya no salía nadie más. Debía de haberme despistado. O quizá había salido antes de llegar yo. A menos que ni siquiera hubiera estado allí.

¿Me había mentido con lo del ensayo?

Me levanté y fui hacia la entrada. Necesitaba asegurarme. Si Kathy todavía estaba dentro y me veía, ¿qué haría yo? ¿Cómo podía justificar mi presencia? ¿Diciéndole que quería darle una sorpresa? Sí, le diría que había ido para invitarlas a ella y a «Nicole» a cenar. Kathy no sabría dónde meterse y mentiría para escaquearse con alguna excusa de mierda —«Nicole se ha puesto enferma y lo ha cancelado»—, así que acabaríamos pasando una velada incómoda ella y yo solos. Otra velada de largos silencios.

Llegué a la entrada. Dudé, aferré el tirador verde oxidado y empujé la puerta. Entré.

El interior era de cemento desnudo y olía a humedad. El espacio de ensayo de Kathy estaba en la cuarta planta —se quejaba de que tenía que subir muchos escalones todos los días—, así que fui por la escalera principal. Llegué a la primera planta y ya empezaba a subir hacia la segunda cuando oí una voz que venía de lo alto de la escalera. Era Kathy. Hablaba por teléfono:

—Lo sé, lo siento. Te veré pronto. No serán muchos días... Vale, vale, adiós.

Me quedé petrificado; estábamos a solo unos segundos de chocar el uno con el otro. Corrí escalera abajo y me escondí en una esquina. Kathy pasó de largo sin verme y salió por la puerta, que se cerró con un fuerte golpe.

Corrí tras ella al exterior. Kathy se estaba alejando, iba deprisa, hacia el puente. La seguí abriéndome paso entre turistas y trabajadores que volvían a casa, intentando mantener la distancia sin perderla de vista.

Cruzó el puente y bajó la escalera de la estación de metro de Embankment. Fui tras ella, preguntándome qué línea tomaría.

Sin embargo, no entró en el metro. En lugar de eso, cruzó toda la estación y salió por el otro lado. Continuó a pie hacia Charing Cross Road. La seguí. En el semáforo me detuve a unos cuantos pasos detrás de ella. Cruzamos Charing Cross Road y nos metimos en el Soho. La seguí por las calles estrechas. Dobló a la derecha, luego a la izquierda, después otra vez a la derecha. Entonces se detuvo. Estaba en la esquina de Lexington Street. Y esperó.

Así que ese era el punto de encuentro. Un buen lugar: céntrico, bullicioso, anónimo. Dudé y me metí en un pub que había en la esquina. Me aposté en la barra, desde donde tenía una buena vista a través de la ventana y veía a Kathy al otro lado de la calle. El barman, aburrido y con una barba rebelde, me miró.

—¿Sí?

—Una pinta. De Guinness.

Bostezó y se fue al otro extremo de la barra a ponerme la pinta. Yo no apartaba los ojos de Kathy. Estaba bastante seguro de que no podía verme a través de la ventana, ni aunque mirara en esa dirección. Y en cierto momento sí miró, directa hacia mí. Se me paró el corazón un instante, convencido de que me había descubierto; pero no, su mirada se desvió.

Pasaban los minutos y Kathy seguía esperando. Igual que yo, que iba dando lentos tragos a la cerveza, observándola. Ese tipo, quien fuera, se estaba tomando su tiempo. A ella no le gustaría. Kathy odiaba que la hicieran esperar, y eso que ella llegaba tarde sin excepción. Veía que empezaba a enfadarse, que arrugaba la frente y consultaba el reloj.

Y entonces un hombre cruzó la calle hacia ella. En los pocos segundos que tardó en cruzar, yo ya lo había evaluado y calado. Era fornido. Tenía el pelo rubio y largo hasta los hombros, lo cual me sorprendió, porque Kathy siempre decía que a ella solo le ponían los hombres con el pelo oscuro y ojos como los míos; a menos, claro está, que eso fuera otra mentira.

Sin embargo, el hombre pasó por su lado y ella ni se inmutó. Pronto se perdió de vista. Así que no era él. Me pregunté si tanto Kathy como yo estaríamos pensando lo mismo: ¿la habría dejado plantada?

Justo en ese momento abrió mucho los ojos y sonrió. Saludó con la mano al otro lado de la calle, a alguien que quedaba fuera de mi campo de visión. «Por fin —pensé—. Es él». Alargué el cuello para verlo...

Y, para mi sorpresa, una rubia con pinta de fulana, de unos treinta años, con una minifalda cortísima y unos tacones de altura imposible, fue correteando hacia Kathy. La reconocí al instante. Nicole. Se saludaron con besos y abrazos, luego se alejaron las dos del brazo, hablando y riendo. O sea que Kathy no me había mentido con lo de Nicole.

Registré mis sentimientos con sobresalto: debería haber sentido un alivio enorme al saber que Kathy me había contado la verdad. Debería haberme sentido agradecido. Pero no era así.

Estaba decepcionado.

28

—Bueno, ¿qué te parece, Alicia? Hay mucha luz, ¿eh? ¿Te gusta?

Yuri le presentó el nuevo estudio con orgullo. Había sido idea suya apropiarse de una sala que no se utilizaba junto a la pecera, y yo estuve de acuerdo; me parecía mejor opción que compartir la sala de terapia artística de Rowena, lo cual, dada su evidente hostilidad, habría creado dificultades. Así Alicia dispondría de un espacio para ella sola, donde se vería libre para pintar lo que quisiera y sin interrupciones.

Alicia miró alrededor. Su caballete estaba desempaquetado y colocado junto a la ventana, donde tendría más luz. Su caja de óleos estaba abierta encima de una mesa. Yuri me guiñó un ojo cuando Alicia se acercó a ellos. Estaba entusiasmado con ese plan de la pintura, y yo agradecía su apoyo. Yuri resultaba un aliado muy útil, porque era el miembro más popular del personal, y de lejos; por lo menos entre las pacientes. Se despidió con un gesto de la cabeza con el que pareció decir: «Buena suerte, ahora es cosa tuya», y se marchó. La puerta se cerró tras él con un golpe, pero Alicia no pareció oírlo.

Estaba metida en su mundo, inclinada sobre la mesa, examinando sus pinturas con una pequeña sonrisa en la cara. Alcanzó los pinceles de pelo de marta y los acarició como si fueran flores delicadas. Sacó tres tubos de óleo —azul de Prusia, amarillo indio, rojo de cadmio— y los alineó. Después se volvió hacia el lienzo en blanco que había en el caballete. Lo estudió. Se quedó allí de pie un buen rato. Parecía haber entrado en una especie de trance, una ensoñación; su mente estaba en otro lugar, de alguna forma había escapado, había viajado muy lejos de aquella celda. Por fin salió de ese estado y se volvió de nuevo hacia la mesa. Apretó un tubo y aplicó un poco de pintura blanca en la paleta, luego la combinó con una pequeña cantidad de rojo. Tuvo que mezclar los colores con un pincel; Stephanie, por motivos evidentes, había confiscado las espátulas en cuanto entraron en The Grove.

Alicia llevó el pincel hacia el lienzo... e hizo una marca. Un único trazo rojo de pintura en medio del espacio blanco.

Se quedó mirándolo un momento. Luego hizo otra marca. Y otra. Pronto estaba pintando sin pausa ni vacilación, con una fluidez total de movimiento. Era una especie de danza entre Alicia y el lienzo. Yo estaba allí de pie, mirando las formas que creaba.

Guardé silencio, apenas me atrevía a respirar. Sentía que estaba presenciando un momento íntimo, viendo a un animal salvaje dar a luz. Y aunque Alicia era consciente de mi presencia, no parecía importarle. Alguna que otra vez, mientras pintaba, levantaba la vista y me miraba.

Casi como si me estuviera examinando.

A lo largo de los días siguientes, el cuadro empezó a tomar forma despacio, toscamente al principio, como esbozado, pero cada vez con mayor claridad; luego emergió del lienzo con una explosión de límpida luminosidad fotorrealista.

Alicia había pintado un edificio de ladrillo rojo, un hospital: The Grove, inconfundible. Estaba en llamas y ardía desde los cimientos. En la escalera de incendios se distinguían dos figuras. La mujer era sin duda Alicia, su pelo rojo tenía el color de las llamas. Y en el hombre me reconocí a mí mismo. Llevaba a Alicia en brazos, la levantaba en alto mientras el fuego me lamía los tobillos.

No logré discernir si me había pintado en el acto de rescatarla... o a punto de lanzarla a las llamas.

29

—Esto es ridículo. Hace años que vengo y nunca me habían dicho que llamara antes. No puedo pasarme todo el día esperando. Soy una persona muy ocupada.

Una mujer estadounidense se había plantado frente al mostrador de recepción y se quejaba a voz en grito a Stephanie Clarke. Reconocí a Barbie Hellmann de los periódicos y la cobertura televisiva del asesinato. Era la vecina de Alicia en Hampstead, la que oyó los disparos la noche del asesinato de Gabriel y llamó a la policía.

Barbie era una rubia californiana de sesenta y tantos años, o puede que más. Iba bañada en Chanel Nº 5 y llevaba encima una cantidad considerable de cirugía plástica. El nombre le iba que ni pintado: realmente parecía una muñeca Barbie asustada. Estaba claro que era la clase de mujer acostumbrada a conseguir lo que quería, de ahí sus sonoras protestas en el mostrador de recepción cuando supo que tenía que pedir cita para visitar a una paciente.

—Quiero hablar con el director —dijo haciendo un gesto grandilocuente, como si aquello fuese un restaurante en lugar de un centro psiquiátrico—. Esto es absurdo. ¿Dónde está?

—La directora soy yo, señora Hellmann —dijo Stephanie—. Ya nos conocíamos.

Esa fue la primera vez que sentí una ligera compasión hacia Stephanie. Era difícil no tenerle lástima al verla en el otro extremo de la invectiva de Barbie. Barbie hablaba mucho y deprisa, sin hacer ninguna pausa, con lo que no le dejaba a su oponente tiempo para contestar.

—Pues antes nunca me habían dicho nada de pedir cita —soltó una risotada—. Por el amor de Dios, es más fácil conseguir mesa en The Ivy.

Me acerqué a ellas y sonreí a Stephanie con inocencia.

—¿Puedo ayudar?

Stephanie me lanzó una mirada molesta.

—No, gracias. Ya me ocupo yo.

Barbie me miró de arriba abajo con cierto interés.

—¿Y usted quién es?

—Theo Faber. El psicoterapeuta de Alicia.

—Ah, ¿de verdad? —repuso Barbie—. Qué interesante.

Estaba claro que los psicoterapeutas eran algo con lo que podía relacionarse, al contrario que los directores de unidad. A partir de ese momento, se dirigió únicamente a mí y trató a Stephanie como si no fuera más que una recepcionista, lo cual debo admitir que me divirtió muchísimo.

—Debe de ser nuevo, si no nos conocíamos, ¿no? —dijo Barbie.

Abrí la boca para responder, pero ella se me adelantó.

—Suelo venir cada dos meses, más o menos, esta vez he tardado un poco más porque fui a Estados Unidos a ver a mi familia, pero en cuanto volví pensé que tenía que venir a visitar a mi Alicia... La echo mucho de menos. Alicia era mi mejor amiga, ¿sabe?

—No, no lo sabía.

—Oh, sí. Cuando vinieron a vivir a la casa de al lado, yo ayudé mucho a Alicia y a Gabriel a integrarse en el barrio. Alicia y yo nos hicimos íntimas. Nos lo contábamos todo, todo.

—Entiendo.

Yuri pasó por recepción y le hice un gesto para que se acercara.

—La señora Hellmann ha venido a ver a Alicia —dije.

—Llámeme Barbie, tesoro. Yuri y yo somos viejos amigos —le guiñó un ojo—. Hace mucho que nos conocemos. Él no es ningún problema, es esta señora de aquí...

Hizo un gesto desdeñoso en dirección a Stephanie, que por fin encontró una oportunidad para hablar:

—Lo siento, señora Hellmann, pero la política del hospital ha cambiado desde que estuvo usted aquí el año pasado. Hemos reforzado la seguridad. A partir de ahora tendrá que llamar antes...

—Ay, Dios mío, ¿tenemos que pasar por todo esto... otra vez? Gritaré si lo vuelve a repetir. Como si la vida no fuese ya lo bastante complicada.

Stephanie se rindió y Yuri acompañó a Barbie. Los seguí.

Entramos en la sala de visitas y esperamos a Alicia. Era una sala desnuda con una mesa y dos sillas, sin ventanas y con un fluorescente de un amarillo enfermizo. Me quedé al fondo y observé mientras Alicia aparecía por la otra puerta, acompañada de dos enfermeras. No tuvo ninguna reacción evidente al ver a Barbie. Se acercó a la mesa y se sentó sin levantar la mirada.

Barbie parecía mucho más emocionada que ella.

—Alicia, tesoro, cuánto te he echado de menos. Estás muy delgada, no queda nada de ti. Qué envidia me das. ¿Cómo te encuentras? Esa horrible mujer casi no me deja verte. Ha sido una pesadilla...

Y así siguió la cosa, un manantial interminable de cháchara intrascendente por parte de Barbie, detalles de su viaje a San Diego para visitar a su madre y a su hermano. Alicia solo estaba ahí sentada, en silencio; su rostro era una máscara que no desvelaba nada, no expresaba nada. Unos veinte minutos después, por suerte, el monólogo terminó. Yuri se llevó de allí a Alicia, tan poco interesada como cuando había entrado.

Me acerqué a Barbie antes de que saliera de The Grove.

—¿Podríamos hablar un momento?

Barbie asintió como si lo hubiera estado esperando.

—¿Quiere hablar conmigo sobre Alicia? Ya era hora de que alguien me hiciera alguna pregunta, maldita sea. La policía no quiso saber nada, lo cual fue una locura, porque Alicia siempre me hacía confidencias, ¿sabe? Sobre todo. Me contó cosas que no se creería...

Barbie dijo eso con mucho énfasis y me ofreció una sonrisa tímida y coqueta. Sabía que había despertado mi curiosidad.

—¿Como qué?

La mujer sonrió de forma críptica y se cerró más el abrigo de pieles.

—Bueno, no entraré en eso ahora, ya voy bastante retrasada. Venga a verme esta tarde... Digamos... ¿a las seis?

La perspectiva de visitar a Barbie en su casa no me apetecía; sinceramente, esperaba que Diomedes no se enterase. Pero si quería descubrir lo que sabía, no tenía más opción. Forcé una sonrisa.

—¿Cuál es su dirección?

30

La casa de Barbie era una de las muchas que había junto al parque de Hampstead Heath, al otro lado de la calle, y desde ella se veía uno de los estanques. Era grande y, dada su ubicación, seguramente tenía un precio desorbitado.

Barbie vivía ya en Hampstead muchos años antes de que Gabriel y Alicia se instalaran en la casa de al lado. Su exmarido trabajaba en la banca de inversión y viajaba a menudo entre Londres y Nueva York, hasta que se divorciaron. Él se buscó a una versión más joven y más rubia de su mujer..., y ella se quedó con la casa. «Así, todos contentos —explicaba ella con una carcajada—. Sobre todo yo».

La casa de Barbie estaba pintada de azul pálido, en contraste con las demás de la calle, que eran blancas. Su jardín delantero estaba decorado con arbolitos y macetas con plantas.

Me recibió en la puerta.

—Hola, tesoro. Me alegro de que haya llegado puntual. Eso es buena señal. Por aquí.

Me hizo seguirla por el pasillo hasta el salón, hablando todo el rato. Yo solo la escuchaba a medias mientras observaba aquel sitio. La casa olía como un invernadero, estaba llena de plantas y flores: rosas, lirios, orquídeas allí donde mirases. Infinidad de cuadros, espejos y fotografías enmarcadas colgaban de las paredes; estatuillas, jarrones y demás objetos artísticos competían por el espacio en mesas y cómodas. Eran artículos caros todos ellos, pero apelotonados de esa forma parecían baratijas. Tomado como una representación de la mente de Barbie, parecía indicar un mundo interior desordenado, por no decir otra cosa. Me hacía pensar en caos, abigarramiento, codicia; un hambre insaciable. Me pregunté cómo habría sido su infancia.

Aparté un par de cojines con borlas para encontrar un sitio donde sentarme en el enorme e incómodo sofá. Barbie abrió un mueble bar y sacó dos vasos.

—Bueno, ¿qué le apetece tomar? Yo diría que es usted bebedor de whisky. Mi exmarido se bebía casi cuatro litros de whisky al día. Decía que lo necesitaba para aguantarme —rio—. Yo, en realidad, soy entendida en vinos. Hice un curso en Francia, en la región de Burdeos. Tengo un olfato excelente.

Se detuvo para tomar aliento, y yo aproveché la oportunidad para hablar mientras pudiera.

—No me gusta el whisky. No soy muy bebedor... Solo una cerveza de vez en cuando, en realidad.

—Ah —Barbie parecía bastante importunada—. Cerveza no tengo.

—Bueno, no pasa nada. No me hace falta beber...

—Pues a mí sí, tesoro. Ha sido uno de esos días.

Barbie se sirvió una gran copa de vino tinto y se acurrucó en el sillón como si se preparara para disfrutar de una buena charla.

—Soy toda suya —dijo con una sonrisa insinuante—. ¿Qué quiere saber?

—Tengo un par de preguntas, si le parece bien.

—Bueno, pues dispare.

—¿Mencionó Alicia alguna vez si había ido a visitarse con algún médico?

—¿Un médico? —la pregunta pareció sorprenderla—. ¿Se refiere a un psiquiatra?

—No, me refiero a un médico de cabecera.

—Ah, pues, no sé... —Barbie se quedó callada y dudó—. La verdad es que, ahora que lo dice, sí que veía a uno...

—¿Sabe cómo se llamaba?

—No, no lo sé, pero recuerdo que le hablé de mi médico, el doctor Monks, que es un hombre increíble. Solo con mirarte sabe lo que te pasa y te dice exactamente lo que tienes que comer. Es asombroso...

A eso le siguió una larga y complicada explicación sobre los preceptos dietéticos que le había impuesto a Barbie su médico, y la insistencia en que yo fuera a visitarme con él pronto. Empezaba a perder la paciencia. Me costó cierto esfuerzo volver a encarrilarla.

—¿Vio usted a Alicia el día del asesinato?

—Sí, solo unas horas antes de que ocurriera —se detuvo para tomar un poco más de vino—. Pasé a verla. Solía presentarme allí cada dos por tres, a tomar un café..., bueno, ella tomaba café, yo casi siempre llevaba una botella de algo. Hablábamos durante horas. Éramos íntimas, ¿sabe?

«Sí, no dejas de repetirlo», pensé. Pero yo ya había diagnosticado a Barbie como una narcisista de tomo y lomo; dudaba que fuera capaz de relacionarse con otras personas más que como medio para satisfacer sus propias necesidades. Imaginé que Alicia no hablaba mucho durante esas visitas.

—¿Cómo describiría su estado mental esa tarde?

Barbie se encogió de hombros.

—La vi bien. Le dolía mucho la cabeza, nada más.

—¿No estaba más nerviosa de lo habitual?

—¿Por qué habría de estarlo?

—Bueno, dadas las circunstancias...

Barbie me dirigió una mirada de asombro.

—No creerá que es culpable, ¿verdad? —soltó una risa—. Ay, tesoro... Pensaba que sabría verlo usted de otra forma.

—Me temo que no...

—Alicia no era lo bastante dura para matar a nadie, en absoluto. No era una asesina. Se lo digo yo. Es inocente. Estoy segura al cien por cien.

—Siento curiosidad por saber cómo puede estar tan segura, dadas las pruebas...

—A mí eso me importa una mierda. Yo tengo mis propias pruebas.

—Ah, ¿sí?

—Faltaría más. Pero antes... tengo que saber si puedo confiar en usted.

Los ojos de Barbie inspeccionaron los míos con avidez. Le sostuve la mirada y entonces, de pronto, lo soltó:

—Verá, había un hombre.

—¿Un hombre?

—Sí. Vigilando.

Me sorprendió un poco y me puse alerta de inmediato.

—¿Qué quiere decir con vigilando?

—Lo que he dicho. Vigilándola. Se lo conté a la policía, pero no pareció que les interesase. En cuanto encontraron a Alicia con el cadáver de Gabriel y el arma, ya no quisieron escuchar ninguna otra historia.

—¿Qué historia..., exactamente?

—Se la contaré, y así verá por qué quería que viniese usted esta tarde. Merece la pena oírla.

«Suéltalo ya», pensé. Pero no dije nada y sonreí para animarla.

Se sirvió más vino.

—Todo empezó un par de semanas antes del asesinato. Fui a ver a Alicia y nos tomamos una copa, pero me di cuenta de que estaba más callada de lo habitual. Le pregunté: «¿Estás bien?». Y ella se puso a llorar. Nunca la había visto así. Lloraba a lágrima viva. Solía ser muy reservada, ¿sabe? Pero ese día se soltó. Estaba por los suelos, tesoro, pero por los suelos de verdad.

—¿Qué le dijo?

—Me preguntó si me había fijado en que había alguien rondando por el barrio. Había visto a un hombre en la calle, vigilándola —Barbie dudó un momento—. Se lo enseñaré. Me envió este mensaje.

Una de sus cuidadísimas manos cogió el móvil. Buscó entre las fotografías y me puso el teléfono delante de la cara.

Me quedé mirándolo. Tardé unos instantes en comprender lo que estaba viendo. Una fotografía borrosa de un árbol.

—¿Qué es?

—¿Qué le parece?

—¿Un árbol?

—Detrás del árbol.

Detrás del árbol había un borrón gris; podría haber sido cualquier cosa, desde una farola hasta un perro grande.

—¡Es un hombre! Se ve el contorno con bastante claridad.

Yo no estaba convencido, pero no se lo discutí. No quería que Barbie se distrajera.

—Continúe.

—Ya está.

—Pero ¿qué pasó?

Barbie se encogió de hombros.

—Nada. Le dije a Alicia que llamara a la policía, y entonces fue cuando me enteré de que ni siquiera se lo había contado aún a su marido.

—¿No se lo había dicho a Gabriel? ¿Por qué no?

—No lo sé. Me dio la sensación de que él no era una persona muy comprensiva... En fin. Insistí en que informara a la policía. Porque, vamos, ¿y yo qué? ¿Qué pasaba con mi seguridad? Había un merodeador ahí fuera..., y yo soy una mujer que vive sola, ¿sabe? Quiero sentirme segura cuando me acuesto por la noche.

—¿Alicia no siguió su consejo?

Barbie negó con la cabeza.

—No, no lo hizo. Unos días después me contó que lo había hablado con su marido y decidió que no eran más que imaginaciones suyas. Me dijo que lo olvidara... y me pidió que no le comentara nada a Gabriel si lo veía. No sé, todo ese asunto me daba muy mala espina. También me pidió que borrara la foto. No lo hice. Se la enseñé a la policía cuando la detuvieron, pero no les interesó. Ya habían sacado sus conclusiones. Aun así, estoy convencida de que hay algo más. ¿Puedo contarle...? —bajó la voz hasta convertirla en un susurro dramático—. Alicia estaba... asustada.

Barbie hizo una pausa teatral, que aprovechó para acabarse el vino. Alcanzó la botella.

—¿Seguro que no le apetece una copa?

Volví a rechazarla, le di las gracias, me excusé y me marché. No tenía sentido quedarme más rato allí, Barbie no tenía nada más que contarme. Y yo, en cambio, tenía más que suficiente sobre lo que pensar.

Ya había oscurecido cuando salí de su casa. Me detuve un momento frente a la casa de al lado, la antigua casa de Alicia. La vendieron poco después del juicio, y ahora vivía allí una pareja japonesa. Según Barbie, eran de lo más antipáticos. Ella había efectuado varios acercamientos, pero ellos se habían resistido. Me pregunté cómo me sentiría yo si Barbie viviera al lado y no dejara de presentarse en mi casa. Me pregunté qué pensaba Alicia de ella.

Encendí un cigarrillo y reflexioné sobre lo que acababa de oír. De manera que Alicia había dicho a Barbie que alguien la vigilaba. La policía, por lo visto, había creído que la mujer solo buscaba atención y se lo estaba inventando, y por eso no había hecho caso de su historia. No me sorprendía; era difícil tomarse en serio a Barbie.

Eso significaba que Alicia se había asustado lo bastante para pedir ayuda a Barbie..., y luego a Gabriel. ¿Y después? ¿Acudió Alicia a alguien más? Necesitaba saberlo.

De repente vi una imagen de mí mismo en la infancia. Un niño pequeño a punto de estallar de ansiedad, albergando en su interior todos sus terrores, todo su dolor; caminando de un lado a otro sin pausa, sin descanso, asustado; solo ante el miedo al loco de su padre. Sin nadie a quien contárselo, nadie que quisiera escucharle. Alicia debió de sentir una desesperación similar, o jamás se lo habría confiado a Barbie.

Me estremecí... y sentí la mirada de unos ojos en la nuca.

Di media vuelta, pero allí no había nadie. Estaba solo. La calle estaba vacía, llena de sombras, y en silencio.

31

A la mañana siguiente llegué a The Grove con la intención de hablar a Alicia sobre lo que me había contado Barbie. Sin embargo, en cuanto entré en la recepción, oí a una mujer gritando. Unos alaridos de agonía que resonaban por los pasillos.

—¿Qué ocurre? ¿Qué está pasando?

El guarda de seguridad no hizo caso de mis preguntas y pasó corriendo por mi lado hacia la unidad. Lo seguí. Los gritos se hacían más fuertes a medida que me acercaba. Confiaba en que Alicia estuviera bien, que no estuviera involucrada..., pero por alguna razón tuve un mal presentimiento.

Doblé la esquina. Una multitud de enfermeros, pacientes y personal de seguridad se había reunido fuera de la pecera. Diomedes estaba al teléfono, llamando a una ambulancia. Tenía la camisa salpicada de sangre, pero no era suya. Había dos enfermeros arrodillados en el suelo, asistiendo a una mujer que gritaba. La mujer no era Alicia.

Era Elif.

Elif se retorcía, gritaba con agonía, se agarraba la cara ensangrentada. De un ojo le brotaba sangre a borbotones. Algo sobresalía de la cuenca, algo clavado en la bola ocular. Parecía un palo. Pero no era un palo. Enseguida supe de qué se trataba. Era un pincel.

Alicia estaba de pie junto a la pared, sujeta por Yuri y otro enfermero. Sin embargo, no hacía falta que la inmovilizaran. Estaba muy calmada, totalmente quieta, como una estatua. Su expresión me recordó con viveza a la del cuadro: el *Alcestis*. Neutra, inexpresiva. Vacía. Me miró a los ojos.

Y, por primera vez, tuve miedo.

32

—¿Cómo está Elif? —pregunté.

Me había quedado esperando dentro de la pecera e intercepté a Yuri en cuanto regresó de urgencias.

—Estable —soltó un suspiro pesado—. Que ya es mucho en este caso.

—Me gustaría verla.

—¿A Elif o a Alicia?

—Primero a Elif.

Yuri asintió.

—Quieren que descanse esta noche, pero por la mañana te acompañaré a verla.

—¿Qué ha ocurrido? ¿Estabas presente? Supongo que provocó a Alicia.

Yuri suspiró otra vez y se encogió de hombros.

—No lo sé. Elif estaba rondando delante del estudio de Alicia. Ha debido de producirse algún tipo de enfrentamiento. No tengo ni idea de por qué se han peleado.

—¿Tienes la llave? Vamos a echar un vistazo, a ver si encontramos alguna pista.

Salimos de la pecera y fuimos al estudio de Alicia. Yuri abrió con su llave y yo empujé la puerta. Él encendió la luz.

Y allí, en el caballete, estaba la respuesta que andábamos buscando.

El cuadro de Alicia, la representación de The Grove ardiendo en llamas, había sido desfigurado. La palabra PUTA lo cruzaba toscamente garabateada en pintura roja.

Asentí.

—Bueno, eso lo explica todo.

—¿Crees que ha sido Elif?

—¿Quién si no?

Fui a ver a Elif a urgencias. Estaba recostada en la cama, con un gotero. Le habían puesto un vendaje acolchado alrededor de la cabeza, tapándole un ojo. Estaba molesta, enfadada y dolorida.

—Largo, capullo —dijo al verme.

Acerqué una silla a la cama y me senté. Hablé con afabilidad, con respeto.

—Lo siento, Elif. De verdad que lo siento. Ha sido horrible que te pasara esto. Una tragedia.

—Ya lo creo, joder. Y ahora lárgate y déjame en paz.

—Cuéntame qué pasó.

—Que esa zorra me sacó un ojo. Eso es lo que pasó.

—¿Por qué lo hizo? ¿Os habíais peleado?

—¿Intentas echarme la culpa? ¡Yo no hice nada!

—No intento echarte la culpa. Solo quiero entender por qué lo hizo.

—Porque le falta un puto tornillo, por eso.

—¿No tuvo nada que ver con el cuadro? He visto lo que hiciste. Lo desfiguraste, ¿verdad?

Elif entornó el ojo que le quedaba, luego lo cerró con fuerza.

—Eso no estuvo bien, Elif. No justifica su reacción, pero aun así...

—No lo hizo por eso.

Abrió el ojo y me miró con desprecio.

Dudé un instante.

—¿No? Entonces ¿por qué te atacó?

Sus labios se torcieron en una especie de sonrisa. No dijo nada, se quedó sentada así un momento. Yo estaba a punto de rendirme cuando por fin habló.

—Le dije la verdad.

—¿Qué verdad?

—Que tienes debilidad por ella.

Eso me dejó perplejo. Antes de que pudiera contestar, Elif siguió hablando con frío desdén:

—Estás enamorado de ella, tío. Y se lo dije. «Te quiere», dije. «Está enamorado. Theo y Alicia se gustan. Theo y Alicia son novios...». —Elif echó a reírse con una horrible risa chillona.

Podía imaginar el resto: Alicia se vio acosada, se puso histérica, empezó a dar vueltas, levantó un pincel... y se lo clavó a Elif en el ojo.

—Está como una puta cabra —de pronto Elif parecía a punto de llorar, angustiada, derrotada—. Es una psicópata.

Viendo los vendajes de su herida, no pude evitar preguntarme si tendría razón.

33

La reunión tuvo lugar en el despacho de Diomedes, pero Stephanie Clarke asumió el control desde el principio. Esta vez habíamos abandonado el mundo abstracto de la psicología y habíamos entrado en el reino concreto de la salud y la seguridad, estábamos bajo su jurisdicción y ella lo sabía. A juzgar por el sombrío silencio de Diomedes, era evidente que él también.

Stephanie estaba de pie con los brazos cruzados; su agitación saltaba a la vista. «Esto le entusiasma —pensé—. Estar al mando, tener la última palabra». Cuánta rabia debíamos de despertar en ella, siempre pasándole por encima y uniéndonos en su contra. De pronto disfrutaba de su venganza.

—El incidente de ayer por la mañana es totalmente inaceptable —dijo—. Les advertí en contra de dejar pintar a Alicia, pero invalidaron mi opinión. Los privilegios individuales siempre despiertan celos y resentimiento. Sabía que ocurriría algo así. A partir de ahora, la seguridad será lo primero.

—¿Por eso han puesto a Alicia en aislamiento? —pregunté—. ¿Por motivos de seguridad?

—Es una amenaza para sí misma y para los demás. Agredió a Elif, podría haberla matado.

—La provocaron.

Diomedes sacudió la cabeza y tomó la palabra.

—No creo que ningún grado de provocación justifique esa clase de agresión —dijo con tono fatigado.

Stephanie asintió.

—Exacto.

—Ha sido un incidente aislado —aduje—. Poner a Alicia en aislamiento no solo es cruel: es una salvajada.

Había visto a pacientes sometidos a aislamiento en Broadmoor, encerrados en una habitación minúscula, sin ventanas, con apenas espacio suficiente para una cama y donde por supuesto no cabía más mobiliario. Unas horas o unos días en aislamiento bastaban para volver loco a cualquiera, y mucho más a alguien que ya era inestable.

Stephanie se encogió de hombros.

—Como directora de esta unidad, tengo autoridad para emprender cualquier acción que considere necesaria. Le pedí consejo a Christian, y él estuvo de acuerdo conmigo.

—Seguro que sí.

Al otro lado de la sala, Christian me sonrió con suficiencia. También sentía a Diomedes observándome. Sabía lo que pensaban: que estaba dejando que se convirtiese en algo personal, que estaba mostrando mis sentimientos. Pero no me importaba.

—Encerrarla no es la solución. Tenemos que seguir hablando con ella. Tenemos que entender.

—Yo lo entiendo perfectamente —dijo Christian con un fuerte deje paternalista, como si estuviera hablando con un niño—. Eres tú, Theo.

—¿Yo?

—¿Quién si no? Eres tú el que ha estado removiendo las cosas.

—Removiendo, ¿en qué sentido?

—Es cierto, ¿o no? Hiciste campaña para reducirle la medicación...

Me reí.

—No puedes llamarlo campaña. Fue más bien una intervención. Estaba drogada hasta las cejas. Iba zombi.

—Chorradas.

Me volví hacia Diomedes.

—No estarán intentando responsabilizarme de esto en serio... ¿Es eso lo que está pasando aquí?

El profesor sacudió la cabeza, pero eludió mi mirada.

—Claro que no. Sin embargo, es evidente que la terapia la ha desestabilizado. Le ha supuesto un desafío demasiado grande, demasiado pronto. Sospecho que por eso ha tenido lugar ese desafortunado incidente.

—No estoy de acuerdo.

—Es posible que la proximidad con ella te impida verlo con claridad —levantó las manos de golpe y suspiró; era un hombre derrotado—. No podemos permitirnos más errores, no en esta coyuntura tan crítica. Como sabes, el futuro de la unidad está en juego. Cualquier error que cometemos le da a la Fundación otra excusa para cerrarnos.

Me sentí intensamente molesto por su derrotismo, por su cansada aceptación.

—La solución no es drogarla hasta arriba y tirar la llave. No somos carceleros.

—Coincido con él —Indira me ofreció una sonrisa de apoyo y continuó—: El problema es que nos hemos vuelto tan reacios al riesgo que preferimos sobremedicar a jugárnosla con nada. Deberíamos ser lo bastante valientes para sentarnos cara a cara con la locura, soportarla..., en lugar de intentar encerrarla.

Christian puso los ojos en blanco. Estaba a punto de objetar algo, pero Diomedes se le adelantó, sacudiendo la cabeza:

—Es demasiado tarde para eso. La culpa es mía. Alicia no es una candidata adecuada para la psicoterapia. Jamás debería haberlo permitido.

El profesor decía que se culpaba a sí mismo, pero yo sabía que en realidad me culpaba a mí. Todas las miradas recayeron sobre mi persona: el ceño de decepción de Diomedes; los ojos de Christian, burlones, triunfales; la mirada fija y hostil de Stephanie; la expresión de preocupación de Indira.

Intenté que no pareciera que suplicaba.

—No dejen que Alicia vuelva a pintar si así ha de ser, pero no interrumpan su terapia... Es la única forma de llegar a ella.

Diomedes negó con la cabeza.

—Empiezo a sospechar que está fuera de nuestro alcance.

—Denme algo más de tiempo...

—No.

El matiz de irrevocabilidad de la voz de Diomedes me dejó claro que no serviría de nada seguir discutiendo. Se había acabado.

34

Diomedes estaba equivocado con las nubes. No nevó; en cambio, esa tarde se puso a llover con fuerza. Una tormenta con un furioso retumbar de truenos y destellos de relámpagos.

Yo esperaba a Alicia en la sala de terapia mientras miraba cómo la lluvia repiqueteaba contra la ventana. Estaba cansado y deprimido. Todo aquello había sido un derroche de tiempo. Había perdido a Alicia antes de poder ayudarla; ahora, jamás lo lograría.

Llamaron a la puerta. Yuri acompañaba a Alicia y la hizo pasar. Estaba peor de lo que había esperado. Se la veía pálida, cenicienta, como un fantasma. Su forma de moverse era torpe, la pierna derecha le temblaba sin cesar. «El puto Christian», pensé. La había medicado hasta las cejas.

Cuando Yuri salió, hubo una larga pausa. Alicia no me miraba. Al final tomé la palabra. Hablé alto y claro, para asegurarme de que me entendía.

—Alicia, siento que te hayan puesto en aislamiento. Siento que hayas tenido que pasar por eso.

Ninguna reacción.

Vacilé.

—Me temo que, después de lo que le hiciste a Elif, han decidido terminar con nuestra terapia. No ha sido decisión mía, muy al contrario, pero no hay nada que hacer. Me gustaría ofrecerte esta oportunidad para hablar de lo sucedido, para que me expliques por qué agrediste a Elif. Y que expreses los remordimientos que sin duda sientes.

Alicia no dijo nada. No estaba seguro de que mis palabras estuvieran penetrando en la niebla de la medicación.

—Te contaré cómo me siento yo. Estoy enfadado, para serte sincero. Me enfada que nuestro trabajo termine antes de comenzar de verdad..., y me enfada que no te esforzaras más.

Alicia movió la cabeza. Sus ojos miraron directos a los míos.

—Tienes miedo, ya lo sé. He intentado ayudarte..., pero no me lo permites. Y ahora ya no sé qué hacer.

Me quedé callado, derrotado.

Y entonces Alicia hizo algo que jamás olvidaré.

Extendió una mano temblorosa hacia mí. En ella aferraba algo: un pequeño cuaderno con tapas de cuero.

—¿Qué es eso?

No hubo respuesta. Seguía tendiéndomelo.

Me quedé mirándolo con curiosidad.

—¿Quieres dármelo?

No hubo respuesta. Dudé, pero acepté con delicadeza el cuaderno de sus dedos agitados. Lo abrí y hojeé sus páginas. Eran notas escritas a mano, un diario.

El diario de Alicia.

A juzgar por la letra, lo había escrito en un estado mental caótico, sobre todo las últimas páginas, donde la letra apenas era legible; flechas que conectaban diferentes párrafos escritos en ángulos distintos por todo el papel, garabatos y dibujos que invadían otras páginas, flores que se convertían en enredaderas, cubrían lo que había escrito y lo hacían prácticamente indescifrable.

Miré a Alicia, ardiendo de curiosidad.

—¿Qué quieres que haga con esto?

La pregunta era bastante innecesaria. Era evidente lo que quería Alicia.

Quería que lo leyera.

Tercera parte

No debo introducir extrañeza donde no la hay. Creo que ese es el peligro de escribir un diario: todo se exagera, se está siempre alerta y continuamente se estira la verdad.

JEAN-PAUL SARTRE

Si bien no por naturaleza, a veces soy honrado por casualidad.

WILLIAM SHAKESPEARE,
Cuento de invierno

Diario de Alicia Berenson

8 de agosto

Hoy ha pasado algo raro.

Estaba en la cocina, haciendo café, mirando por la ventana (mirando sin ver, soñaba despierta), y entonces me he fijado en algo, o mejor dicho en alguien, fuera. Un hombre. Me he fijado en él porque estaba muy quieto, como una estatua, y de cara a la casa. Estaba al otro lado de la calle, junto a la entrada del parque. Oculto en la sombra de un árbol. Era alto, fornido. No he podido distinguir sus facciones porque llevaba gafas de sol y una gorra.

No sabía si él podía verme o no a través de la ventana, pero he tenido la sensación de que me miraba directamente. Me ha parecido extraño; estoy acostumbrada a que la gente espere al otro lado de la calle, en la parada del autobús, pero ese hombre no esperaba el autobús. Estaba observando la casa.

De pronto he caído en que llevaba allí quieta varios minutos, así que me he obligado a apartarme de la ventana. He ido al estudio. He intentado pintar, pero no podía concentrarme. Mi cabeza no hacía más que pensar en ese hombre. He decidido darme veinte minutos más y luego he vuelto a la cocina a ver. Y si seguía allí, ¿qué? Tampoco es que estuviera haciendo nada malo. Podía ser un ladrón, estudiando la casa (supongo que eso ha sido lo primero que he pensado), pero ¿por qué habría de quedarse ahí plantado, llamando tanto la atención? ¿No estaría pensando en trasladarse aquí? Tal vez vaya a comprar la casa que está en venta al final de la calle. Eso podría explicarlo.

Sin embargo, cuando he vuelto a la cocina y he mirado por la ventana, había desaparecido. La calle estaba vacía.

Supongo que nunca sabré lo que estaba haciendo. Qué raro...

10 de agosto

Anoche fui a ver esa obra con Jean-Felix. Gabriel no quería que fuese, pero de todas formas fui. No me apetecía lo más mínimo, pero pensé que si daba a Jean-Felix lo que quería e iba con él, a lo mejor así le pondría fin a esto. Es lo que esperaba, en cualquier caso.

Habíamos quedado pronto para tomar algo antes (fue idea suya), y cuando llegué todavía era de día. El sol estaba bajo sobre el horizonte y teñía el río de rojo sangre. Jean-Felix me esperaba en la puerta del Teatro Nacional. Lo vi antes de que él me viera a mí. Buscaba entre la muchedumbre, con el ceño fruncido. Si todavía tenía alguna duda de que estaba haciendo lo correcto, desapareció al ver su cara de enfado. Me invadió un miedo horrible..., y estuve a punto de dar media vuelta y echar a correr, pero él se volvió y me vio antes de que pudiera hacerlo. Me saludó con la mano y me acerqué. Fingí sonreír, y él también.

—Me alegro de que hayas venido —dijo Jean-Felix—. Me preocupaba que no te presentaras. ¿Entramos a tomar algo?

Tomamos una copa en el vestíbulo. Fue incómodo, por decirlo con suavidad. Ninguno de los dos mencionó lo del otro día. Hablamos mucho sobre nada en concreto, o mejor dicho, Jean-Felix hablaba y yo escuchaba. Acabamos tomándonos un par de copas. Yo no había comido y estaba un poco achispada; creo que seguramente esa era su intención. Se esforzaba mucho por interesarme, pero la conversación resultaba forzada: preparada, coreografiada. Todo lo que salía de su boca parecía empezar por un «Qué divertido aquel día en que...» o un «¿Te acuerdas de aquella vez que...?», como si se hubiera hecho una lista de pequeños recuerdos con la esperanza de torpedear mi entereza y recordarme la historia que compartíamos, lo íntimos amigos que éramos. De lo que no parece darse cuenta es de que yo ya he tomado una decisión, y nada de lo que pueda decir ahora va a cambiar eso.

Al final me alegré de haber ido. No por ver a Jean-Felix, sino por la obra. *Alcestis* es una tragedia de la que no había oído hablar, supongo que es poco conocida porque trata de una historia familiar sin relevancia, que es justo por lo que a mí me ha gustado tanto. Estaba ambientada en el presente, en una casita de las afueras de Atenas. Me gustó la escala. Una tragedia de fregadero, íntima. Un hombre es condenado a morir, y su mujer, Alcestis, quiere salvarlo. La actriz que interpretaba a Alcestis parecía una efigie griega, tenía un rostro maravilloso; no dejo de pensar en pintarla. Creo que buscaré sus datos y me pondré en contacto con su agente. Casi se lo dije a Jean-Felix, pero me contuve. Ya no quiero que esté metido en nada más de mi vida, en ningún ámbito. Se me escaparon las lágrimas cuando terminó; Alcestis muere y renace. Regresa literalmente de entre los muertos. Ahí hay algo sobre lo que tengo que reflexionar, aunque todavía no sé muy bien qué. Desde luego, Jean-Felix hizo toda clase de comentarios sobre la obra, pero a mí ninguno de ellos me decía nada, así que desconecté y dejé de escucharlo.

No podía quitarme de la cabeza la muerte y la resurrección de Alcestis, y seguí pensando en ello mientras cruzábamos a pie el puente para volver al metro. Jean-Felix me preguntó si me apetecía otra copa, pero le dije que estaba cansada. Hubo otro silencio incómodo. Nos quedamos de pie frente a la entrada de la estación. Le di las gracias por la invitación y le dije que lo había pasado bien.

—Tómate otra copa conmigo —insistió—. Una más. ¿Por los viejos tiempos?

—No, tengo que irme.

Intenté marcharme... y él me agarró de la mano.

—Alicia, escúchame. Tengo que decirte algo.

—No, por favor, no. No hay nada que decir, de verdad...

—Tú escucha. No es lo que piensas.

Y tenía razón, no lo era. Esperaba que Jean-Felix me suplicara por nuestra amistad, o que intentara hacerme sentir culpable por dejar la galería. Pero lo que dijo me pilló del todo desprevenida.

—Debes tener cuidado —dijo—. Confías demasiado en la gente, en quienes te rodean... Confías en ellos. No lo hagas. No confíes.

Me quedé mirándolo sin saber qué decir. Tardé un momento en encontrar las palabras.

—¿De qué estás hablando? ¿A qué te refieres?

Jean-Felix solo sacudió la cabeza y no dijo nada más. Me soltó la mano y se alejó. Lo llamé, pero no se detuvo.

—¡Jean-Felix! ¡Espera!

No se volvió. Vi cómo desaparecía por la esquina. Me quedé allí plantada, sin moverme del sitio. No sabía qué pensar. ¿Qué se había creído para lanzarme una advertencia misteriosa y después largarse de esa manera? Supongo que quería tener la última palabra y dejarme insegura y desestabilizada. Y lo consiguió.

También me dejó enfadada. Así, en cierta forma, me lo ha puesto más fácil. Ahora estoy decidida a apartarlo de mi vida. ¿Qué quería decir con «quienes me rodean»? Supongo que se refería a Gabriel. Pero ¿por qué?

No. No pienso hacer esto. Es exactamente lo que quería Jean-Felix: jugar con mi mente. Que me obsesione con él. Interponerse entre Gabriel y yo.

No caeré en la trampa. No lo pensaré más.

Volví a casa y encontré a Gabriel en la cama, dormido. Tenía que levantarse a las cinco para ir a una sesión de fotos, pero lo desperté e hicimos el amor. No podía tenerlo lo bastante cerca, sentirlo lo bastante dentro de mí. Quería fundirme con él. Quería colarme en su interior y desaparecer.

11 de agosto

He vuelto a ver a ese hombre. Esta vez estaba algo más lejos, se había sentado en un banco del parque. Pero era él, lo he reconocido. La mayoría de la gente lleva pantalón corto y camiseta y colores suaves con este tiempo, y él llevaba una camiseta oscura y pantalón largo, gafas oscuras y una gorra. Y tenía la cabeza ladeada hacia la casa, la miraba.

He pensado algo extraño: que tal vez no sea un ladrón, que a lo mejor es pintor. Quizá es un pintor, como yo, y está considerando pintar la calle... o la casa. Pero en cuanto he pensado eso he sabido que no era cierto. Si de verdad quisiera pintar la casa, no estaría ahí sentado sin más: estaría haciendo bocetos.

Me he puesto tan nerviosa que he llamado a Gabriel por teléfono. Eso ha sido un error. He visto que estaba ocupado; lo último que le hacía falta era que yo lo llamase histérica porque creía que había alguien vigilando la casa.

Claro que eso de que vigila la casa solo es algo que supongo.

También podría estar vigilándome a mí.

13 de agosto

Ha estado ahí otra vez.

Ha sido esta mañana, poco después de que Gabriel se fuera. Me he duchado y lo he visto por la ventana del baño. Esta vez estaba más cerca, junto a la parada del autobús. Como si solo estuviera esperando a que llegara el suyo.

No sé a quién se cree que engaña.

Me he vestido deprisa y he ido a la cocina para verlo mejor, pero ya no estaba.

He decidido contárselo a Gabriel cuando volviera a casa. Creía que le quitaría importancia, pero se lo ha tomado en serio. Parecía bastante preocupado.

—¿Es Jean-Felix? —ha preguntado enseguida.

—No, claro que no. ¿Cómo puedes pensar eso?

He intentado parecer sorprendida e indignada, pero en realidad yo también me lo había preguntado. El hombre y Jean-Felix tienen la misma constitución. Podría ser él, pero aun así... No, no quiero creerlo. Él no intentaría asustarme de esa forma. ¿O sí?

—Dame el número de Jean-Felix —ha dicho Gabriel—. Voy a llamarlo ahora mismo.

—Cariño, no, por favor. Estoy segura de que no es él.

—¿Del todo?

—Del todo. No ha pasado nada. No sé por qué estoy armando tanto revuelo con esto. No es nada.

—¿Cuánto rato ha estado ahí fuera?

—No mucho... Una hora más o menos, y luego ha desaparecido.

—¿Qué quieres decir con que ha desaparecido?

—Que de pronto no estaba.

—Hmmm... ¿Hay alguna posibilidad de que sean imaginaciones tuyas?

Algo en la forma en que lo ha dicho me ha preocupado.

—No son imaginaciones mías. Necesito que me creas.

—Te creo, sí.

Pero sé que no me creía del todo. Solo me creía en parte. Una parte de él tan solo me seguía la corriente. Lo cual me pone furiosa, si soy sincera. Tan furiosa que tengo que dejarlo aquí... o podría escribir algo que lamentaría.

14 de agosto

He saltado de la cama nada más despertarme. He mirado por la ventana esperando que el hombre estuviera allí otra vez..., para que Gabriel pudiera verlo también, pero no había ni rastro de él. Así que me he sentido más tonta todavía.

Esta tarde he decidido salir a dar un paseo, a pesar del calor. Quería ir al parque, lejos de los edificios y las calles y de todos..., y estar a solas con mis pensamientos. He subido andando hasta Parliament Hill, pasando junto a los cuerpos de los que tomaban el sol tumbados a ambos lados del camino. He encontrado un banco libre, me he sentado y he contemplado Londres destellando a lo lejos.

Estando allí sentada, todo el rato notaba una presencia. He mirado varias veces por encima del hombro, pero no he visto nada. Sin embargo, ahí había alguien, todo el rato. Lo sentía. Me vigilaban.

En el camino de vuelta he pasado junto al estanque. En cierto momento he levantado la vista... y ahí estaba. Ese hombre. De pie junto al agua, en la orilla contraria, demasiado lejos para verlo con claridad, pero era él. He sabido que era él. Estaba de pie, totalmente inmóvil, quieto, mirándome.

He sentido un gélido escalofrío de miedo y he reaccionado por instinto:

—¿Jean-Felix? —he gritado—. ¿Eres tú? Déjalo. ¡Deja de seguirme!

No se ha movido. Yo he actuado lo más deprisa posible, me he metido la mano en el bolsillo y he sacado el teléfono para hacerle una foto. De qué servirá, no tengo ni idea. Acto seguido he dado media vuelta y he echado a andar ligera hacia el final del estanque, obligándome a no mirar atrás, hasta que he llegado al camino principal. Me daba miedo que pudiera estar justo detrás de mí.

Me he girado... y ya no estaba.

Espero que no sea Jean-Felix. De verdad.

Al llegar a casa estaba a punto de perder los nervios. He corrido las cortinas y he apagado las luces. He mirado por la ventana... y allí estaba.

El hombre estaba en la calle, mirando hacia mí. Me he quedado paralizada, no sabía qué hacer.

Casi he pegado un salto cuando alguien ha gritado mi nombre:

—¿Alicia? Alicia, ¿estás en casa?

Era esa mujer horrible de aquí al lado. Barbie Hellmann. Me he apartado de la ventana y he ido a la puerta de atrás a abrir. Barbie había entrado por la verja del lateral y estaba en el jardín, con una botella de vino en la mano.

—Hola, tesoro —me ha dicho—. He visto que no estabas en tu estudio y me preguntaba dónde te habrías metido.

—Había salido, acabo de volver.

—¿Tienes tiempo para una copa? —lo ha dicho con esa voz de niña pequeña que pone a veces y que me resulta tan irritante.

—La verdad es que debería volver al trabajo.

—Solo una rápida. Luego tengo que irme, esta tarde voy a clase de italiano. ¿Sí?

Ha entrado sin esperar respuesta. Me ha dicho algo sobre lo oscura que estaba la cocina y se ha puesto a descorrer las cortinas sin preguntarme nada. Yo iba a detenerla, pero cuando he mirado fuera ya no había nadie en la calle. El hombre había desaparecido.

No sé por qué se lo he contado a Barbie. No me cae bien, no confío en ella; pero estaba asustada, supongo, necesitaba hablar con alguien. Y daba la casualidad de que ella estaba ahí. Nos hemos tomado una copa, algo nada propio de mí, y me he echado a llorar. Barbie se ha quedado mirándome con los ojos muy abiertos, callada por una vez. Cuando he terminado, ha apartado la botella de vino y ha dicho:

—Esto requiere algo más fuerte —ha servido dos whiskies—. Toma —me ha dicho, tendiéndome uno—. Te hace falta.

Tenía razón: me hacía falta. Me lo he bebido de un trago y he sentido cómo pegaba. Entonces me ha tocado a mí escuchar mientras ella hablaba. No quería asustarme, ha dicho, pero no tenía buena pinta.

—He visto esto en un millón de programas de la tele. Está estudiando tu casa, ¿entiendes? Antes de dar el paso.

—¿Crees que es un ladrón?

Barbie se encogió de hombros.

—O un violador. ¿Acaso importa? Son malas noticias, sea lo que sea.

Me he reído. Me sentía aliviada y agradecida por que alguien me tomara en serio..., aunque solo fuera Barbie. Le he enseñado la fotografía del móvil, pero no le ha impresionado.

—Envíamela para que pueda verlo con las gafas. A mí me parece que está todo borroso. Dime, ¿se lo has comentado ya a tu marido?

He decidido mentirle.

—No, todavía no.

Barbie me ha lanzado una mirada extraña.

—¿Por qué no?

—No lo sé, supongo que me preocupa que Gabriel piense que estoy exagerando..., o que me lo imagino.

—¿Te lo estás imaginando?

—No.

Barbie parecía satisfecha.

—Si Gabriel no te toma en serio, iremos juntas a la policía. Tú y yo. Puedo ser muy persuasiva, créeme.

—Gracias, pero seguro que no será necesario.

—Es necesario. Tómatelo en serio, tesoro. Prométeme que se lo contarás a Gabriel cuando llegue, ¿vale?

He asentido con la cabeza, pero ya había decidido no decirle nada más a Gabriel. No hay nada que contar. No tengo pruebas de que ese hombre me siga o me vigile a mí. Barbie tenía razón: la foto no demuestra nada.

Que han sido todo imaginaciones mías, eso es lo que opinará Gabriel. Mejor no decirle nada y arriesgarme a que se enfade otra vez. No quiero molestarlo.

Voy a olvidarme de todo esto.

4.00 de la madrugada

Ha sido una mala noche.

Gabriel ha llegado a casa agotado, sobre las diez. Había tenido un día largo y quería acostarse temprano. Yo también intenté dormir, pero no podía.

Y entonces, hace un par de horas, he oído un ruido. Venía del jardín. Me he levantado y he ido a la ventana de atrás. He mirado; no he visto a nadie, pero he sentido que alguien me miraba. Alguien me vigilaba desde las sombras.

He conseguido apartarme de la ventana y he corrido al dormitorio. He zarandeado a Gabriel para despertarlo.

—Ese hombre está ahí fuera —le he dicho—, está fuera de la casa.

Gabriel no sabía de qué le hablaba. Cuando lo ha entendido, ha empezado a enfadarse.

—Por el amor de Dios, déjalo ya. Tengo que estar en el trabajo dentro de tres horas. No quiero jugar más a esta mierda de juego.

—No es ningún juego. Ven a ver. Por favor.

Así que hemos ido a la ventana...

Y, por supuesto, el hombre no estaba. Ahí no había nadie.

Le he pedido a Gabriel que saliera a comprobarlo, pero no ha querido. Ha vuelto arriba, molesto. He intentado razonar con él, pero no quería hablar conmigo y se ha ido a dormir a la habitación de invitados.

No he vuelto a la cama. Llevo aquí sentada desde entonces, esperando, escuchando, alerta ante cualquier sonido, espiando por las ventanas. Ni rastro de él por el momento.

Solo un par de horas más. Pronto será de día.

15 de agosto

Gabriel ha bajado listo para ir a la sesión. Cuando me ha visto junto a la ventana y se ha dado cuenta de que he pasado toda la noche despierta, se ha quedado callado y ha empezado a actuar de forma extraña.

—Alicia, siéntate. Tenemos que hablar.

—Sí. Tenemos que hablar. Sobre el hecho de que no me crees.

—Creo que tú lo crees.

—Eso no es lo mismo. No soy imbécil, joder.

—Nunca he dicho que fueras imbécil.

—Entonces ¿qué quieres decir?

He creído que estábamos a punto de pelearnos, así que lo que ha dicho me ha dejado perpleja. Ha hablado en susurros, apenas podía oírlo.

—Quiero que veas a alguien. Por favor.

—¿A qué te refieres? ¿A un policía?

—No —ha dicho Gabriel, enfadado de nuevo—. A un policía no.

Comprendía lo que quería decir, lo que me estaba diciendo. Pero quería oírselo decir a él. Quería que fuese totalmente claro.

—¿A quién, entonces?

—A un médico.

—No pienso ir a ver a un médico, Gabriel...

—Necesito que hagas esto por mí. Tenemos que encontrarnos a medio camino —y lo ha repetido—: Necesito que nos encontremos a medio camino.

—No entiendo lo que quieres decir. ¿A medio camino de dónde? Estoy aquí mismo.

—No, no es verdad. ¡No estás aquí!

Parecía muy cansado, muy molesto. Quería protegerlo. Quería consolarlo.

—No pasa nada, cariño —le he dicho—. Todo saldrá bien, ya lo verás.

Gabriel ha sacudido la cabeza, como si no me creyera.

—Voy a pedir cita al doctor West. En cuanto tenga un hueco. Hoy, si es posible —ha dudado y luego me ha mirado—. ¿De acuerdo?

Ha alargado una mano en busca de la mía; yo quería apartarla de un golpe, o arañársela. Quería morderle, o pegarle, o tirarlo sobre la mesa y gritar: «¡Crees que soy una puta loca, pero no estoy loca, joder! ¡No estoy loca, no estoy loca!».

Sin embargo, no he hecho nada de eso. Lo que he hecho ha sido asentir, tomar la mano de Gabriel y estrechársela con fuerza.

—De acuerdo, cariño. Como tú quieras.

16 de agosto

Hoy he ido a ver al doctor West. A regañadientes, pero he ido.

Lo detesto. Lo detesto a él y detesto su casa estrecha, y sentarme en esa extraña sala de la planta de arriba, oyendo cómo ladra su perro en el salón. No ha dejado de ladrar todo el rato que he estado allí. Quería gritarle que se callara, y no hacía más que pensar que el doctor West diría algo al respecto, pero ha actuado como si no lo oyera. A lo mejor no lo oía. Tampoco parecía oír nada de lo que decía yo. Le he contado lo ocurrido. Le he contado lo del hombre que vigila la casa, y que lo he visto siguiéndome por el parque. Le he contado todo eso, pero él no ha reaccionado. Se ha quedado ahí sentado con esa sonrisilla suya. Me ha mirado como si fuera un insecto o algo así. Sé que se supone que es amigo de Gabriel, pero no entiendo cómo han podido ser amigos nunca. Gabriel es un hombre cálido, y el doctor West es todo lo contrario. Se hace raro comentar algo así de un médico, pero le falta amabilidad.

Cuando he acabado de contarle lo del hombre, ha tardado un siglo en hablar. El silencio se me ha hecho eterno. El único sonido era el de ese perro abajo. Mi mente ha empezado a sintonizar con los ladridos y ha entrado en una especie de trance. Cuando el doctor West ha hablado por fin, me ha pillado por sorpresa.

—Esto no es nada nuevo, ¿verdad, Alicia?

Lo he mirado sin entender nada. No estaba segura de qué quería decir.

—Ah, ¿no?

Ha negado con la cabeza.

—No. Ya lo sabes.

—Sé que cree que me lo estoy imaginando. No son imaginaciones mías. Es real.

—Eso es lo que dijiste la última vez. ¿Te acuerdas de la última vez? ¿Te acuerdas de lo que sucedió?

No he contestado. No quería darle esa satisfacción. Me he quedado ahí sentada mirándolo fijamente, como una niña desobediente.

El doctor West no ha esperado una respuesta. Ha seguido hablando, recordándome lo que sucedió después de la muerte de mi padre, la crisis nerviosa que sufrí, las acusaciones paranoides que hice: la convicción de que me vigilaban, me seguían, me espiaban.

—Así que, como ves, no es nada nuevo, ¿verdad?

—Pero aquello era diferente. Aquello solo era una sensación. Nunca llegué a ver a nadie. Esta vez sí lo he visto.

—¿Y a quién has visto?

—Ya se lo he contado. ¡A un hombre!

—Descríbemelo.

Dudé.

—No puedo.

—¿Por qué no?

—No lo he visto con claridad. Ya se lo he dicho, estaba demasiado lejos.

—Comprendo.

—Además..., iba disfrazado. Llevaba una gorra. Y gafas de sol.

—Mucha gente lleva gafas de sol con este tiempo. Y la cabeza cubierta. ¿Van todos disfrazados?

Estaba empezando a perder los nervios.

—Sé lo que intenta hacer.

—¿Y qué intento hacer?

—Intenta que admita que me estoy volviendo loca otra vez..., como cuando murió mi padre.

—¿Es eso lo que crees que está pasando?

—No. Entonces estaba enferma. Esta vez no lo estoy. No me pasa nada. ¡Salvo por el hecho de que alguien me está espiando y que usted no me cree!

El doctor West ha asentido, pero no ha dicho nada. Ha escrito un par de cosas en su cuaderno.

—Voy a volver a darte medicación. Por precaución. No queremos que esto se nos vaya de las manos, ¿verdad?

He negado con la cabeza.

—No pienso tomarme ninguna pastilla.

—Entiendo. Bueno, si rechazas la medicación, es importante que seas consciente de las consecuencias.

—¿Qué consecuencias? ¿Me está amenazando?

—No tiene nada que ver conmigo. Estoy hablando de tu marido. ¿Cómo crees que se siente Gabriel con lo que tuvo que vivir la última vez que estuviste mal?

He visualizado a Gabriel abajo, esperando en el salón con el perro que ladraba.

—No lo sé. ¿Por qué no se lo pregunta?

—¿Quieres que pase otra vez por todo eso? ¿No crees que tal vez haya un límite para lo que puede soportar?

—¿Qué está diciendo? ¿Que perderé a Gabriel? ¿Eso es lo que cree?

Solo con decirlo me he mareado. La idea de perderlo... No podría soportarlo. Haría cualquier cosa por seguir con él, incluso fingir que estoy loca cuando sé que no lo estoy. Así que me he rendido. He accedido a ser «sincera» con el doctor West sobre lo que pensaba y sentía, y a contárselo si volvía a oír voces. He prometido tomarme las pastillas que me dé y regresar dentro de dos semanas para hacer un seguimiento.

El doctor West parecía satisfecho. Ha dicho que podíamos bajar ya a reunirnos con Gabriel. Siguiéndolo por la escalera, he pensado en alargar los brazos y empujarlo por la escalera. Ojalá lo hubiera hecho.

Gabriel parecía mucho más contento de camino a casa. Mientras conducía, no hacía más que mirarme y sonreír.

—Bien hecho. Estoy orgulloso de ti. Vamos a superar esto, ya lo verás.

He asentido, pero no he dicho nada. Porque son todo chorradas, por supuesto; no «vamos» a superarlo los dos.

Voy a tener que enfrentarme a esto yo sola.

Fue un error contarlo. Mañana le diré a Barbie que lo olvide todo, le diré que lo he dejado atrás y que no quiero volver a hablar del tema. Pensará que soy rara y se molestará porque le estaré privando de un drama, pero si actúo con normalidad pronto lo olvidará ella también. En cuanto a Gabriel, voy a darle un descanso para que esté tranquilo. Actuaré como si todo hubiera vuelto a la normalidad. Será una actuación espectacular. No bajaré la guardia ni un segundo.

Al volver hemos parado en la farmacia y Gabriel ha comprado lo que me ha recetado el médico. En cuanto hemos llegado en casa, hemos ido a la cocina.

Me ha dado las pastillas amarillas con un vaso de agua.

—Tómatelas.

—No soy una niña. No hace falta que me las des.

—Ya sé que no eres una niña. Solo quiero asegurarme de que te las tomas... y no las tiras.

—Me las tomaré.

—Adelante, pues.

Gabriel me ha mirado mientras yo me metía las pastillas en la boca y tomaba un trago de agua.

—Así se hace —me ha dicho, y me ha dado un beso en la mejilla. Luego ha salido.

En cuanto me ha dado la espalda, he escupido las pastillas. Las he escupido en el fregadero y las he hecho bajar por el desagüe. No pienso tomarme ninguna medicación. Las pastillas que me dio el doctor West la última vez casi me volvieron loca. Y no pienso arriesgarme a que vuelva a ocurrir.

Ahora necesito mantenerme alerta.

Necesito estar preparada.

17 de agosto

He empezado a esconder este diario. Hay un tablón suelto en la habitación de invitados. Lo guardo ahí, fuera de la vista, en el hueco que hay bajo el suelo. ¿Por qué? Bueno, en estas páginas estoy siendo demasiado sincera. No es seguro dejarlo por ahí. No dejo de imaginar que Gabriel encuentra la libreta y lucha contra su curiosidad, pero luego la abre y empieza a leer. Si descubriera que no me estoy tomando la medicación, se sentiría tan traicionado, tan herido... Y yo no podría soportarlo.

Gracias a Dios que tengo este diario para escribir. Me está manteniendo cuerda. No hay nadie más con quien pueda hablar.

Nadie en quien pueda confiar.

21 de agosto

Llevo tres días sin salir. A Gabriel le digo que salgo a pasear por las tardes, cuando él no está, pero no es cierto.

Me da miedo la idea de salir. Estaré demasiado expuesta. Al menos aquí, en casa, sé que estoy segura. Puedo sentarme junto a la ventana y vigilar a los transeúntes. Compruebo cada rostro que pasa en busca de la cara de ese hombre, pero no sé cómo es, ese es el problema. Podría haberse quitado el disfraz y estar paseando por delante de mí sin que yo me dé cuenta.

Esa idea es alarmante.

22 de agosto

Sigue sin haber ni rastro de él, pero no debo perder la concentración. Es solo cuestión de tiempo. Tarde o temprano volverá. Debo estar preparada. Debo tomar medidas.

Esta mañana me he despertado y me he acordado del arma de Gabriel. Voy a sacarla de la habitación de invitados. La tendré abajo, donde pueda llegar a ella con facilidad. La guardaré en el armario de la cocina, junto a la ventana. Así estará a mano si la necesito.

Sé que todo esto suena a locura. Espero que no ocurra nada. Espero no volver a ver nunca a ese hombre.

Pero tengo la horrible sensación de que lo veré.

¿Dónde está? ¿Por qué no ha venido? ¿Intenta que baje la guardia? No debo hacerlo. Debo seguir vigilando junto a la ventana.

Seguir esperando.

Seguir observando.

23 de agosto

Estoy empezando a pensar que fueron todo imaginaciones mías. A lo mejor sí.

Gabriel no deja de preguntarme qué tal estoy, si me encuentro bien. Veo que está preocupado, a pesar de que yo insisto en que estoy bien. Parece que mi actuación ya no le resulta tan convincente. Tengo que esforzarme más. Fingir que me paso el día concentrada en el trabajo, aunque, en realidad, el trabajo no podría estar más lejos de mis inquietudes. He perdido toda conexión con él, todo ímpetu para terminar los cuadros. Mientras escribo esto, no puedo decir sinceramente que crea que algún día volveré a pintar. Al menos no hasta que todo esto haya pasado.

He estado poniendo excusas para no salir, pero Gabriel me ha dicho que esta noche no tengo alternativa: Max nos ha invitado a cenar.

No se me ocurre nada peor que ver a Max. Le he rogado a Gabriel que lo cancelara, le he dicho que tenía que trabajar, pero él solo me ha contestado que me sentaría bien ir. Ha insistido y me he dado cuenta de que lo decía en serio, así que no he tenido más opción. Me he rendido y he dicho que sí.

Llevo todo el día preocupada por esta noche. Porque en cuanto mi cabeza ha empezado a darle vueltas, todo lo demás ha parecido encajar. De pronto todo tenía sentido. No sé cómo no se me había ocurrido antes. Es tan evidente...

Ahora lo entiendo. El hombre que me vigila no es Jean-Felix. Jean-Felix no es lo bastante oscuro ni retorcido para hacer algo así. ¿Quién más podría querer atormentarme, asustarme, castigarme?

Max.

Por supuesto que es Max. Tiene que ser Max. Intenta volverme loca.

No me hace ninguna gracia, pero de alguna forma debo encontrar el valor. Voy a hacerlo esta noche.

Voy a enfrentarme a él.

24 de agosto

Ayer, después de tanto tiempo en casa, me sentí extraña y algo asustada al salir.

El mundo exterior se me hacía enorme: un espacio vacío a mi alrededor, el vasto cielo encima. Me sentía muy pequeña, agarrada del brazo de Gabriel como apoyo.

Aunque fuimos a nuestro restaurante favorito de siempre, Augusto's, no me sentía segura. No me transmitía esa sensación acogedora y conocida de antes. Era como si el local estuviera diferente. Olía diferente; olía a algo chamuscado. Le comenté a Gabriel si se habría quemado algo en la cocina, pero me dijo que él no olía nada, que me lo estaba imaginando.

—Todo va bien —dijo—. Cálmate.

—Estoy calmada. ¿No te parezco calmada?

Gabriel no respondió. Solo apretó la mandíbula como hace cuando está molesto. Nos sentamos y esperamos a Max en silencio.

Max trajo a la cena a su recepcionista. Tanya, se llama. Por lo visto han empezado a salir. Él actuaba como si estuviera enamoradísimo de ella, no le quitaba las manos de encima, la tocaba, la besaba..., pero no dejaba de mirarme a mí. ¿Acaso creía que iba a darme celos? Es un hombre horrible. Me da asco.

Tanya se dio cuenta de que ocurría algo; sorprendió a Max mirándome un par de veces. Debería advertirla contra él, la verdad. Para que vea dónde se está metiendo. Tal vez lo haga, pero de momento no. Ahora mismo tengo otras prioridades.

Max dijo que iba al baño. Esperé un momento y entonces aproveché la oportunidad. Dije que yo también tenía que ir al baño, me levanté de la mesa y lo seguí.

Alcancé a Max al doblar la esquina y lo agarré del brazo. Apreté con fuerza.

—Déjalo —dije—. ¡Déjalo!

Max parecía divertido.

—¿Que deje qué?

—Me estás espiando, Max. Me vigilas. Sé que eres tú.

—¿Qué? No tengo ni idea de lo que estás diciendo, Alicia.

—No me mientas —me costaba mucho controlar la voz. Quería gritar—. Te he visto, ¿sabes? Te hice una foto. ¡Tengo una foto tuya!

Max se echó a reír.

—¿De qué estás hablando? Suéltame, puta loca.

Le di un bofetón. Fuerte.

Y entonces me volví y vi a Tanya ahí de pie. Parecía que era ella a la que acababan de abofetear.

Tanya nos miró a Max y luego a mí, pero no dijo nada. Salió del restaurante.

Max me fulminó con la mirada. Antes de seguirla, siseó:

—No tengo ni idea de lo que estás diciendo. No te estoy vigilando, joder. Quita de en medio.

Y, por cómo lo dijo, con tanta ira, tanto desprecio, supe que decía la verdad. Lo creí. No quería hacerlo, pero lo creí.

Pero, si no es Max..., ¿quién es?

25 de agosto

Acabo de oír algo. Un ruido, fuera. He mirado por la ventana. Y he visto a alguien, moviéndose en las sombras...

Es el hombre. Está ahí fuera.

He llamado a Gabriel, pero no ha contestado. ¿Debería avisar a la policía? No sé qué hacer. Me tiembla tanto la mano que apenas puedo...

Lo estoy oyendo, abajo, está intentando abrir las ventanas, y las puertas. Está intentando entrar.

Tengo que salir de aquí. Tengo que escapar.

Dios mío... Lo estoy oyendo.

Está dentro.

Está dentro de la casa.

Cuarta parte

El objetivo de la terapia no es corregir el pasado, sino permitir al paciente enfrentarse a su propia historia, y llorarla.

ALICE MILLER

1

Cerré el diario de Alicia y lo dejé en mi escritorio.

Me quedé sentado, inmóvil, escuchando la lluvia que apedreaba la ventana. Intenté entender lo que acababa de leer. Era evidente que Alicia Berenson escondía mucho más de lo que yo había supuesto. Para mí había sido como un libro cerrado; de pronto ese libro se había abierto y su contenido me había pillado absolutamente desprevenido.

Tenía muchas preguntas. Alicia sospechaba que la vigilaban. ¿Llegó a descubrir la identidad de ese hombre? ¿Se lo contó a alguien? Necesitaba descubrirlo. Por lo que yo sabía, solo había confiado en tres personas: Gabriel, Barbie y ese misterioso doctor West. ¿Se detuvo ahí o se lo contó a alguien más? Y otra pregunta: ¿por qué terminaba el diario de una forma tan abrupta? ¿Había más, escrito en algún otro lugar? ¿Otro cuaderno que no me había dado? También me pregunté por la motivación de Alicia al darme el diario para que lo leyera. Estaba comunicando algo, sin duda, y era una comunicación de una intimidad casi estremecedora. ¿Se trataba de un gesto de buena voluntad, para mostrarme lo mucho que confiaba en mí? ¿O era algo más siniestro?

Y había algo más, algo que debía comprobar. El doctor West, el médico que había tratado a Alicia: un importante aval de personalidad con información crucial sobre su estado mental en el momento del asesinato. Sin embargo, el doctor West no había testificado en el juicio de Alicia. ¿Por qué? Ni siquiera lo mencionaron. Hasta que leí su nombre en el diario, era como si no existiera. ¿Cuánto sabía ese hombre? ¿Por qué no había dado un paso al frente?

El doctor West.

No podía ser el mismo hombre. Debía de tratarse de una coincidencia, sin duda. Tenía que descubrirlo.

Guardé el diario en el cajón de mi escritorio y lo cerré con llave. Y entonces, casi al instante, cambié de opinión. Abrí de nuevo el cajón y lo saqué. Sería mejor llevarlo encima; era más seguro no perderlo de vista. Me lo metí en el bolsillo del abrigo.

Salí de mi despacho. Bajé la escalera y recorrí el pasillo hasta una puerta que había al final.

Me quedé un momento ahí de pie, mirándola. En el cartelito de la puerta se leía un nombre: DR. C. WEST.

No me molesté en llamar. Abrí directamente y entré.

2

Christian estaba sentado a su escritorio, comiendo sushi con palillos. Levantó la mirada y arrugó la frente.

—¿Es que no sabes llamar?

—Tenemos que hablar.

—Ahora no, estoy comiendo.

—No te entretendré mucho. Solo una pregunta rápida: ¿habías tratado antes a Alicia Berenson?

Christian tragó un bocado de arroz y me miró con el rostro inexpresivo.

—¿Qué quieres decir? Ya sabes que sí. Estoy al mando de su equipo médico.

—No me refiero a aquí... Me refiero a antes de que la internaran en The Grove.

Observé a Christian con detenimiento. Su expresión me reveló todo lo que necesitaba saber. Se ruborizó, bajó los palillos.

—¿De qué estás hablando?

Me saqué el diario del bolsillo y lo levanté.

—Puede que esto te interese. Es el diario de Alicia. Lo escribió durante los meses anteriores al asesinato.

Christian puso cara de sorpresa, algo alarmado.

—¿De dónde narices lo has sacado?

—Me lo ha dado ella. Lo he leído.

—¿Y qué tiene que ver conmigo?

—Te menciona en él.

—¿A mí?

—Parece que la atendiste en tu consulta privada antes de que ingresara en The Grove. Nadie me lo había dicho.

—No..., no lo entiendo. Debe de haber algún error.

—Yo creo que no. La viste como paciente particular durante varios años. Y aun así no te presentaste a testificar en el juicio..., a pesar de la importancia de tu valoración. Tampoco admitiste que ya conocías a Alicia cuando empezaste a trabajar aquí. Seguro que ella te reconoció de inmediato; es una suerte para ti que no hable.

Lo dije con un tono seco, pero estaba más que furioso. De pronto comprendía por qué Christian era tan reacio a que yo intentara hacer hablar a Alicia. Le interesaba que siguiera callada.

—Eres un hijo de puta egoísta, Christian, ¿lo sabes?

Christian me miraba cada vez con más consternación.

—Mierda —dijo a media voz—. Mierda. Theo, escucha..., no es lo que parece.

—¿No lo es?

—¿Qué más dice en ese diario?

—¿Qué más podría decir?

Christian no respondió a la pregunta. Extendió la mano.

—¿Puedo echarle un vistazo?

—Lo siento —negué con la cabeza—. No creo que sea pertinente.

Christian jugueteaba con los palillos entre los dedos mientras hablaba.

—No debería haberlo hecho, pero fue algo del todo inocente. Tienes que creerme.

—Me temo que no. Si tan inocente hubiese sido, ¿por qué no dijiste nada después del asesinato?

—Porque en realidad yo no era el médico de Alicia. Bueno, oficialmente no. Solo lo hacía como un favor a Gabriel. Éramos amigos. Fuimos juntos a la universidad. Estuve en su boda. Hacía años que no lo veía... Y de pronto me llamó buscando a un psiquiatra para su mujer. Se había quedado muy mal después de la muerte de su padre.

—¿Y te ofreciste voluntario para prestarle tus servicios?

—No, qué va. Fue más bien al contrario. Quise darle el contacto de un colega, pero él insistió en que la viera yo. Gabriel decía que Alicia se resistía mucho a la idea de ver a un médico, y el hecho de que yo fuera amigo suyo hacía más probable que cooperase. A mí no me hacía gracia, como es evidente.

—Seguro que no.

Christian me lanzó una mirada ofendida.

—Tampoco hace falta ponerse sarcástico.

—¿Dónde la tratabas?

Dudó un instante.

—En casa de mi novia. Pero, como ya te he dicho —añadió enseguida—, no era oficial; en realidad yo no era su médico. Apenas la veía. Solo de vez en cuando, nada más.

—Y en esas escasas ocasiones, ¿le cobrabas algo?

Christian parpadeó y evitó mi mirada.

—Bueno, Gabriel insistía en pagar, así que no tenía elección...

—En metálico, supongo.

—Theo...

—¿Fue en metálico?

—Sí, pero...

—¿Y lo declaraste?

Christian se mordió el labio y no contestó. De manera que la respuesta era no. Y por eso no había dicho nada durante el juicio de Alicia. Me pregunté a cuántos pacientes más veía «extraoficialmente» sin declarar los ingresos.

—Mira, si Diomedes se entera..., podría perder el trabajo. Lo sabes, ¿verdad? —su voz tenía un dejo de súplica que apelaba a mi compasión.

Pero yo no sentía ninguna compasión por Christian. Solo desprecio.

—El profesor es lo de menos. ¿Y el Colegio Médico? Perderás la licencia.

—Solo si dices algo. No tienes por qué contárselo a nadie. A estas alturas ya es agua pasada, ¿no? Vamos, estamos hablando de mi carrera, joder.

—Eso tendrías que haberlo pensado antes, ¿no crees?

—Theo, por favor...

Christian debió de odiar tener que arrastrarse así, pero a mí ver cómo se retorcía no me causaba ninguna satisfacción, solo irritación. No tenía ninguna intención de denunciarlo ante Diomedes..., por lo menos aún no. Me sería mucho más útil si lo dejaba en la cuerda floja.

—Está bien —dije—. Nadie más tiene por qué saberlo. De momento.

—Gracias. Lo digo en serio. Te debo una.

—Sí, me la debes. Adelante.

—¿Qué más quieres?

—Quiero que hablemos. Quiero que me hables de Alicia.

—¿Qué quieres saber?

—Todo.

3

Christian se quedó mirándome sin dejar de juguetear con los palillos. Lo estuvo sopesando unos segundos antes de hablar.

—No hay mucho que contar. No sé qué es lo que quieres oír..., o por dónde quieres que empiece.

—Empieza por el principio. ¿La viste a lo largo de varios años?

—No. Bueno, sí. Pero ya te he dicho que no con tanta frecuencia como tú crees. La vi dos o tres veces después de la muerte de su padre.

—¿Y cuándo fue la última vez?

—Más o menos una semana antes del asesinato.

—¿Y cómo describirías su estado mental?

—Ah... —Christian se reclinó en la silla, relajado ahora que pisaba terreno seguro—. Pues estaba muy paranoide, con delirios... Psicótica, incluso. Pero ya la había visto así antes. Tenía un largo historial de cambios de humor. Siempre andaba con altibajos; típico de una personalidad limítrofe.

—Ahórrame tu puto diagnóstico. Limítate a hablarme de los hechos.

Christian me lanzó una mirada herida, pero decidió no discutir.

—¿Qué quieres saber?

—Alicia te confesó que la vigilaban, ¿verdad?

Christian me miró sin entender nada.

—¿Que la vigilaban?

—Alguien la estaba espiando. Pensaba que te lo había contado.

Christian me miró con extrañeza. Después, para mi sorpresa, se echó a reír.

—¿Qué te hace tanta gracia?

—No te lo creerás de verdad, ¿no? ¿El mirón de turno que espía por las ventanas?

—¿No crees que fuera cierto?

—Pura fantasía. Habría dicho que era obvio.

Señalé el diario con la cabeza.

—Escribe sobre ello de una forma bastante convincente. Yo la he creído.

—Bueno, claro que sonaba convincente. También yo la habría creído si no la hubiese conocido bien. Estaba sufriendo un episodio psicótico.

—No dejas de decir eso, pero en el diario no parece psicótica. Solo asustada.

—Tenía un historial... Ocurrió lo mismo en la casa de Hampstead donde vivían. Por eso se trasladaron. Acusó a un hombre mayor que vivía al otro lado de la calle de espiarla. Montó un buen alboroto. Resultó que el viejo era ciego; no podía verla, así que espiarla mucho menos. Siempre había sido muy inestable, pero el suicidio de su padre acabó con ella. Nunca lo superó.

—¿Te habló alguna vez de él? ¿De su padre?

Se encogió de hombros.

—La verdad es que no. Siempre insistía en que lo quería y que tuvieron una relación muy normal; o todo lo normal que podía ser, teniendo en cuenta que su madre se había suicidado. Para serte sincero, tuve suerte de poder sacarle algo. Alicia no estaba muy dispuesta a cooperar. Era... Bueno, ya sabes cómo era.

—No tan bien como tú, por lo visto —seguí hablando antes de que pudiera interrumpirme—: ¿Intentó suicidarse después de la muerte de su padre?

Christian se encogió de hombros otra vez.

—Si tú lo dices. Yo no lo describiría así.

—¿Y cómo lo describirías?

—Fue un comportamiento suicida, pero no creo que quisiera morir. Era demasiado narcisista para querer hacerse daño. Se tomó una sobredosis para llamar la atención, más que por otra cosa. Estaba «comunicando» su aflicción a Gabriel, siempre intentaba acaparar su atención. Pobre capullo. Si no hubiese tenido que respetar la confidencialidad de sus visitas, le habría advertido que saliera de allí por piernas.

—Qué mala suerte para él que seas un hombre tan ético.

Christian se estremeció.

—Theo, sé que eres un hombre muy empático, eso es lo que te hace ser tan buen terapeuta, pero pierdes el tiempo con Alicia Berenson. Incluso antes del asesinato, tenía poquísima capacidad para la introspección o la mentalización o como quieras llamarlo. Estaba absorta por completo en sí misma y en su arte. Toda la empatía que tú muestras hacia ella, toda esa bondad..., ella es incapaz de devolverla. Es un caso perdido. Una auténtica zorra.

Christian dijo eso con un tono desdeñoso y sin el menor ápice de empatía perceptible hacia una mujer que tanto había sufrido. Por un instante me pregunté si el limítrofe no sería él, en lugar de ella. Eso tendría mucho más sentido.

Me levanté.

—Voy a ver a Alicia. Necesito respuestas.

—¿De Alicia? —Christian parecía perplejo—. ¿Y cómo piensas conseguirlas?

—Preguntándole.

Y me fui.

4

Esperé a que Diomedes hubiera desaparecido en su despacho y Stephanie estuviera en una reunión con la Fundación. Entonces me metí en la pecera para hablar con Yuri.

—Necesito ver a Alicia.

—Ah, ¿sí? —Yuri me dirigió una mirada extrañada—. Pero... creía que la terapia se había interrumpido, ¿no?

—Así es. Necesito tener una conversación privada con ella, nada más.

—Vale, ya entiendo —parecía dubitativo—. Bueno, la sala de terapia está ocupada... Indira va a ver pacientes allí el resto de la tarde —lo pensó un momento—. La sala de arte sí está libre, si no te importa usarla. Pero tendrás que darte prisa.

No dio más explicaciones, aunque yo sabía lo que quería decir: tendríamos que darnos prisa para que nadie nos viera y nos denunciara ante Stephanie. Agradecí tener a Yuri de mi parte; estaba claro que era un buen hombre. Me sentí culpable por haberlo juzgado mal cuando nos conocimos.

—Gracias. De corazón.

Yuri me sonrió.

—La llevaré allí dentro de diez minutos.

Yuri cumplió su palabra. Diez minutos después, Alicia y yo estábamos en la sala de arte, sentados el uno frente a la otra en la mesa de trabajo salpicada de pintura.

Yo me había sentado en un taburete desvencijado con la sensación de no estar muy seguro. Alicia parecía perfectamente colocada, como si posara para un retrato o estuviera a punto de pintar uno.

—Gracias por esto —saqué su diario y lo dejé ante mí—. Por dejarme leerlo. Significa mucho para mí que me hayas confiado algo tan personal.

Sonreí, pero solo recibí de vuelta la inexpresividad de su rostro. Los rasgos de Alicia eran duros e impenetrables. Me pregunté si se arrepentiría de haberme dejado el diario. ¿Tal vez sentía vergüenza por haberse abierto de una forma tan completa? Dejé pasar un momento de silencio, y luego continué:

—El diario termina de forma abrupta, en un punto de máximo suspense —hojeé las páginas que quedaban en blanco—. Es un poco como nuestra terapia: incompleta, inacabada.

Alicia no decía nada. Solo miraba. No sé qué había esperado, pero eso no. Había supuesto que el hecho de darme el diario indicaba algún tipo de cambio, que representaba una invitación, una abertura, un punto de acceso. Y sin embargo, ahí estaba, de vuelta en la casilla de salida enfrentándome a un muro insalvable.

—¿Sabes?, esperaba que después de hablar indirectamente conmigo a través de estas páginas, ahora quisieras dar un paso más y hablar conmigo en persona.

No hubo repuesta.

—Creo que me diste esto porque querías comunicarte conmigo. Y lo has hecho. Leerlo me ha revelado muchas cosas de ti: lo sola, lo aislada, lo asustada que estabas. Que tu situación era mucho más complicada de lo que yo había supuesto. Tu relación con el doctor West, por ejemplo.

La miré al pronunciar el nombre de Christian. Esperaba alguna clase de reacción, que entrecerrara los ojos, que tensara la mandíbula, algo, cualquier cosa; pero no hubo nada, ni un pestañeo.

—No tenía ni idea de que ya conocías a Christian West antes de ser internada en The Grove. Fuiste a su consulta particular durante varios años. Es evidente que lo reconociste cuando empezó a trabajar aquí, unos meses después de tu internamiento. Debió de ser desconcertante que él no te reconociera. ¿Y sin duda bastante perturbador, imagino? —lo pronuncié como una pregunta, pero no hubo respuesta.

Christian parecía interesarle muy poco. Alicia miró hacia otro lado, aburrida, decepcionada; como si yo hubiera perdido una oportunidad, como si hubiese seguido el camino equivocado. Ella había esperado algo de mí, algo que yo no le había proporcionado.

Bueno, no había terminado todavía.

—Hay algo más. El diario plantea ciertas preguntas, preguntas que necesitan respuesta. Algunas cosas no tienen sentido, no concuerdan con la información que tengo de otras fuentes. Ahora que me has permitido leerlo, me siento obligado a investigar más. Espero que lo comprendas.

Le devolví el diario. Alicia lo cogió y dejó descansar sus dedos sobre él. Nos miramos unos instantes.

—Estoy de tu parte, Alicia —dije al cabo—. Lo sabes, ¿verdad?

No dijo nada.

Lo tomé como un sí.

5

Kathy se estaba volviendo más descuidada. Era inevitable, supongo. Llevaba tanto tiempo saliendo impune de su infidelidad que empezó a volverse perezosa.

Llegué a casa y me la encontré a punto de salir.

—Me voy a dar una vuelta —dijo mientras se ponía las zapatillas de deporte—. No tardaré mucho.

—Me iría bien hacer algo de ejercicio. ¿Te apetece compañía?

—No, tengo que practicar el guion.

—Puedo ayudarte a repasarlo, si quieres.

—No —Kathy negó con la cabeza—. Me resulta más fácil hacerlo sola. Repito y repito mis parlamentos, esos que no consigo memorizar, ya sabes, los del segundo acto. Doy vueltas al parque repitiéndolos en voz alta. Tendrías que ver las miraditas que me echa la gente.

Había que reconocerlo: Kathy dijo todo eso con total sinceridad y sin dejar de mirarme a los ojos. Era una actriz extraordinaria.

Mis dotes interpretativas también estaban mejorando. Le ofrecí una sonrisa cálida y franca.

—Que vaya bien el paseo.

Cuando salió del piso, la seguí. Me mantuve a una distancia prudencial, pero ella no miró atrás ni una sola vez. Como he dicho, cada vez era más descuidada.

Caminó unos cinco minutos, hasta la entrada del parque. Justo cuando se acercaba, un hombre salió de las sombras. Me daba la espalda y no pude verle la cara. Tenía el pelo oscuro y era corpulento, más alto que yo. Ella se acercó y él la abrazó. Empezaron a besarse. Kathy devoraba sus besos con ansia, entregándose a él. Resultaba extraño —por no decir otra cosa— ver los brazos de otro hombre rodeándola. Sus manos toqueteaban y acariciaban sus pechos por encima de la ropa.

Sabía que debía esconderme. Estaba expuesto y a plena vista; si Kathy se volvía, sin duda me vería. Pero no podía moverme. Estaba paralizado, mirando a una Medusa, convertido en piedra.

Al final dejaron de besarse y entraron en el parque cogidos del brazo. Los seguí. Era desconcertante. Desde atrás, a cierta distancia, el hombre no era muy diferente de mí; por unos segundos tuve una confusa experiencia extracorpórea, convencido de que estaba viéndome a mí mismo paseando por el parque con mi mujer.

Kathy llevó al hombre a la zona boscosa, la más poblada de árboles. Él la siguió y desaparecieron dentro.

Sentí un vuelco de terror en el estómago. Mi respiración era densa, lenta, pesada. Todas las partes de mi cuerpo me decían que me alejase de allí, que me marchase, que echase a correr. Pero no lo hice. Los seguí por el bosque.

Intenté hacer el menor ruido posible, pero las ramitas crujían bajo mis pies y las ramas me arañaban. No los veía por ninguna parte; los árboles crecían tan próximos entre sí que solo me dejaban ver hasta un par de metros por delante.

Me detuve y agucé el oído. Oí un rumor entre los árboles, pero podía ser el viento. Luego percibí algo inconfundible, un grave sonido gutural que reconocí al instante.

Eran los gemidos de Kathy.

Intenté acercarme, pero las ramas me atraparon y me retuvieron en el aire, como una mosca en una telaraña. Me quedé allí en la penumbra, respirando los olores húmedos de la corteza y la tierra. Oí a Kathy gemir mientras ese hombre se la follaba. Él gruñía como un animal.

Ardí de odio. Ese hombre había salido de la nada y había invadido mi vida. Había robado, seducido y corrompido lo único que era valioso para mí en este mundo. Era monstruoso; sobrenatural. Tal vez no fuera ni siquiera humano, sino el instrumento de una deidad malévola decidida a castigarme. ¿Me estaba castigando Dios? ¿Por qué? ¿De qué era culpable, si no de haberme enamorado? ¿Era porque amaba con demasiada profundidad, con demasiada ansia? ¿Amaba demasiado?

¿La quería ese hombre? Lo dudaba. No como yo. Solo la estaba utilizando; utilizaba su cuerpo. Era imposible que le importara tanto como a mí. Yo habría muerto por Kathy.

Habría matado por ella.

Pensé en mi padre; sabía lo que haría él en una situación así. Asesinaría a ese tipo. «Sé un hombre —podía oírle gritar—. Aprende a ser más fuerte». ¿Era eso lo que debía hacer? ¿Matarlo? ¿Librarme de él? Sería una forma de acabar con ese desastre, una forma de romper el maleficio, de liberar a Kathy, de devolvernos la libertad a ambos. Una vez que ella hubiera llorado su pérdida, todo habría terminado y solo sería un recuerdo, fácil de olvidar. Después podríamos seguir como antes. Podía hacerlo en ese momento, allí, en el parque. Lo arrastraría al estanque, le hundiría la cabeza en el agua. Lo sujetaría hasta que su cuerpo se convulsionara y cayera inerte en mis brazos. O podía seguirlo al metro de camino a su casa, ponerme detrás de él en el andén y, con un brusco empujón, hacerlo caer delante del tren cuando llegara. O acercarme a él por detrás con sigilo en una calle desierta, con un ladrillo en la mano, y partirle la cabeza. ¿Por qué no?

De pronto los gemidos de Kathy se hicieron más fuertes y reconocí los jadeos que emitía cuando llegaba al orgasmo. Entonces se hizo el silencio..., interrumpido por esa risilla ahogada que yo conocía tan bien. Oí romperse más ramitas mientras salían del bosque.

Esperé un momento. Luego partí las ramas que me tenían atrapado y salí de entre los árboles como pude, arañándome y haciéndome cortes en las manos.

Ya fuera, tenía los ojos medio cegados por las lágrimas, así que me los sequé con un puño ensangrentado.

Iba dando bandazos sin rumbo fijo. Daba vueltas y vueltas, como un loco.

6

—¿Jean-Felix?

En el mostrador de recepción no había nadie, y tampoco nadie salió cuando llamé. Dudé un momento, luego entré en la galería.

Recorrí el pasillo hacia donde colgaba el *Alcestis*. Una vez más contemplé el cuadro. Una vez más intenté interpretarlo y, de nuevo, fracasé. Aquella pintura tenía algo que desafiaba cualquier interpretación, o bien ocultaba algún tipo de significado que todavía no lograba descifrar. Pero ¿cuál?

Y entonces... Inspiré aire con fuerza al fijarme en algo que no había visto antes. Detrás de Alicia, en la oscuridad, si entornabas los ojos y mirabas el cuadro con mucho detenimiento, las zonas más oscuras de las sombras se unían y, como en un holograma que pasa de dos dimensiones a tres cuando lo contemplas desde un ángulo determinado, una forma aparecía entre las sombras: la figura de un hombre. Un hombre... oculto en la oscuridad. Vigilando. Espiando a Alicia.

—¿Qué quiere?

La voz me sobresaltó y me volví. Jean-Felix no parecía especialmente contento de verme.

—¿Qué está haciendo aquí?

Estuve a punto de señalar la figura del hombre en el cuadro y preguntarle por él, pero algo me dijo que quizá era mala idea. En lugar de eso, sonreí.

—Solo tenía un par de preguntas más. ¿Es buen momento?

—La verdad es que no. Ya le he contado todo lo que sé. ¿Seguro que no hay ninguna novedad?

—En realidad, ha surgido una información nueva.

—¿Y de qué se trata?

—Bueno, para empezar, no sabía que Alicia pensaba dejar su galería.

Hubo una pausa de un segundo antes de que Jean-Felix respondiera. Su voz sonó tensa, como una goma elástica estirada y a punto de romperse:

—¿De qué está hablando?

—¿Es cierto?

—¿A usted qué le importa?

—Alicia es mi paciente. Tengo intención de conseguir que vuelva a hablar, pero ahora veo que a usted quizá le interese más que siga callada.

—¿Qué narices quiere decir con eso?

—Bueno, mientras nadie sepa de su deseo de marcharse, usted podrá conservar sus obras de forma indefinida.

—¿De qué me está acusando, exactamente?

—No lo acuso de nada. Solo afirmo un hecho.

Jean-Felix rio.

—Eso ya lo veremos. Me pondré en contacto con mi abogado... y presentaré una queja formal en el hospital.

—No creo que lo haga.

—¿Y eso por qué?

—Bueno, verá, no le he dicho cómo me he enterado de que Alicia pensaba marcharse.

—Quien se lo haya dicho miente.

—Ha sido Alicia.

—¿Qué? —Jean-Felix parecía perplejo—. ¿Quiere decir que... ha hablado?

—En cierta forma. Me ha dado su diario para que lo lea.

—¿Su... diario? —parpadeó varias veces, como si le costara procesar la información—. No sabía que Alicia llevara un diario.

—Bueno, pues sí. Describe con cierto detalle las últimas veces que se vieron ustedes.

No dije nada más. No hizo falta. Hubo un silencio tenso. Jean-Felix tampoco decía nada.

—Estaremos en contacto —me despedí. Sonreí y me marché.

Cuando salí a la calle del Soho, me sentí un poco culpable por haberle alterado de esa manera. Pero lo había hecho adrede: quería ver qué efecto tenía en él la provocación, cómo reaccionaba, qué hacía.

Ahora solo quedaba esperar y observar.

Mientras caminaba por el Soho llamé al primo de Alicia, Paul Rose, para decirle que iba a verlo. No quería presentarme en la casa sin avisar y arriesgarme a que me diera la misma bienvenida que la última vez. Todavía no se me había curado del todo la contusión de la cabeza.

Sostuve el teléfono entre la oreja y el hombro mientras me encendía un cigarrillo. Apenas tuve tiempo de dar una calada antes de que contestaran, al primer tono. Esperé que fuera Paul, y no Lydia. Tuve suerte.

—¿Diga?

—¿Paul? Soy Theo Faber.

—Ah, hola, amigo. Siento susurrar. Mi madre está durmiendo la siesta y no quiero molestarla. ¿Qué tal la cabeza?

—Mucho mejor, gracias.

—Bien, bien. ¿En qué puedo ayudarle?

—Bueno. He recibido información nueva sobre Alicia... Quería comentarla con usted.

—¿Qué clase de información?

Le conté que Alicia me había dado su diario.

—¿Su diario? No sabía que tuviera un diario. ¿Qué dice?

—Sería más fácil hablarlo en persona. ¿Hoy le parece bien?

Paul dudó.

—Será mejor que no venga a casa. Mi madre no... Bueno, no le gustó mucho su última visita.

—Sí, ya me di cuenta.

—Hay un pub al final de la calle, junto a la rotonda. The White Bear...

—Sí, lo recuerdo. Me parece bien. ¿A qué hora?

—¿Sobre las cinco? A esa hora debería poder salir un rato.

Oí a Lydia gritando al fondo. Era evidente que se había despertado.

—Tengo que dejarle. Nos vemos luego —y colgó.

Unas horas después volvía a ir a Cambridge. Desde el tren hice otra llamada telefónica: a Max Berenson. Dudé antes de llamarlo. Ya se había quejado a Diomedes una vez, así que no se alegraría de volver a saber de mí, pero no tenía alternativa.

Tanya contestó al teléfono. Parecía estar mejor del resfriado, pero noté tensión en su voz cuando supo quién era yo.

—No creo que... Quiero decir que Max está ocupado. Tiene reuniones todo el día.

—Volveré a llamar.

—No estoy segura de que sea buena idea. Es que...

Oí a Max al fondo, diciendo algo, y la respuesta de Tanya:

—No voy a decirle eso, Max.

Max le quitó el teléfono y habló directamente conmigo:

—Acabo de pedirle a Tanya que le diga que se vaya a la mierda.

—Ah.

—¿Cómo tiene la cara de llamar aquí otra vez? Ya me quejé al profesor Diomedes.

—Sí, soy consciente de eso. Aun así, ha salido a la luz una nueva información que le atañe de forma directa..., así que me ha parecido que no tenía más opción que ponerme en contacto con usted.

—¿Qué información?

—Es un diario que Alicia escribió las semanas anteriores al asesinato.

Se produjo un silencio al otro lado de la línea. Dudé un instante, pero enseguida continué hablando:

—Alicia escribe sobre usted con cierto detalle, Max. Dice que tenía sentimientos románticos hacia ella. Me preguntaba si...

Oí un chasquido: había colgado. De momento, bien. Max había mordido el anzuelo..., y yo solo tenía que esperar a ver cómo reaccionaba.

Caí en la cuenta de que Max Berenson me daba un poco de miedo, igual que le ocurría a Tanya. Recordé el consejo que me había susurrado ella: que hablara con Paul, que le preguntara algo... Pero ¿qué? Algo sobre la noche después del accidente en el que murió la madre de Alicia. Recordé la expresión de Tanya cuando apareció Max, cómo se quedó callada y lo miró sonriendo. No, pensé, no había que subestimar a Max Berenson.

Sería un error peligroso.

7

A medida que el tren se acercaba a Cambridge, el paisaje se hizo más llano y la temperatura bajó. Al salir de la estación me abroché el abrigo. El viento me cortaba la cara como un aluvión de cuchillas heladas. Me dirigí al pub para encontrarme con Paul.

The White Bear era un tugurio viejo y destartalado. Parecía que habían ido ampliando la estructura original a lo largo de los años. Un par de estudiantes desafiaban al viento sentados con sus pintas fuera, en la terraza, envueltos en bufandas y fumando. Dentro, la temperatura era mucho más agradable gracias al fuego bien vivo de varias chimeneas que brindaban un acogedor refugio frente al frío.

Pedí algo de beber y busqué a Paul con la mirada. Había varias salas pequeñas que se abrían desde el bar principal, y la iluminación era tenue. Escudriñé las figuras de las sombras intentando localizarlo, pero no lo conseguí. «Qué buen lugar para una cita ilícita», pensé. Lo cual, supuse, era precisamente aquello.

Encontré a Paul solo en una pequeña sala. Estaba de espaldas a la puerta, sentado junto a la chimenea. Lo reconocí enseguida gracias a su enorme tamaño. Su voluminosa espalda me tapaba casi toda la visión del fuego.

—¿Paul?

Se levantó de un salto y se volvió. Parecía un gigante en esa sala tan pequeña. Tenía que agacharse un poco para no darse con el techo.

—¿Todo bien? —dijo. Parecía que estuviera preparándose para recibir malas noticias de un médico.

Me hizo sitio y también yo me senté delante de la chimenea. Era un alivio sentir el calor del fuego en la cara y las manos.

—Aquí hace más frío que en Londres. Ese viento no ayuda.

—Viene de Siberia, según dicen —y sin más preámbulos, Paul fue directo al grano y era más que evidente que no estaba de humor para charlas intrascendentes—. ¿Qué pasa con ese diario? No sabía que Alicia escribiera un diario.

—Bueno, pues sí.

—¿Y se lo ha dado a usted?

Asentí.

—¿Y? ¿Qué dice?

—Explica con mucho detalle los últimos meses antes del asesinato, y hay un par de discrepancias sobre las que quería preguntarle.

—¿Qué discrepancias?

—Entre su versión de los hechos y la de ella.

—¿De qué está hablando? —dejó la pinta y me miró largamente—. ¿Qué quiere decir?

—Bueno, para empezar, me dijo que no veía a Alicia desde varios años antes del asesinato.

Paul dudó.

—¿Eso dije?

—En el diario, Alicia afirma que lo vio unas semanas antes de que Gabriel muriera. Dice que fue usted a su casa de Hampstead.

Me quedé mirándolo y noté cómo se desinflaba por dentro. De pronto parecía un niño pequeño en un cuerpo demasiado grande para él. Paul tenía miedo, era evidente. No contestó aún, y me lanzó una mirada furtiva.

—¿Puedo echar un vistazo al diario?

Negué con la cabeza.

—Me parece que no sería correcto. De todas formas, no lo he traído.

—Entonces ¿cómo sé que existe? Podría estar mintién-dome.

—No le miento, pero usted a mí sí. Me mintió, Paul. ¿Por qué?

—Porque no era asunto suyo, por eso.

—Me temo que sí es asunto mío. Me ocupo del bienes-tar de Alicia.

—Su bienestar no tiene nada que ver con esto. Mi vi-sita no le hizo ningún daño.

—No he dicho que lo hiciera.

—Bueno, entonces ¿qué?

—¿Por qué no me cuenta lo que ocurrió?

Paul se encogió de hombros.

—Es una larga historia —dudó un momento, luego se rindió. Habló deprisa, sin aliento. Sentí que para él era un alivio contárselo por fin a alguien—: Yo no estaba bien. Tenía un problema, ¿sabe? Jugaba, había pedido prestado dinero y no podía devolverlo. Necesitaba algo de metálico para... para quedar en paz con todo el mundo.

—Así que se lo pidió a Alicia. ¿Y ella le dio el dinero?

—¿Qué dice el diario?

—No lo dice.

Paul vaciló, después negó con la cabeza.

—No, no me dio nada. Dijo que no se lo podía permitir.

Mentía otra vez. ¿Por qué?

—Entonces ¿cómo consiguió el dinero?

—Pues... lo saqué de mis ahorros. Me gustaría que esto quedase entre nosotros. No quiero que se entere mi madre.

—No veo motivo para meter a Lydia en esto.

—¿De verdad? —el rostro de Paul recuperó algo de color. Parecía más esperanzado—. Gracias, se lo agradezco.

—¿Alicia le contó alguna vez que sospechaba que la vigilaban?

Paul bajó el vaso y me miró desconcertado. Entonces supe que no.

—¿Que la vigilaban? ¿A qué se refiere?

Le conté la historia que había leído en el diario, las sospechas de Alicia de que había un desconocido que la vigilaba y finalmente su miedo a estar siendo atacada en su propia casa.

Paul negó con la cabeza.

—No estaba muy cuerda.

—¿Cree que se lo imaginaba?

—Bueno, es de sentido común, ¿no? —se encogió de hombros—. No creerá que alguien la estaba acosando… Bueno, puede que sea posible…

—Sí, es posible. Deduzco, entonces, que no le contó nada de eso…

—Ni una palabra. Pero Alicia nunca hablaba mucho, ¿sabe? Siempre fue bastante callada. Todos lo somos, en la familia. Recuerdo a Alicia diciendo lo extraño que era eso; iba a casas de amigos y veía a otras familias reír y hacer bromas, tener conversaciones sobre cualquier cosa… Nuestra casa era muy silenciosa. Nunca hablábamos. Salvo mi madre, dando órdenes.

—¿Y el padre de Alicia? ¿Vernon? ¿Cómo era?

—Vernon tampoco era muy hablador. No estaba bien de la cabeza, no después de que Eva muriera. Nunca volvió a ser el mismo después de eso. Y Alicia tampoco, ya puestos.

—Eso me recuerda algo. Hay una cosa que quería preguntarle, algo que me comentó Tanya.

—¿Tanya Berenson? ¿Ha hablado con ella?

—Solo de pasada. Me sugirió que hablase con usted.

—¿Tanya? —a Paul le salieron los colores—. Yo… no la conozco bien, pero siempre ha sido muy amable conmigo. Es una buena persona, muy buena. Ha venido a vernos a mi madre y a mí un par de veces —en los labios de Paul apareció una sonrisa y su mirada se desvió un momento.

«Está enamorado de ella», pensé. Y me pregunté qué opinaría Max de eso.

—¿Qué le ha dicho Tanya? —quiso saber.

—Me sugirió que le preguntara por... algo que ocurrió la noche después del accidente de tráfico. No entró en más detalles.

—Sí, ya sé a qué se refiere. Se lo conté durante el juicio. Le pedí que no se lo dijera a nadie.

—A mí no me lo ha contado. Es cosa suya hablarme de ello. Si quiere. Desde luego, si no quiere...

Paul apuró la pinta y se encogió de hombros.

—Seguramente no sea nada, pero... podría ayudarle a comprender a Alicia. Ella... —dudó y se quedó callado.

—Siga.

—Alicia... Lo primero que hizo Alicia cuando volvió a casa del hospital, porque después del accidente la dejaron ingresada hasta el día siguiente, fue trepar al tejado. Yo fui también. Nos pasamos allí sentados toda la noche, o casi. Alicia y yo subíamos allí muy a menudo, Alicia y yo. Era nuestro lugar secreto.

—¿El tejado?

Paul vaciló. Me miró un instante, pensándoselo, y entonces tomó una decisión.

—Venga —se levantó—. Se lo enseñaré.

8

La casa estaba a oscuras cuando llegamos.

—Por aquí —dijo Paul—. Sígame.

Había una escalerilla de hierro instalada en un lateral de la casa y fuimos hacia ella. El barro estaba congelado bajo nuestros pies, formaba esculturas con ondas y crestas. Paul empezó a subir sin esperarme.

El frío arreciaba con cada minuto que pasaba. Empecé a preguntarme si aquello habría sido buena idea. Lo seguí y me agarré al primer travesaño; estaba helado y resbaladizo. Una especie de enredadera —hiedra, quizá— había invadido toda la escalera.

Fui subiendo travesaño a travesaño. Cuando llegué a lo alto, tenía los dedos entumecidos y el viento me cortaba la cara. Me encaramé al tejado. Paul me estaba esperando y sonreía con un entusiasmo adolescente. La luna, fina como una cuchilla, colgaba sobre nosotros; el resto era oscuridad.

De repente Paul se abalanzó hacia mí con una expresión extraña en la cara. Sentí una punzada de pánico cuando alargó el brazo, hice un quiebro para esquivarlo, pero él me agarró. Por un aterrador segundo pensé que iba a lanzarme desde el tejado, pero en lugar de eso tiró de mí hacia él.

—Está demasiado cerca del borde. Quédese en el centro, aquí. Es más seguro.

Asentí con la cabeza mientras recuperaba el aliento. Aquello había sido una mala idea. No me sentía ni remotamente seguro cerca de Paul. Estaba a punto de proponer que bajáramos... cuando sacó un paquete de tabaco y me ofreció un cigarrillo. Dudé, pero luego lo acepté. Me temblaban los dedos mientras levantaba el mechero y encendía los cigarrillos de ambos.

Nos quedamos allí de pie, fumando un momento en silencio.

—Aquí es donde Alicia y yo veníamos a sentarnos. Todos los días, o casi.

—¿Cuántos años tenían?

—Yo unos siete, puede que ocho. Alicia no podía tener más de diez.

—Eran un poco pequeños para subir por esas escalerillas.

—Supongo que sí. A nosotros nos parecía normal. De adolescentes subíamos aquí a fumar y a beber cerveza.

Intenté imaginar a la Alicia adolescente, escondiéndose de su padre y su intimidante tía; Paul, su adorable primo pequeño, la seguía escalera arriba, atosigándola cuando ella habría preferido estar en silencio, a solas con sus pensamientos.

—Es un buen escondite —dije.

Paul asintió.

—El tío Vernon no podía subir por la escalerilla. Era de constitución grande, como mi madre.

—Yo a duras penas lo he conseguido. Esa hiedra es una trampa mortal.

—No es hiedra, es jazmín —miró las enredaderas verdes que se rizaban por encima de la escalerilla—. Todavía no tiene flores, hasta la primavera no saldrán. Entonces, cuando hay muchas, huele como un perfume —Paul pareció perderse en sus recuerdos unos instantes—. Qué curioso...

—¿Qué?

—Nada —se encogió de hombros—. Las cosas que uno recuerda... Estaba pensando en el jazmín: estaba repleto de flores aquel día, el día del accidente, cuando Eva murió.

Miré alrededor.

—¿Alicia y usted subieron aquí juntos, dice?

Asintió.

—Mi madre y el tío Vernon nos buscaban ahí abajo. Oíamos cómo nos llamaban, pero no dijimos una palabra. Nos quedamos aquí escondidos. Y entonces fue cuando pasó.

Apagó el cigarrillo y me miró con una sonrisa extraña.

—Por eso le he traído aquí. Para que pueda verlo: el escenario del crimen.

—¿Del crimen?

Paul no respondió, solo siguió sonriéndome.

—¿Qué crimen, Paul?

—El crimen de Vernon. El tío Vernon no era un buen hombre, ¿sabe? No, qué va.

—¿Qué intenta decirme?

—Bueno, que fue entonces cuando lo hizo.

—¿Cuando hizo qué?

—Fue entonces cuando mató a Alicia.

Me quedé mirándolo, incapaz de creer lo que acababa de oír.

—¿Que mató a Alicia? ¿De qué está hablando?

Paul señaló abajo, al suelo.

—El tío Vernon estaba ahí con mi madre. Estaba borracho. Mi madre no hacía más que intentar que entrara en casa. Pero él seguía ahí abajo, llamando a Alicia a gritos. Estaba muy enfadado con ella. Estaba furioso.

—¿Porque Alicia se estaba escondiendo? Pero si era una niña, y su madre acababa de morir.

—Era un cabrón hijo de puta. La única persona que le importó en la vida fue la tía Eva. Supongo que por eso lo dijo.

—¿Dijo qué? —empezaba a perder la paciencia—. No entiendo lo que me está diciendo. ¿Qué pasó exactamente?

—Vernon no hacía más que hablar de lo mucho que quería a Eva, que no podía vivir sin ella. «Mi niña», repetía sin parar. «Mi pobre niña, mi Eva... ¿Por qué ha tenido que morir? ¿Por qué ha tenido que ser ella? ¿Por qué no ha muerto Alicia en vez de ella?»

Me quedé mirándolo un segundo, perplejo. No estaba seguro de haberlo entendido bien.

—«¿Por qué no ha muerto Alicia en vez de ella?»

—Eso fue lo que dijo.

—¿Y Alicia lo oyó?

—Sí. Y entonces Alicia me susurró algo... Nunca lo olvidaré: «Me ha matado», dijo. «Mi padre... acaba de matarme».

Me quedé mirando a Paul sin habla. En mi cabeza empezó a sonar un coro de campanas que tañían, repicaban, resonaban. Aquello era lo que había estado buscando, y por fin lo había encontrado, la pieza perdida del puzle... Allí, en un tejado de Cambridge.

Durante todo el trayecto de vuelta a Londres seguí pensando en las implicaciones de lo que acababa de oír. Al fin entendía por qué *Alcestis* había calado tan hondo en Alicia. Igual que Admeto había condenado físicamente a Alcestis a morir, Vernon Rose había condenado psicológicamente a la muerte a su hija. Admeto debió de amar a Alcestis, en cierto sentido, pero no había amor alguno en Vernon Rose; solo odio. Lo que hizo fue un acto de infanticidio psicológico..., y Alicia lo sabía.

«Me ha matado —había dicho—. Mi padre acaba de matarme».

Por fin tenía algo con lo que trabajar. Algo que yo conocía: los efectos emocionales de las heridas psicológicas en niños y cómo estas se manifiestan más adelante en el adulto. Solo hay que imaginar que oyes a tu padre, la persona de la que más dependes para sobrevivir, decir que ojalá estuvieras muerto. Qué aterrador debe de ser eso cuando eres niño, qué traumático... Cómo implosionaría tu autoestima. El dolor sería demasiado grande, demasiado inmenso para sentirlo, así que te lo tragarías, lo reprimirías, lo enterrarías. Con el paso del tiempo perderías contacto con el origen del trauma, disociarías las raíces de su causa y lo olvidarías. Sin embargo, un día todo ese dolor y esa ira se inflamarían como el fuego que sale del vientre de un dragón... y cogerías un arma. No volcarías esa ira sobre tu padre, que ya estaría muerto y olvidado y fuera de tu alcance, sino sobre tu marido, el hombre que ha ocupado ese lugar en tu vida, que te ha amado y ha compartido tu cama. Le pegarías cinco tiros en la cabeza, tal vez sin siquiera saber por qué.

El tren atravesaba la noche a toda velocidad en dirección a Londres. «Por fin», pensé... Por fin sabía cómo llegar a ella.

Ya podíamos empezar.

9

Estaba sentado con Alicia sin decir nada.

Iba mejorando con esos silencios, ya se me daba mejor soportarlos, adaptarme a ellos y no desfallecer; casi se había vuelto cómodo estar sentado en esa pequeña sala con ella, callados los dos.

Alicia tenía las manos en el regazo, las apretaba y las aflojaba rítmicamente, como el latido de un corazón. Estaba sentada de cara a mí, pero no me miraba, sino que su mirada se perdía por entre los barrotes de la ventana. Había dejado de llover y las nubes se abrieron un momento para dejar ver un cielo azul claro; luego apareció otra nube y lo cubrió todo de gris. Entonces hablé:

—Me he enterado de una cosa. Algo que me ha contado tu primo.

Lo dije con toda la delicadeza posible. No hubo ninguna reacción, así que continué:

—Paul me ha dicho que cuando eras pequeña oíste a tu padre decir algo demoledor. Después del accidente de tráfico en el que murió tu madre..., le oíste decir que ojalá hubieras muerto tú en vez de ella.

Estaba convencido de que habría una reacción física refleja, una especie de acuse de recibo. Esperé, pero no se produjo ninguna.

—Me pregunto cómo te sientes al saber que Paul me lo ha contado. Tal vez creas que ha traicionado tu confianza, pero a mí me parece que lo ha hecho pensando en tu bien. Al fin y al cabo, estás a mi cuidado.

Ninguna respuesta. Tuve dudas.

—Quizá te ayudaría que te contara algo. Bueno, no, me parece que eso es ser poco sincero; quizá me ayudaría a mí. La verdad es que te comprendo mejor de lo que crees. No quisiera revelar demasiado, pero tú y yo tuvimos una infancia parecida, con unos padres parecidos. Y ambos nos marchamos de casa en cuanto pudimos. Sin embargo, pronto descubrimos que la distancia geográfica cuenta muy poco en el mundo de la psique. No es tan sencillo dejar atrás según qué cosas. Sé lo mucho que te marcó tu infancia. Es importante que entiendas lo grave que es eso. Lo que dijo tu padre equivale a un asesinato psicológico. Te mató.

Esta vez sí hubo una reacción.

Levantó la mirada con brusquedad y la clavó en mí. Sus ojos parecían arder y atravesarme. Si las miradas matasen, habría caído fulminado. Yo le sostuve esa mirada asesina sin pestañear.

—Alicia, esta es nuestra última oportunidad. Ahora mismo estoy aquí sentado sin el permiso del profesor Diomedes, que no sabe nada. Si sigo saltándome las normas así por ti, me despedirán. Por eso, esta será la última vez que me veas, ¿lo entiendes?

Lo dije sin ninguna expectativa, sin emoción, vacío de esperanza y de sentimiento. Estaba harto de darme cabezazos contra una pared. Ya no esperaba ninguna clase de respuesta, y entonces...

Al principio pensé que lo había imaginado. Pensé que oía voces. Me quedé mirándola, sin aliento. Sentí que el corazón estaba a punto de estallarme en el pecho. Tenía la boca seca cuando hablé:

—¿Acabas...? ¿Acabas de... decir algo?

Otro silencio. Debía de haberme equivocado. Seguro que lo había imaginado. Pero entonces... sucedió otra vez.

Los labios de Alicia se movieron lenta, dolorosamente; su voz se quebró un poco al salir, como una verja chirriante que necesita que la engrasen.

—¿Qué...? —susurró. Luego se detuvo. Y de nuevo—: ¿Qué... qué...?

Por un momento solo nos miramos. Mis ojos se llenaron de lágrimas, despacio. Lágrimas de incredulidad, de emoción y de gratitud.

—¿Qué quiero? Quiero que sigas hablando... Habla, habla conmigo, Alicia...

Ella seguía mirándome. Estaba sopesando algo. Tomó una decisión.

Asintió con lentitud.

—Vale —dijo.

10

—¿Ha dicho «qué»?

El profesor Diomedes se quedó mirándome con una expresión entre asombrada y atónita. Estábamos fuera, fumando. Advertí su agitación cuando el cigarrillo se le cayó al suelo y no se percató.

—¿Ha hablado? ¿Alicia ha hablado de verdad?

—Sí.

—Increíble. O sea que tenías razón. Tú tenías razón y yo me equivocaba.

—En absoluto. Hice mal en verla sin su permiso, profesor. Lo siento, es solo que mi instinto...

Diomedes agitó la mano para zanjar mi disculpa y terminó la frase por mí.

—Seguiste tu instinto. Yo habría actuado igual, Theo. Bien hecho.

Sin embargo, me resistía a celebrar nada aún.

—No cantemos victoria todavía. Es un progreso, sí, pero no hay garantías. Puede que dé marcha atrás, o que sufra una regresión en cualquier momento.

Diomedes asintió.

—Tienes razón. Debemos organizar una revisión formal y entrevistar a Alicia cuanto antes, presentarla ante una comisión: tú, yo y alguien de la Fundación. Julian puede valer, es bastante inofensivo...

—Corre demasiado. No me está escuchando. Es demasiado pronto para eso. Se asustaría. Debemos ir despacio.

—Bueno, es importante que la Fundación sepa...

—No, todavía no. Puede que haya sido algo puntual. Esperemos. No hagamos ningún anuncio. Todavía no.

El profesor asintió con la cabeza mientras lo asimilaba todo. Alargó una mano hasta mi hombro y lo aferró.

—Bien hecho. Estoy orgulloso de ti.

Yo también sentí una chispa de orgullo; un hijo felicitado por su padre. Era consciente de mi deseo de complacer a Diomedes, de justificar la fe que tenía en mí y hacer que se enorgulleciera. Me emocioné un poco y encendí otro cigarrillo para disimularlo.

—¿Y ahora qué?

—Ahora, sigue. Sigue trabajando con Alicia.

—¿Y si se entera Stephanie?

—Olvídate de Stephanie, déjamela a mí. Tú céntrate en Alicia.

Y así lo hice.

Durante nuestra siguiente sesión, Alicia y yo hablamos sin parar. O, mejor dicho, Alicia habló y yo escuché. Oírla era una experiencia extraña y hasta cierto punto desconcertante, después de tanto silencio. Al principio hablaba con vacilación, como si no se atreviera, como intentando caminar con unas piernas que no había usado en mucho tiempo. Pronto encontró dónde hacer pie, y recuperó tanta velocidad y agilidad que correteaba por las frases como si nunca hubiese estado callada; en cierto sentido, nunca lo había estado.

Al terminar la sesión fui a mi despacho y me senté al escritorio para transcribir lo que habíamos hablado mientras todavía lo tenía fresco. Lo puse todo por escrito, palabra por palabra, registrándolo con la mayor precisión y exactitud posibles.

Como pronto verás, es una historia increíble. De eso no cabe duda.

Que la creas o no es cosa tuya.

11

Alicia estaba sentada en una silla frente a mí en la sala de terapia.

—Antes de empezar, tengo algunas preguntas que hacerte. Unos puntos que quisiera aclarar...

No hubo respuesta. Alicia me miraba con esos ojos suyos tan inescrutables.

—Me gustaría entender en concreto tu silencio. Quiero saber por qué te negabas a hablar.

La pregunta pareció decepcionarla. Volvió la cabeza y miró por la ventana.

Estuvimos sentados así, en silencio, más o menos un minuto. Intenté contener el suspense que sentía. ¿Había sido aquel avance solo algo temporal? ¿Volvíamos a estar ya igual que antes? No podía permitir que eso sucediera.

—Alicia, sé que es difícil, pero en cuanto empieces a hablar conmigo te resultará más sencillo, te lo prometo.

Ninguna reacción.

—Inténtalo. Por favor. No te rindas ahora que has progresado tanto. Sigue. Cuéntame..., dime por qué no hablabas.

Alicia se volvió de nuevo y me fulminó con una mirada gélida. Habló con una voz grave:

—Nada... nada que decir.

—No estoy seguro de creerte. Me parece que había mucho que decir.

Una pausa. Un gesto de indiferencia.

—Puede. Puede... que sí.

—Continúa.

Dudó un momento.

—Al principio, cuando Gabriel..., cuando murió..., no podía, lo intenté..., pero no podía... hablar. Abría la boca, pero no salía ningún sonido. Como en un sueño..., cuando intentas gritar..., pero no puedes.

—Estabas conmocionada. Pero a lo largo de los días siguientes debiste de encontrar de nuevo tu voz, ¿no?

—A esas alturas..., ya parecía inútil. Era tarde.

—¿Tarde? ¿Para hablar en tu defensa?

Alicia me sostuvo la mirada con una sonrisa críptica en los labios. No dijo nada.

—Cuéntame por qué has vuelto a hablar.

—Sabes la respuesta.

—Ah, ¿sí?

—Por ti.

—¿Por mí? —la miré con sorpresa.

—Porque viniste aquí.

—¿Y eso cambió algo?

—Lo cambió todo. Cambió... todo —bajó la voz y me miró fijamente, sin pestañear—. Quiero que entiendas... lo que me pasó. Cómo me sentí. Es importante... que entiendas.

—Quiero entender. Por eso me diste el diario, ¿verdad? Porque querías que lo entendiera. Yo creo que las personas que más te importaban no creyeron tu historia sobre ese hombre. Tal vez te estés preguntando... si yo te creo.

—Me crees —no fue una pregunta, sino la simple afirmación de un hecho.

Asentí.

—Sí, te creo. Bueno, ¿por qué no empezamos por ahí? La última entrada que escribiste en el diario describía cómo el hombre entró en la casa. ¿Qué ocurrió después?

—Nada.

—¿Nada?

Negó con la cabeza.

—No era él.

—¿No era él? ¿Y quién era?

—Jean-Felix. Quería... Había ido para hablar de la exposición.

—A juzgar por tu diario, no parece que estuvieras en un estado mental adecuado para recibir ninguna visita.

Alicia respondió a eso encogiéndose de hombros.

—¿Se quedó mucho rato?

—No. Le pedí que se fuera. Él no quería, estaba enfadado. Me gritó un poco..., pero al cabo de un rato se marchó.

—¿Y entonces? ¿Qué ocurrió después de que Jean-Felix se marchara?

Alicia sacudió la cabeza.

—No quiero hablar de eso.

—¿No?

—Todavía no.

Sus ojos se asomaron un momento a los míos. Después se desviaron raudos hacia la ventana y examinaron el cielo que oscurecía al otro lado de los barrotes. Casi hubo algo de coquetería en su forma de ladear la cabeza; el esbozo de una sonrisa empezaba a formarse en la comisura de sus labios. «Está disfrutando —pensé—. Le gusta tenerme en su poder».

—¿De qué quieres hablar? —pregunté.

—No lo sé. De nada. Solo quiero hablar.

Así que hablamos. Hablamos de Lydia y de Paul, y de su madre, y del verano en que murió. Hablamos de su infancia..., y de la mía. Yo le hablé de mi padre, y de cómo fue crecer en esa casa; parecía tener curiosidad por saber todo lo posible sobre mi pasado, lo que me dio forma y me hizo ser quien soy.

Recuerdo que pensé que ya no había vuelta atrás. Estábamos derribando hasta la última barrera entre psicoterapeuta y paciente. Pronto sería imposible discernir quién era quién.

12

La mañana siguiente volvimos a vernos. Alicia, por algún motivo, parecía diferente ese día, más reservada, más contenida. Creo que era porque se estaba preparando para hablar de la noche en que murió Gabriel.

Se sentó delante de mí y, algo que no era frecuente en ella, me miró directamente y no dejó de hacerlo en toda la sesión. Empezó a hablar sin que se lo pidiera, de forma lenta y meditada, escogiendo cada frase con cuidado, como si aplicara delicadas pinceladas sobre una tela.

—Esa tarde estaba sola. Sabía que tenía que pintar, pero hacía mucho calor y no creía que pudiera enfrentarme a ello. Aun así, decidí intentarlo, de modo que me llevé el pequeño ventilador que había comprado al estudio del jardín, y entonces...

—¿Y entonces?

—Me sonó el móvil. Era Gabriel. Llamaba para decirme que volvería tarde de la sesión de fotos.

—¿Solía hacer eso? ¿Llamar para avisar de que llegaría tarde?

Alicia me miró con extrañeza, como si le pareciera una pregunta rara. Negó con la cabeza.

—No. ¿Por qué?

—Me preguntaba si tal vez llamaba por alguna otra razón. Para ver cómo te encontrabas, quizá... A juzgar por tu diario, da la impresión de que le preocupaba tu estado mental.

—Ah —lo sopesó, desconcertada. Asintió despacio—. Entiendo. Sí, sí, es posible...

—Lo siento, te he interrumpido. Continúa. ¿Qué ocurrió después de la llamada?

Alicia vaciló un instante.

—Lo vi.

—¿A quién?

—Al hombre. Bueno, vi su reflejo. Se reflejaba en la ventana. Estaba dentro... dentro del estudio. De pie justo detrás de mí.

Cerró los ojos y guardó silencio. Hubo una larga pausa. Hablé con delicadeza:

—¿Podrías describirlo? ¿Qué aspecto tenía?

Abrió los ojos y me miró un momento.

—Era alto... Fuerte. No le vi la cara, se había puesto una máscara. Una máscara negra. Pero sí le vi los ojos: eran agujeros oscuros. En ellos no había nada de luz.

—¿Qué hiciste al verlo?

—Nada. Estaba muy asustada. Me quedé mirándolo... Tenía un cuchillo en la mano. Le pregunté qué quería. No dijo nada. Entonces le dije que tenía dinero en la cocina, en mi bolso. Negó con la cabeza y dijo: «No quiero dinero», y se rio. Una risa horrible, como cristales rompiéndose. Me puso el cuchillo en el cuello. El filo cortante de la hoja me apretaba la garganta, la piel... Me dijo que entrara en la casa con él.

Alicia cerró los ojos al recordarlo.

—Me obligó a salir del estudio. Cruzamos el jardín hacia la casa. Yo veía la verja de la calle a solo unos cuantos metros; estaba tan cerca... Y algo se apoderó de mí. Era... era mi única oportunidad de escapar. Así que le di una patada con fuerza y me aparté de él. Eché a correr. Corrí hacia la verja —abrió los ojos y sonrió al recordarlo—. Por unos segundos... fui libre.

Su sonrisa se desvaneció.

—Pero entonces... se abalanzó sobre mí. Por la espalda. Caímos al suelo... Me tapó la boca con la mano y sentí la hoja fría contra la garganta. Dijo que me mataría si me movía. Estuvimos ahí tendidos unos segundos; yo sentía su aliento en la cara. Apestaba. Me levantó a empujones y me arrastró a la casa.

—¿Y luego? ¿Qué pasó?

—Cerró con pasador. Y me vi atrapada.

En ese momento Alicia tenía la respiración agitada y las mejillas encendidas. Me preocupaba que estuviese generando ansiedad, me daba miedo presionarla demasiado.

—¿Necesitas descansar?

Negó con la cabeza.

—Sigamos. He esperado mucho para contar esto. Quiero quitármelo de encima.

—¿Estás segura? Tal vez sea buena idea tomarse un momento.

Dudó.

—¿Puedo fumar un cigarrillo?

—¿Un cigarrillo? No sabía que fumaras.

—No fumo. Antes... antes sí. ¿Me das uno?

—¿Cómo sabes que fumo?

—Te lo huelo.

—Ah —sonreí. Me sentí algo avergonzado—. Está bien —me levanté—. Vayamos fuera.

13

El patio estaba lleno de pacientes. Se encontraban reunidas en sus grupos habituales, chismorreando, discutiendo, fumando; algunas se abrazaban a sí mismas y daban fuertes pisotones para entrar en calor.

Alicia se llevó el cigarrillo a los labios sosteniéndolo entre sus largos y finos dedos. Se lo encendí. Cuando la llama prendió en la punta, se oyó un chisporroteo y se vio brillar un ascua roja. Inhaló deprisa, sin apartar sus ojos de los míos. Casi parecía divertida.

—¿Tú no vas a fumar? ¿O es que no es apropiado compartir un cigarrillo con una paciente?

«Se está burlando de mí», pensé. Pero estaba en su derecho: no existía ninguna norma que prohibiera a un miembro de la plantilla fumarse un cigarrillo con una paciente. Cuando el personal fumaba, sin embargo, solía hacerlo de tapadillo, escabulléndose a la escalera de incendios que había en la parte de atrás del edificio. Jamás delante de las pacientes. Estar en aquel patio fumando con ella me pareció una transgresión. Y tal vez solo lo imaginaba, pero me sentía observado. Sentía a Christian espiándome desde la ventana. Sus palabras volvieron a mí: «Las limítrofes son seductoras». Miré a Alicia a los ojos. No eran seductores, ni siquiera transmitían simpatía. Tras ellos se ocultaba una mente feroz, una inteligencia afilada que solo estaba empezando a despertar. Alicia Berenson era una fuerza que había que tener en cuenta, comprendí entonces.

Tal vez por eso Christian había sentido la necesidad de sedarla. ¿Le daría miedo lo que pudiera hacer, lo que pudiera decir? Yo mismo estaba un poco asustado; no exactamente asustado, pero sí alerta, inquieto. Sabía que debía mirar dónde pisaba.

—¿Por qué no? —dije—. Me fumaré uno también.

Me llevé un cigarrillo a los labios y lo encendí. Fumamos un momento en silencio, mirándonos a los ojos, a solo unos centímetros el uno del otro, hasta que sentí una extraña vergüenza adolescente y aparté la mirada. Intenté disimular haciendo un gesto en dirección al patio.

—¿Quieres que paseemos mientras hablamos?

Alicia asintió con la cabeza.

—Está bien.

Empezamos a dar vueltas junto a la pared, recorriendo el perímetro del patio. Las demás pacientes nos miraban. Me pregunté qué estarían pensando. A Alicia no parecía importarle. Ni siquiera parecía percatarse de que estuvieran ahí. Caminamos un rato en silencio y, al final, dijo:

—¿Quieres que continúe?

—Si tú quieres, sí... ¿Estás lista?

Asintió.

—Sí.

—¿Qué ocurrió cuando estuvisteis dentro de la casa?

—El hombre dijo... dijo que quería beber algo, así que le di una de las cervezas de Gabriel. Yo no bebo cerveza. No tenía nada más en casa.

—¿Y entonces?

—Habló.

—Sobre qué.

—No lo recuerdo.

—¿No?

—No.

Cayó en un silencio. Esperé todo lo que fui capaz de soportar antes de insistirle.

—Sigamos. Estabais en la cocina. ¿Cómo te sentías?

—No... no recuerdo sentir nada de nada.

Asentí.

—No es infrecuente en esas situaciones. La reacción posible no es solo de lucha o de huida. Existe una tercera reacción, igualmente común cuando nos vemos atacados: nos quedamos paralizados.

—No estaba paralizada.

—¿No?

—No —me miró con fiereza—. Me estaba preparando. Me disponía a... a luchar. Me disponía a... matarlo.

—Entiendo. ¿Y cómo pensabas hacerlo?

—Con el arma de Gabriel. Sabía que tenía que llegar hasta el arma.

—¿Estaba en la cocina? ¿La habías guardado allí? Es lo que escribiste en el diario.

Alicia asintió.

—Sí. En el armario que hay junto a la ventana —dio una calada profunda y exhaló una larga columna de humo—. Le dije que necesitaba beber agua. Fui a por un vaso. Crucé la cocina... Tardé una eternidad en recorrer esos pocos metros. Paso a paso, llegué al armario. Me temblaba la mano... Lo abrí...

—¿Y?

—El armario estaba vacío. El arma no estaba. Y entonces oí que decía: «Los vasos están en el armario que tienes a la derecha». Me volví y el arma estaba ahí..., en su mano. Me estaba apuntando con ella, y se reía.

—¿Y entonces?

—¿Entonces?

—¿Qué pensaste?

—Pensé que esa había sido mi última posibilidad de escapar, y que... iba a matarme.

—¿Creíste que iba a matarte?

—Estaba segura.

—Pero entonces ¿por qué lo alargaba tanto? ¿Por qué no te mató en cuanto entró en la casa?

Alicia no respondió. La miré. Para mi sorpresa, había una sonrisa en sus labios.

—Cuando era pequeña, la tía Lydia tenía una gatita. Una gata atigrada. A mí no me gustaba mucho. Era salvaje y a veces me saltaba encima con las uñas fuera. Era antipática... y cruel.

—¿Los animales no actúan por instinto? ¿Cómo pueden ser crueles?

Me miró con vehemencia.

—Sí pueden serlo. Esa lo era. Encontraba presas en el campo y las traía a casa: ratones o pajarillos que había cazado. Y siempre estaban medio vivos. Heridos, pero vivos. Y no los mataba: jugaba con ellos.

—Entiendo. ¿Lo que dices es que quizá eras como la presa de ese hombre? ¿Que estaba jugando una especie de juego sádico contigo? ¿Es eso?

Alicia tiró la colilla al suelo y la pisó.

—Dame otro.

Le tendí el paquete. Sacó un cigarrillo y lo encendió ella misma. Fumó un momento.

—Gabriel iba a llegar a casa a las ocho. Aún faltaban dos horas. Yo no hacía más que mirar al reloj. «¿Qué?», preguntó. «¿No te gusta pasar el rato conmigo?» Y me acarició el brazo con el arma, paseándomela arriba y abajo —se estremeció al recordarlo—. Le dije que Gabriel llegaría en cualquier momento. «Y entonces ¿qué?», preguntó. «¿Te rescatará?»

—¿Y qué le dijiste?

—No dije nada, solo seguí mirando el reloj... Y entonces me sonó el móvil. Era Gabriel. Él me dijo que contestara. Me encañonó la cabeza con el arma.

—¿Y? ¿Qué dijo Gabriel?

—Dijo... dijo que la sesión se estaba convirtiendo en una pesadilla, que no lo esperara y cenase sin él. No volvería hasta las diez, como pronto. Colgué. «Mi marido está de camino», dije. «Llegará dentro de unos minutos. Deberías marcharte ya, ahora, antes de que vuelva». El hombre se rio. «Pero si le he oído decir que no volverá hasta las diez», soltó. «Tenemos muchas horas por delante. Ve a buscar una cuerda», ordenó. «O cinta adhesiva o algo así. Voy a atarte». Hice lo que pedía. Sabía que ya no había remedio. Sabía cómo iba a terminar aquello.

Alicia dejó de hablar y me miró. Vi la emoción cruda en sus ojos y me pregunté si la estaría presionando demasiado.

—A lo mejor deberíamos descansar un momento.

—No, necesito terminar. Necesito hacer esto.

Prosiguió, hablando más deprisa esta vez:

—No había ninguna cuerda, así que cogió el alambre que tenía yo para colgar los lienzos. Me hizo ir al salón y retiró una de las sillas de la mesa de comedor. Me dijo que me sentara. Empezó a sujetarme los tobillos con el alambre a las patas de la silla; sentí que me cortaba la carne. «Por favor», le decía. «Por favor...». Pero él no me hacía caso. Me ató las muñecas a la espalda. En ese momento estaba segura de que iba a matarme. Ojalá... ojalá lo hubiera hecho —esas últimas palabras las escupió.

A mí me sobresaltó su vehemencia.

—¿Por qué dices eso?

—Porque lo que hizo fue peor.

Por un instante pensé que Alicia iba a echarse a llorar. Reprimí el deseo repentino de abrazarla, de tomarla entre mis brazos, darle un beso, tranquilizarla, prometerle que estaba a salvo. Me contuve. Apagué el cigarrillo en la pared de ladrillo rojo.

—Noto que necesitas que alguien te cuide. Me he dado cuenta de que quiero cuidar de ti, Alicia.

—No —negó firmemente con la cabeza—. No es eso lo que quiero de ti.

—¿Y qué quieres?

No respondió. Se giró y entró en el edificio.

14

Encendí la luz de la sala de terapia y cerré la puerta. Cuando me volví, Alicia ya estaba sentada..., pero no en su silla. Estaba sentada en la mía.

Aquel era un gesto muy elocuente, y normalmente habría explorado su significado con ella. En ese momento, sin embargo, no dije nada. Si sentarse en mi silla significaba que llevaba la voz cantante, bueno, pues que la llevara. Estaba impaciente por llegar al final de su historia, ahora que estábamos tan cerca. Así que me limité a tomar asiento y esperar a que dijera algo. Entrecerró los ojos y se quedó del todo inmóvil. Por fin, habló:

—Estaba atada a la silla, y cada vez que me movía el alambre se me clavaba más en los tobillos, que ya me sangraban. Fue un alivio poder centrarme en esos cortes en lugar de en mis pensamientos. Mis pensamientos me daban demasiado miedo... Creí que no volvería a ver a Gabriel. Creí que iba a morir.

—¿Qué ocurrió entonces?

—Estuvimos allí sentados lo que pareció una eternidad. Es gracioso, siempre he pensado en el miedo como en una sensación fría, pero no lo es: quema igual que el fuego. Tenía tanto calor en esa habitación, con las ventanas cerradas y las cortinas corridas... El aire inmóvil, agobiante, pesado. Las gotas de sudor me caían por la frente y se me metían en los ojos, me escocían. Notaba el olor a alcohol de ese hombre, y la peste de su sudor mientras bebía y hablaba; no dejaba de hablar. Yo no escuchaba mucho de lo que decía. Oí un moscardón que zumbaba entre la ventana y la cortina; estaba atrapado y se golpeaba contra el cristal, pum, pum, pum. El hombre me hacía preguntas sobre Gabriel y sobre mí: cómo nos conocimos, cuánto tiempo llevábamos juntos, si éramos felices. Pensé que si podía hacer que siguiera hablando tendría más probabilidades de mantenerme con vida. Así que respondí a sus preguntas: sobre mí, sobre Gabriel, sobre mi trabajo. Hablé de todo lo que quiso. Solo para ganar tiempo. No dejaba de concentrarme en el reloj. Escuchaba su tictac. Y entonces, de pronto, dieron las diez... Y luego las diez y media. Y Gabriel seguía sin aparecer.

»"Llega tarde", dijo. "A lo mejor no viene."

»"Vendrá", dije yo.

»"Bueno, qué suerte que esté yo aquí para hacerte compañía."

»Y entonces el reloj dio las once y oí un coche fuera. El hombre fue a la ventana y miró por ella. "Justo a tiempo", dijo.

Lo que ocurrió después, dijo Alicia, ocurrió deprisa.

El hombre la agarró e hizo girar su silla de modo que la dejó de espaldas a la puerta. Dijo que dispararía a Gabriel en la cabeza si ella decía una palabra o emitía un solo sonido. Entonces desapareció. Un momento después se apagaron las luces y todo quedó a oscuras. En el pasillo, la puerta de entrada se abrió y se cerró.

—¿Alicia? —llamó Gabriel.

No hubo respuesta, así que volvió a llamarla. Entró en el salón... y la vio junto a la chimenea, sentada de espaldas a él.

—¿Qué haces sentada aquí a oscuras? —preguntó Gabriel. No hubo respuesta—. ¿Alicia?

Alicia luchaba por guardar silencio; quería gritar, pero sus ojos se habían acostumbrado a la oscuridad y, justo delante, en un rincón de la habitación, podía ver el arma del hombre reluciendo en las sombras. Apuntaba a Gabriel. Alicia siguió callada por él.

—¿Alicia? —Gabriel se acercó a ella—. ¿Qué te pasa?

Justo cuando Gabriel alargó la mano para tocarla, el hombre se abalanzó sobre él desde la oscuridad. Alicia gritó, pero ya era demasiado tarde... Gabriel cayó al suelo, el hombre estaba encima de él. Tenía el arma levantada como si fuera un martillo y la descargó sobre la cabeza de Gabriel con golpes sordos y escalofriantes —una, dos, tres veces—, y lo dejó ahí tendido, inconsciente, sangrando. Luego levantó a Gabriel y lo sentó en una silla. Lo ató a ella con el alambre. Gabriel se removió al volver en sí.

—¿Qué cojones...? Pero ¿qué...?

El hombre levantó el arma y apuntó a Gabriel. Se oyó un disparo. Y otro. Y otro más. Alicia empezó a chillar. El hombre seguía disparando. Disparó a Gabriel seis veces en la cabeza y luego lanzó el arma al suelo.

Se marchó sin decir palabra.

15

Así que ya ves. Alicia Berenson no mató a su marido. Un intruso sin rostro se coló en su casa y, en un acto de maldad sin motivo aparente, mató a Gabriel a tiros antes de desaparecer en la noche. Alicia era del todo inocente.

Eso, si creías su explicación.

Yo no la creí. Ni una palabra.

Aparte de sus contradicciones e inexactitudes más evidentes —como el hecho de que a Gabriel no le dispararon seis veces, sino solo cinco; una de las balas impactó contra el techo—, tampoco la encontraron a ella atada a una silla, sino de pie en mitad de la sala, después de abrirse las venas. Alicia no dijo nada de que el hombre la desatara, como tampoco explicó por qué no le había contado a la policía esa versión de los hechos desde el principio. No, sabía que estaba mintiendo. Y me molestaba que me hubiera mentido, mal y en vano, a la cara. Por un segundo me pregunté si me estaría poniendo a prueba para ver si aceptaba o no su historia. En tal caso, estaba decidido a no desvelar nada.

Me quedé sentado en silencio. Para variar, ella habló primero.

—Estoy cansada. Quiero parar.

Asentí con la cabeza. No podía negarme.

—¿Por qué no seguimos mañana? —pidió.

—¿Hay algo más que decir?

—Sí. Una última cosa.

—Muy bien. Mañana.

Yuri esperaba en el pasillo. Escoltó a Alicia a su cuarto y yo subí a mi despacho.

Como ya he dicho, hace años que tengo por costumbre transcribir las sesiones en cuanto terminan. La capacidad de documentar con exactitud lo que se ha dicho durante los últimos cincuenta minutos es de suma importancia para un psicoterapeuta; de no ser así, gran parte de los detalles se olvidan y la inmediatez de las emociones se pierde.

Me senté a mi mesa y me puse a escribir, todo lo deprisa que pude, cuanto había ocurrido entre ambos. Nada más terminar, recorrí los pasillos aferrando mis hojas llenas de notas.

Llamé a la puerta de Diomedes. No hubo respuesta, así que volví a llamar. Nada. Abrí la puerta, solo un resquicio; ahí estaba el hombre, profundamente dormido en su estrecho sofá.

—¿Profesor? —y otra vez, más fuerte—: ¿Profesor Diomedes?

Despertó sobresaltado y se incorporó enseguida. Me miró parpadeando.

—¿Qué pasa? ¿Qué ha ocurrido?

—Tengo que hablar con usted. ¿Prefiere que vuelva más tarde?

Diomedes arrugó la frente y negó con la cabeza.

—Estaba echando una cabezada. Siempre lo hago después de comer. Me ayuda a pasar la tarde. Se vuelve una necesidad cuando uno va cumpliendo años —bostezó y se levantó—. Pasa, Theo. Siéntate. Por la cara que traes, parece importante.

—Creo que lo es, sí.

—¿Alicia?

Asentí. Me senté frente a su escritorio. Él se sentó al otro lado. Tenía parte del pelo encrespado y parecía medio dormido todavía.

—¿Está seguro de que no prefiere que vuelva luego?

Diomedes negó con la cabeza. Se sirvió un vaso de agua de una jarra.

—Ya estoy despierto. Sigue. ¿Qué pasa?

—He estado hablando con Alicia... Necesito supervisión.

Diomedes asintió. Parecía más despierto cada segundo que pasaba, y más interesado.

—Continúa.

Empecé a leer mis notas. Le hice escuchar la sesión entera. Repetí las palabras de Alicia con toda la exactitud que pude y relaté la historia que ella me había contado a mí: cómo el hombre que la espiaba se había colado en su casa, la había hecho prisionera y había matado a Gabriel a tiros.

Cuando terminé, hubo una larga pausa. La expresión de Diomedes delataba muy poco. Del cajón de su escritorio sacó una caja de puros y extrajo también una pequeña guillotina plateada. Metió el extremo del puro en ella y lo rebanó.

—Empecemos por la contratransferencia. Cuéntame cómo ha sido tu experiencia emocional. Empieza por el principio. Cuando te contaba su historia, ¿qué clase de sentimientos experimentabas?

Lo pensé un momento.

—Me sentía entusiasmado, supongo... Y angustiado. He tenido miedo.

—¿Miedo? ¿Ese miedo era tuyo o de ella?

—De ambos, imagino.

—¿Y de qué tenías miedo?

—No estoy seguro. De fracasar, quizá. Me juego mucho con esto, como sabe.

Diomedes asintió.

—¿Qué más?

—También frustración. Durante nuestras sesiones, muchas veces me siento frustrado.

—¿Y enfadado?

—Sí, supongo que sí.

—¿Te sientes como un padre frustrado, tratando con un hijo difícil?

—Sí. Quiero ayudarla..., pero no sé si quiere que la ayuden.

El profesor asintió.

—No dejes de lado esa sensación de enfado. Háblame más de ella. ¿Cómo se manifiesta?

Dudé.

—Bueno, a menudo salgo de las sesiones con un dolor de cabeza insoportable.

Diomedes asintió de nuevo.

—Sí, exacto. De una forma u otra tiene que salir. «Un aprendiz que no se pone nervioso enfermará». ¿Quién dijo eso?

—No lo sé —me encogí de hombros—. Pero yo estoy enfermo y nervioso a la vez.

Diomedes sonrió.

—También hace tiempo que has dejado de ser un aprendiz..., aunque esos sentimientos nunca desaparecen del todo —levantó el puro—. Vamos fuera a fumar.

Salimos a la escalera de incendios. Diomedes se detuvo un momento a dar unas caladas al puro mientras sopesaba lo sucedido. Al final llegó a una conclusión.

—Miente, ¿sabes?

—¿Quiere decir sobre que ese hombre mató a Gabriel? Yo también lo he pensado.

—No solo sobre eso.

—Entonces ¿sobre qué?

—Sobre todo. Todo ese cuento chino. No me creo una sola palabra.

Debí de parecerle bastante desconcertado. Sospechaba que no daría crédito a algunos elementos del relato de Alicia, pero no había esperado que lo rechazara por completo.

—¿No cree lo del hombre?

—No lo creo, no. No creo que existiera. Es una fantasía. De principio a fin.

—¿Qué le hace estar tan seguro?

Diomedes me dirigió una sonrisa extraña.

—Llámalo intuición. Años de experiencia profesional con fantasiosos —intenté interrumpirlo, pero me lo impidió con un gesto de la mano—. No espero que estés de acuerdo conmigo, Theo, desde luego. Estás muy metido en esto de Alicia, y tus sentimientos están entrelazados con los de ella como en un ovillo enredado. Ese el propósito de una supervisión como esta: ayudarte a devanar el ovillo, a ver lo que es tuyo y lo que es de ella. Y una vez obtengas cierta distancia, y claridad, sospecho que tus sentimientos sobre la experiencia con Alicia Berenson serán bastante diferentes.

—No estoy seguro de saber a qué se refiere.

—Bueno, hablando sin rodeos, me temo que ha estado actuando para ti. Manipulándote. Y creo que esa actuación se ha modelado específicamente para apelar a tu carácter caballeresco... y, digamos, a tus instintos románticos. Para mí, desde el principio fue evidente que te habías propuesto rescatarla. Estoy bastante seguro de que Alicia también lo vio claro. De ahí su intento de seducirte.

—Christian opina lo mismo. Pero no me ha seducido. Soy muy capaz de resistir las proyecciones sexuales de una paciente. No me subestime, profesor.

—No la subestimes tú a ella. Está ofreciendo una actuación brillante —Diomedes sacudió la cabeza y alzó la mirada hacia las nubes grises—. La mujer vulnerable que se ve atacada, que está sola y necesita protección. Alicia se ha puesto en el papel de víctima, y ese hombre misterioso es su villano. Sin embargo, de hecho, Alicia y el hombre son una única persona. Ella mató a Gabriel. Ella fue la culpable, y sigue negándose a aceptar esa culpa. Por eso divide, disocia, fantasea; Alicia se convierte en la víctima inocente y tú en su protector. Y al seguirle el juego con esa fantasía estás permitiendo que niegue toda responsabilidad.

—No estoy de acuerdo con eso. No creo que mienta, conscientemente al menos. Alicia, como mínimo, cree que su historia es cierta.

—Sí, lo cree. Alicia está siendo atacada..., pero por su propia psique, no por el mundo exterior.

Sabía que eso no era cierto, pero seguir discutiéndolo no servía de nada. Apagué el cigarrillo.

—¿Cómo le parece que debemos actuar ahora?

—Debes obligarla a enfrentarse a la verdad. Solo entonces tendrá posibilidades de recuperarse. Debes negarte en redondo a aceptar su historia. Desafíala. Exígele que te cuente la verdad.

—¿Y cree que lo hará?

Se encogió de hombros.

—Eso —dijo, y dio una larga calada al puro— nadie lo sabe.

—Muy bien. Hablaré con ella mañana. Me enfrentaré a ella.

Diomedes parecía algo inquieto y abrió la boca como si fuese a decir algo más, pero entonces cambió de opinión. Asintió y apagó su puro pisándolo con cierto aire de irrevocabilidad.

—Mañana.

16

Al salir del trabajo seguí a Kathy al parque otra vez. Cómo no, su amante la esperaba en el mismo sitio donde se encontraron la última vez. Se besaron y se metieron mano como dos adolescentes.

Kathy miró hacia mí un segundo y pensé que me había visto, pero no. Solo tenía ojos para él. Esta vez intenté fijarme más en ese hombre, pero no pude verle bien la cara. Aun así, su constitución me resultaba un poco familiar. Me daba la sensación de haberlo visto antes en alguna parte.

Caminaron hacia Camden y desaparecieron en un pub, The Rose and Crown, un garito de mala muerte. Esperé en la cafetería de enfrente. Más o menos una hora después, salieron. Kathy no le quitaba las manos de encima, no dejaba de besarle. Se estuvieron besando un rato junto a la calle. Yo los miraba y se me revolvía el estómago; ardía de odio.

Al final se despidió de él y cada uno se fue por su lado. Ella echó a andar. El hombre se volvió y se alejó en sentido contrario. No seguí a Kathy.

Lo seguí a él.

Se detuvo a esperar en una parada de autobús. Yo me puse detrás. Le miré la espalda, los hombros; me imaginé abalanzándome sobre él..., empujándolo bajo el autobús cuando llegara. Pero no lo hice. Subió al autobús, y yo también.

Supuse que iría directo a su casa, pero no fue así. Cambió de autobús un par de veces. Yo lo seguía a cierta distancia. Primero fue al East End, donde desapareció en un almacén durante media hora. Luego otro trayecto, en otro autobús. Hizo un par de llamadas telefónicas, hablaba en voz baja y se reía entre dientes a menudo. Me pregunté si estaría hablando con Kathy. Cada vez me sentía más frustrado y desanimado. Pero era testarudo y me negaba a rendirme.

Por fin se fue a su casa. Bajó del autobús y dobló por una calle tranquila y arbolada. Seguía hablando por teléfono. Yo iba detrás, a cierta distancia. La calle estaba desierta. Si se hubiera dado la vuelta, me habría visto. Pero no lo hizo.

Pasé por delante de una casa con un jardín de rocas y plantas crasas. Actué sin pensarlo, mi cuerpo parecía moverse solo. Lancé el brazo por encima del muro bajo de ese jardín y cogí una roca. Sentí su peso entre los dedos. Mis manos sabían qué hacer; habían decidido matarlo, partirle el cráneo a ese cerdo asqueroso. Me dejé llevar como en un trance inconsciente, arrastrándome tras él, ganando terreno sin hacer ruido, acercándome más. Pronto estuve lo bastante cerca. Levanté la piedra dispuesto a estampársela con todas mis fuerzas. Lo tiraría al suelo y le reventaría los sesos. Estaba tan cerca... Si él no hubiese estado hablando aún por teléfono, me habría oído.

Ya: levanté la piedra y...

Justo detrás de mí, a mi izquierda, la puerta de una casa se abrió. El repentino murmullo de una conversación, varios «gracias» y «adiós» dichos en voz alta mientras unas personas salían de allí. Me quedé paralizado. Justo delante de mí, el amante de Kathy se detuvo y miró en dirección al ruido, hacia la casa. Me aparté y me escondí detrás de un árbol. No me vio.

Echó a andar otra vez, pero ya no lo seguí. La interrupción me había sobresaltado y me había despertado del trance. La piedra cayó de mi mano y se estrelló en el suelo. Lo observé desde detrás del árbol. Se acercó paseando hasta la puerta de una casa, la abrió y entró.

Unos segundos después, una luz se encendió en la cocina. Lo vi dentro, de pie, algo apartado de la ventana, de perfil. Desde la calle solo se veía la mitad de la habitación. El hombre estaba hablando con alguien a quien no podía ver. Mientras hablaban, él abrió una botella de vino. Se sentaron y cenaron juntos. Entonces pude atisbar a su compañera. Era una mujer. ¿Sería su esposa? No podía verla con claridad. La rodeó con un brazo y le dio un beso.

O sea que yo no era el único traicionado. Ese hombre había vuelto a su casa después de besar a mi mujer y, como si no hubiera pasado nada, cenaba con esa otra que había cocinado para él. Sabía que no podía dejarlo ahí, tenía que hacer algo. Pero ¿qué? A pesar de mis mejores fantasías homicidas, yo no era un asesino. No podía matarlo.

Tendría que pensar en algo más inteligente.

17

Me propuse hablar seriamente con Alicia a primera hora de la mañana. Pretendía hacerle admitir que me había mentido sobre ese hombre que había matado a Gabriel y, así, forzarla a enfrentarse a la verdad.

Por desgracia, no tuve ocasión.

Yuri me esperaba en recepción.

—Theo, tengo que hablar contigo.

—¿Qué pasa?

Lo miré con detenimiento. Su rostro parecía haber envejecido de la noche a la mañana; estaba consumido, pálido, exangüe. Algo malo había ocurrido.

—Ha habido un accidente. Alicia... se ha tomado una sobredosis.

—¿Qué? ¿Ha...?

Yuri sacudió con la cabeza.

—Sigue viva, pero...

—Gracias a Dios.

—Pero está en coma. No pinta bien.

—¿Dónde está?

Me llevó por una serie de pasillos cerrados con llave hasta la unidad de cuidados intensivos. Alicia estaba en una habitación individual. La habían conectado a una máquina de electrocardiograma y a un respirador. Tenía los ojos cerrados.

Christian estaba allí con otra doctora. Estaba lívido, lo cual contrastaba con la doctora de urgencias, muy bronceada; era evidente que acababa de regresar de unas vacaciones. Aun así, no parecía descansada, sino exhausta.

—¿Cómo está Alicia? —pregunté.

La doctora negó con la cabeza.

—Nada bien. Le hemos inducido un coma. Le ha fallado el sistema respiratorio.

—¿Qué se ha tomado?

—Alguna clase de opioide. Hidrocodona, probablemente.

Yuri asintió.

—Había un frasco de pastillas vacío en la mesa de su habitación.

—¿Quién la ha encontrado?

—Yo —dijo Yuri—. Estaba en el suelo, al lado de la cama. Parecía que no respiraba. Al principio he pensado que estaba muerta.

—¿Alguna idea de dónde consiguió esas pastillas?

Yuri miró a Christian, que se encogió de hombros.

—Todos sabemos que en las unidades hay mucho tráfico.

—Elif trapichea con pastillas —dije.

Christian asintió.

—Sí, yo también lo creo.

Entonces entró Indira. Parecía al borde de las lágrimas. Se acercó a Alicia y la observó un momento.

—Esto va a tener un efecto terrible en las demás. Cuando pasa algo así, siempre hace retroceder meses a las otras pacientes —se sentó, alargó una mano hacia la de Alicia y se la acarició.

Yo veía el respirador subir y bajar. Se hizo un momento de silencio.

—Ha sido culpa mía —dije.

Indira sacudió la cabeza.

—Tú no tienes la culpa, Theo.

—Tendría que haberme ocupado mejor de ella.

—Lo hiciste lo mejor posible. La ayudaste. Que es más de lo que había hecho nadie.

—¿Alguien se lo ha dicho ya a Diomedes?

Christian negó con la cabeza.

—No hemos podido localizarlo todavía.

—¿Habéis intentado llamar al móvil?

—Y a su número de casa. Lo he probado varias veces.

—Pero... yo he visto al profesor Diomedes antes —dijo Yuri, frunciendo el ceño—. Estaba aquí.

—Ah, ¿sí?

—Sí, lo he visto esta mañana, temprano. Estaba en el otro extremo del pasillo y parecía tener prisa... Al menos creo que era él.

—Qué raro. Bueno, debe de haberse ido a casa. Vuelve a intentarlo, ¿quieres?

Yuri asintió. De algún modo era como si estuviera muy lejos de allí; aturdido, perdido. Aquello parecía haberle afectado mucho. Me dio lástima.

A Christian le sonó el busca y se sobresaltó. Acto seguido, salió de la habitación junto con Yuri y la doctora.

Indira dudó un momento y luego habló en voz baja:

—¿Quieres estar un rato a solas con Alicia?

Asentí; todavía no me atrevía a hablar. Indira se levantó y me apretó el hombro un segundo. Después salió.

Alicia y yo nos quedamos solos.

Me senté junto a la cama. Alargué la mano y le toqué el brazo. Tenía un catéter insertado en el dorso de la mano. Se la levanté con cuidado, le acaricié la palma y el interior de la muñeca, le pasé un dedo por el pulso y sentí las venas bajo su piel, también las cicatrices gruesas y abultadas de sus intentos de suicidio.

De modo que ya estaba. Así era como acabaría todo. Alicia volvía a estar callada, y esta vez su silencio duraría para siempre.

Me pregunté qué diría Diomedes. Podía imaginar lo que le contaría Christian, que encontraría la forma de culparme a mí como fuera: diría que las emociones que había removido con la terapia habían sido demasiado para Alicia..., y que por eso había recurrido a la hidrocodona en un intento de automedicarse y calmarse. Puede que la sobredosis fuera accidental, oía decir ya a Diomedes, pero el comportamiento sí había sido suicida. Y ahí acabaría el asunto.

Solo que el asunto no acababa ahí.

Algo había pasado inadvertido. Algo importante, algo en lo que nadie se había fijado, ni siquiera Yuri, cuando encontró a Alicia inconsciente al lado de la cama. Había un frasco de pastillas vacío en su mesa, sí, y un par de comprimidos en el suelo, así que por supuesto se había llegado a la conclusión de que Alicia se había tomado una sobredosis.

Pero allí, bajo la yema de mi dedo, en el interior de su muñeca, había un leve hematoma y una pequeña marca que contaban una historia muy diferente.

Un minúsculo pinchazo junto a la vena, un agujero diminuto hecho con una aguja hipodérmica que revelaba la verdad: Alicia no se había tragado un frasco de pastillas en un gesto suicida: le habían inyectado una cantidad enorme de morfina. No había sido una sobredosis.

Había sido un intento de asesinato.

18

Diomedes apareció media hora después. Había estado en una reunión con la Fundación, dijo, y luego se había quedado atrapado en el metro, retenido por un fallo en las señales. Pidió a Yuri que fuera a buscarme.

Yuri me encontró en mi despacho.

—El profesor Diomedes ha llegado ya. Está con Stephanie. Te esperan.

—Gracias. Enseguida voy.

Me dirigí al despacho del profesor esperando lo peor. Necesitarían un chivo expiatorio para cargar con la culpa. Ya lo había visto antes, en Broadmoor, en casos de suicidio: se responsabilizaba al miembro del personal más cercano a la víctima, fuese psicoterapeuta, médico o enfermero. No me cabía la menor duda de que Stephanie pediría mi cabeza a gritos.

Llamé a la puerta y entré. Stephanie y Diomedes estaban de pie a lado y lado del escritorio. A juzgar por su silencio tenso, acababa de interrumpir una discusión.

El profesor fue el primero en hablar. Se veía que estaba agitado, sus manos gesticulaban sin parar.

—Un asunto terrible. Terrible. Es evidente que no podría haber ocurrido en peor momento. Le da a la Fundación la excusa perfecta para cerrar el centro.

—No creo que la Fundación sea nuestra preocupación más inmediata ni mucho menos —dijo Stephanie—. Lo primero es la seguridad de las pacientes. Tenemos que descubrir qué ha pasado exactamente —se volvió hacia mí—. ¿Indira ha mencionado que sospecha usted que Elif trafica con drogas? ¿Es así como Alicia consiguió la hidrocodona?

Vacilé.

—Bueno, no tengo pruebas. Es algo que he oído comentar a un par de enfermeros. Pero, en realidad, hay otra cosa que creo que deberían saber...

Stephanie me interrumpió sacudiendo la cabeza.

—Sabemos lo que ocurrió. No fue Elif.

—¿No?

—Resulta que Christian pasó por el puesto de enfermería y vio que alguien se había dejado el armario de la medicación abierto de par en par cuando allí no había nadie. Yuri se había dejado la puerta abierta. Cualquiera pudo entrar y servirse a sus anchas. Christian también vio a Alicia merodeando por un rincón; le extrañó encontrarla allí a esas horas. Ahora, por supuesto, ya tiene sentido.

—Qué oportuno que Christian estuviera allí para ver todo eso.

Mi voz sonó con un deje sarcástico que Stephanie decidió pasar por alto.

—Christian no es la única persona que se ha fijado en la dejadez de Yuri. Yo misma he pensado a menudo que se muestra demasiado relajado en cuestiones de seguridad. Es demasiado simpático con las pacientes. Le preocupa demasiado ser popular. Me sorprende que algo así no haya ocurrido antes.

—Entiendo —lo entendía, sí. De pronto entendía por qué Stephanie estaba siendo tan cordial conmigo. Por lo visto yo ya no estaba en la picota; en lugar de a mí, había escogido a Yuri como chivo expiatorio—. Yuri siempre me ha parecido muy meticuloso —miré a Diomedes y me pregunté si intervendría—. La verdad es que no creo...

El profesor se encogió de hombros.

—Mi opinión personal es que Alicia siempre ha tenido una fuerte tendencia suicida. Como sabemos, cuando alguien quiere morir, a pesar de todos los esfuerzos que hagamos por protegerlo, muchas veces es imposible impedírselo.

—¿No es ese nuestro trabajo? —soltó Stephanie—. ¿Impedírselo?

—No —Diomedes sacudió la cabeza—. Nuestro trabajo es ayudarlos a sanar, pero no somos Dios. No tenemos poder sobre la vida y la muerte. Alicia Berenson quería morir y en algún momento iba a conseguirlo. O al menos en parte.

Dudé. Era entonces o nunca.

—No estoy tan seguro de que eso sea cierto —dije—. No creo que haya sido un intento de suicidio.

—¿Crees que fue un accidente?

—No, tampoco creo que fuera un accidente.

Diomedes me dirigió una mirada curiosa.

—¿Qué intentas decir, Theo? ¿Qué otra alternativa hay?

—Bueno, para empezar, no creo que Yuri le diera las pastillas a Alicia.

—¿Quieres decir que Christian se equivoca?

—No —respondí—. Christian miente.

Diomedes y Stephanie se quedaron mirándome perplejos, así que continué explicándome antes de que recuperaran el habla.

Me apresuré a contarles todo lo que había leído en el diario de Alicia: que Christian la había tratado en su consulta privada antes del asesinato de Gabriel; que ella era una de los muchos pacientes a los que veía de manera extraoficial, y que no solo había decidido no presentarse a testificar en el juicio, sino que además había fingido no conocer a Alicia cuando entró en The Grove.

—No me extraña que estuviera tan en contra de conseguir que hablara de nuevo —dije—. Si Alicia hablaba, podía ponerlo en un aprieto.

Stephanie me miró sin saber cómo reaccionar.

—Pero... ¿qué está diciendo? No puede insinuar en serio que él...

—Sí, lo insinúo. No fue una sobredosis. Intentó asesinarla.

—¿Dónde está el diario de Alicia? —me preguntó Diomedes—. ¿Lo tienes en tu poder?

Negué con la cabeza.

—No, ya no. Se lo devolví a ella. Debe de estar en su habitación.

—Entonces tenemos que encontrarlo —se volvió hacia Stephanie—: Pero antes creo que deberíamos llamar a la policía. ¿Tú no?

19

A partir de ahí las cosas se sucedieron deprisa.

Los agentes de la policía recorrieron todo The Grove haciendo preguntas y tomando fotografías. Precintaron la habitación y el estudio de Alicia. La investigación la dirigía el inspector jefe Steven Allen, un hombre entrado en carnes y calvo, con unas gafas de lectura gruesas que le distorsionaban los ojos, se los magnificaban y los hacían parecer más grandes de lo que eran, abultados, como llenos de interés y curiosidad.

Allen escuchó mi historia con mucha atención; le conté todo lo que le había dicho ya a Diomedes y le enseñé mis notas.

—Muchísimas gracias, señor Faber.

—Llámeme Theo.

—Me gustaría que hiciera una declaración oficial, por favor. Volveré a hablar con usted cuando llegue el momento.

—Sí, desde luego.

El inspector Allen me indicó que saliera del despacho de Diomedes, del que se había apropiado. Después de prestar declaración con un agente, me quedé rondando por el pasillo, a la espera, y no pasó mucho tiempo antes de que otro policía llevara a Christian hasta esa misma puerta. Parecía intranquilo, asustado... y culpable. Me sentí satisfecho al saber que pronto lo acusarían.

Ya no me quedaba más por hacer, solo esperar. Al salir de The Grove pasé junto a la pecera. Miré dentro..., y lo que vi me hizo detenerme en seco.

Yuri estaba pasando unas pastillas a Elif mientras se guardaba varios billetes en el bolsillo. Elif salió precipitadamente y me fulminó con su único ojo sano. Una mirada de desdén y odio.

—Elif —dije.

—Vete a la mierda.

Se alejó a paso raudo y desapareció por una esquina. Entonces Yuri salió de la pecera. En cuanto me vio, se quedó desencajado.

—No... no te había visto —tartamudeó con sorpresa.

—Es evidente que no.

—Elif... se había olvidado de su medicación. Solo se la estaba dando.

—Ya veo.

O sea que Yuri trapicheaba con drogas y proveía a Elif. Me pregunté qué más se traería entre manos; tal vez me había dado demasiada prisa al defenderlo con tanto convencimiento delante de Stephanie. Más me valía no perderlo de vista.

—Quería preguntarte una cosa —me dijo, apartándome de la pecera—. ¿Qué deberíamos hacer con el señor Martin?

—¿A qué te refieres? —lo miré sorprendido—. ¿Hablas de Jean-Felix Martin? ¿Qué le pasa?

—Bueno, lleva horas aquí. Ha venido esta mañana para visitar a Alicia, y está esperando desde entonces.

—¿Qué? ¿Por qué no me lo has dicho? O sea, ¿que ha estado aquí todo este tiempo?

—Lo siento, se me ha ido de la cabeza con lo que ha pasado. Está en la sala de espera.

—Muy bien. Bueno, será mejor que vaya a hablar con él.

Corrí abajo, a recepción, pensando en lo que acababa de oír. ¿Qué estaba haciendo allí Jean-Felix? Me pregunté qué querría, qué significaría aquello.

Entré en la sala de espera y miré por todas partes.

Pero allí no había nadie.

20

Salí de The Grove y me encendí un cigarrillo. Entonces oí una voz de hombre que me llamaba por mi nombre. Levanté la mirada esperando encontrarme con Jean-Felix, pero no era él.

Era Max Berenson. Estaba bajando de un coche y venía a la carga hacia mí.

—¿Qué cojones ha ocurrido? —gritó—. ¿Cómo ha sido? —Max tenía la cara colorada, encendida, contorsionada de ira—. Acaban de llamarme para decirme lo de Alicia. ¿Qué le ha pasado?

Retrocedí un paso.

—Creo que necesita calmarse, señor Berenson.

—¿Calmarme? Mi cuñada está ahí dentro en coma, joder, y todo por su negligencia...

La mano de Max se cerró en un puño. Lo levantó. Pensé que iba a darme un puñetazo, pero Tanya se lo impidió. Se acercó corriendo con aspecto de estar igual de enfadada que él..., pero con Max, no conmigo.

—¡Déjalo ya, Max! Por el amor de Dios, ¿es que no están ya bastante mal las cosas? ¡Theo no tiene la culpa!

Max no le hizo caso y se volvió de nuevo hacia mí. Su mirada era salvaje.

—¡Alicia estaba a su cuidado! —gritó—. ¿Cómo ha dejado que suceda esto? ¿Cómo?

Sus ojos se llenaron de lágrimas de ira; no intentó disimular sus emociones en ningún momento. Se quedó allí de pie, llorando. Miré a Tanya. Saltaba a la vista que conocía los sentimientos de Max por Alicia. Estaba consternada y exhausta. Sin decir una palabra más, se giró y volvió al coche.

Yo quería librarme de Max lo antes posible. Eché a andar.

Él no dejaba de insultarme a gritos. Pensé que iba a seguirme, pero no lo hizo; estaba clavado en el suelo, era un hombre roto que me llamaba y gritaba lastimeramente:

—¡Le hago responsable! Mi pobre Alicia, mi niña... Mi pobre Alicia... ¡Pagará por esto! ¿Me oye?

Max seguía gritando, pero no hice caso. Pronto su voz se perdió en el silencio. Me quedé solo.

Seguí andando.

21

Regresé a pie a la casa donde vivía el amante de Kathy y me quedé allí fuera una hora, observando. Por fin se abrió la puerta y él salió. Vi cómo se marchaba. ¿Adónde iba? ¿Había quedado con mi mujer? Dudé un momento, pero decidí no seguirlo. En lugar de eso, continué vigilando la casa.

Observé a su mujer por diferentes ventanas. Mientras miraba, cada vez estaba más convencido de que tenía que hacer algo para ayudarla. Ella era yo, y yo era ella: ambos éramos víctimas inocentes, engañadas y traicionadas. Ella creía que ese hombre la amaba, pero no era así.

¿Me equivocaba tal vez al dar por hecho que no estaba al tanto de su aventura? Quizá lo supiera. ¿Mantenían una relación sexualmente abierta en la que también ella era promiscua? Pero, no sé por qué, no me lo parecía. Se la veía inocente, igual que yo antes. Mi deber era abrirle los ojos. Podía descubrirle la verdad sobre el hombre con quien vivía, con quien compartía cama. No tenía opción. Debía ayudarla.

Durante los días siguientes continué yendo allí. En cierto momento, la mujer salió de la casa para dar un paseo. La seguí a una distancia prudencial. Me preocupaba que pudiera verme, pero, aunque lo hiciera, yo no era más que un desconocido para ella. De momento.

Me alejé y compré un par de cosas. Regresé otra vez. Me quedé de pie al otro lado de la calle, vigilando la casa. Volví a verla, de pie junto a la ventana.

No tenía ningún plan como tal, solo una idea vaga y sin formar de lo que debía conseguir. Como un artista más bien inexperto, sabía el resultado que deseaba..., pero no sabía muy bien cómo alcanzarlo. Esperé un rato, luego me acerqué a la casa. Probé a empujar la verja; no estaba cerrada. Se abrió del todo y entré en el jardín. Sentí un repentino subidón de adrenalina. La emoción de lo ilícito al entrar sin permiso en una propiedad privada.

Entonces vi que la puerta de atrás se abría. Busqué dónde esconderme y me fijé en el pequeño cenador reconvertido al otro lado del césped. Corrí por el jardín sin hacer ruido y me colé en su interior. Me detuve un momento a recobrar el aliento. Tenía el corazón desbocado. ¿Me había visto? Oí sus pasos acercándose. Demasiado tarde para dar marcha atrás. Me llevé la mano al bolsillo de atrás y saqué el pasamontañas negro que había comprado. Me cubrí la cabeza con él y me puse también un par de guantes.

La mujer entró. Hablaba por teléfono.

—Vale, cariño. Nos vemos a las ocho. Sí... Yo también te quiero.

Colgó y encendió un ventilador eléctrico. Se colocó delante del ventilador, el pelo le ondeaba con la brisa. Alcanzó un pincel y se acercó a un lienzo que tenía en un caballete. Estaba de espaldas a mí, pero entonces vio mi reflejo en la ventana. Creo que lo primero que vio fue el cuchillo. Se puso tensa y se volvió, lentamente. El miedo le había abierto mucho los ojos. Nos miramos en silencio.

Aquella fue la primera vez que vi a Alicia Berenson cara a cara.

El resto, como suele decirse, es historia.

Quinta parte

Si yo me justificase, me condenaría mi boca.

Job 9, 20

1

Diario de Alicia Berenson

23 de febrero

Theo acaba de irse. Estoy sola. Escribo esto todo lo deprisa que puedo. No tengo mucho tiempo. Debo conseguir escribirlo mientras todavía me quedan fuerzas.

Al principio pensaba que estaba loca. Era más fácil pensar que estaba loca que creer que era verdad. Pero no estoy loca. No lo estoy.

La primera vez que nos vimos en la sala de terapia no estaba segura; había algo en él que me resultó familiar pero diferente. Reconocí sus ojos. No solo el color, también la forma. Y el mismo olor a tabaco y loción para después del afeitado ahumada. Y su manera de formar las palabras, y el ritmo de su discurso. Pero no el tono de su voz; eso parecía un poco distinto. Así que no estaba segura, pero la siguiente vez que nos vimos se delató. Dijo las mismas palabras, exactamente la misma frase que había usado en mi casa y que se me grabó en la memoria: «Quiero ayudarte, quiero ayudarte a ver con claridad».

En cuanto oí eso, algo encajó en mi cerebro y el puzle se completó: vi la imagen entera.

Era él.

Y algo en mi interior cogió las riendas, una especie de instinto animal salvaje. Quería matarlo, matar o morir: me abalancé sobre él e intenté estrangularlo, arrancarle los ojos, partirle el cráneo en pedazos contra el suelo. Pero no lo conseguí, y me inmovilizaron y me drogaron, me encerraron. Después de eso perdí el valor. Empecé a dudar otra vez de mí misma; quizá me había equivocado, tal vez me lo estaba imaginando, puede que no fuera él.

¿Cómo iba a ser Theo? ¿Qué motivo podía tener para entrar aquí a hostigarme de esa forma? Y entonces lo entendí. Toda esa mierda de que quería ayudarme... Eso era lo más enfermizo de todo. Lo disfrutaba, le ponía. Por eso estaba aquí: había vuelto para regodearse.

«Quiero ayudarte. Quiero ayudarte a ver con claridad».

Bueno, pues por fin lo veía. Lo veía con claridad. Quería que supiera que lo sabía, así que mentí sobre cómo murió Gabriel. Mientras hablaba, vi que él se daba cuenta de que le mentía. Nos miramos y él lo supo; lo había reconocido. En sus ojos apareció entonces algo que nunca le había visto antes. Miedo. Tenía miedo de mí, de lo que pudiera decir. Le asustaba el sonido de mi voz.

Por eso ha regresado hace unos minutos. Esta vez no ha dicho nada. No ha habido más palabras. Me ha cogido de la muñeca y me ha clavado una aguja en la vena. No me he resistido. Le he dejado hacer. Me lo merezco; merezco este castigo. Soy culpable, pero él también. Por eso escribo esto, para que no quede impune. Para que lo castiguen.

Debo darme prisa. Ya empiezo a sentirlo; lo que me ha inyectado empieza a hacer efecto. Estoy somnolienta. Quiero tumbarme. Quiero dormir... Pero no, aún no. Tengo que seguir despierta. Debo terminar la historia. Y esta vez contaré la verdad.

Esa noche, Theo entró en la casa y me ató, y cuando llegó Gabriel, lo dejó inconsciente. Al principio pensé que lo había matado, pero luego vi que Gabriel respiraba. Theo lo arrastró y lo ató a la silla. La colocó de tal manera que Gabriel y yo estábamos sentados espalda contra espalda, así que no le veía la cara.

—Por favor —dije—, por favor, no le hagas daño. Te lo ruego. Haré lo que sea, todo lo que quieras.

Theo se rio. Cómo llegué a odiar su risa; era fría, vacía. Sin corazón.

—¿Que no le haga daño? —negó con la cabeza—. Voy a matarlo.

Lo decía en serio. Sentí tal terror que perdí el control de mis lágrimas. Lloré y supliqué.

—Haré lo que sea, cualquier cosa. Por favor. Por favor, deja que viva, merece vivir. Es el hombre más amable y más bueno que hay..., y lo quiero, lo quiero muchísimo...

—Cuéntame, Alicia. Háblame de tu amor por él. Dime, ¿crees que él te ama?

—Me ama —dije.

Oí el tictac del reloj al fondo. Me pareció que pasaba una eternidad antes de que él contestara:

—Ya lo veremos.

Sus ojos negros me miraron un segundo y me sentí consumida por la oscuridad. Estaba en presencia de una criatura que ni siquiera era humana. Era maligna.

Rodeó la silla y se puso frente a Gabriel. Yo volví la cabeza todo lo que pude, pero no llegaba a verlos. Oí un espantoso golpe sordo; me estremecí al comprender que estaba abofeteando a Gabriel. Le pegó una y otra y otra vez, hasta que Gabriel empezó a resoplar y volvió en sí.

—Hola, Gabriel —dijo.

—¿Quién coño eres?

—Soy un hombre casado. Así que sé lo que es amar a alguien. Y sé lo que es que te decepcionen.

—¿De qué cojones estás hablando?

—Solo los cobardes traicionan a quienes los aman. ¿Eres un cobarde, Gabriel?

—Vete a la mierda.

—Iba a matarte, pero Alicia ha suplicado por tu vida. Así que, en lugar de eso, voy a dejarte elegir. O mueres tú... o muere Alicia. Tú decides.

Su forma de hablar fue tan fría y serena, tan controlada... Sin emoción. Gabriel tardó un segundo en contestar. Parecía haberse quedado sin aliento, como si le hubieran dado un puñetazo.

—No...

—Sí. O muere Alicia o mueres tú. Tú eliges, Gabriel. Veamos cuánto la quieres. ¿Morirías por ella? Tienes diez segundos para decidir... Diez... Nueve...

—No le creas —dije yo—. Nos matará a los dos. Te quiero...

—Ocho... Siete...

—Sé que me quieres, Gabriel...

—Seis... Cinco...

—Me quieres...

—Cuatro, tres...

—Gabriel, di que me quieres...

—Dos...

Y entonces Gabriel habló. Al principio no reconocí su voz. Una voz tan pequeña, tan lejana; la voz de un niño. Un niño pequeño... con poder sobre la vida y la muerte en la punta de sus dedos.

—No quiero morir —dijo.

Se hizo el silencio. Todo se detuvo. Dentro de mi cuerpo, todas las células se encogieron; quedaron marchitas, como pétalos muertos que caen de una flor. Flores de jazmín que flotan hasta el suelo. ¿Huelo jazmín por algún sitio? Sí, jazmín dulce... En el alféizar, quizá...

Theo se apartó de Gabriel y empezó a hablar conmigo. A mí me costaba concentrarme en sus palabras.

—¿Lo ves, Alicia? Sabía que Gabriel era un cobarde..., que se folla a mi mujer a mis espaldas. Ha destruido la única felicidad que he conocido nunca... —Theo se inclinó hacia delante hasta quedar justo delante de mi cara—. Siento hacer esto. Pero, francamente, ahora que sabes la verdad..., estarás mejor muerta.

Levantó el arma y me apuntó a la cabeza. Cerré los ojos. Oí a Gabriel gritar:

—¡No dispares, no dispares, no...!

Un clic. Y entonces un tiro... Tan fuerte que ensordeció todos los demás sonidos. Se produjo un silencio de varios segundos. Pensé que estaba muerta.

Pero no tuve esa suerte.

Abrí los ojos. Theo seguía allí, apuntando con el arma al techo. Sonreía y se llevó un dedo a los labios para decirme que estuviera callada.

—¿Alicia? —gritó Gabriel—. ¿Alicia?

Lo oía retorciéndose en su silla, intentando volverse para ver qué había pasado.

—¿Qué le has hecho, cabrón? Eres un hijo de puta. Dios...

Theo me desató las muñecas y tiró el arma al suelo. Entonces me dio un beso, delicadísimo, en la mejilla. Salió, y la puerta de entrada se cerró de golpe tras él.

Gabriel y yo estábamos solos. Él gimoteaba, lloraba, apenas era capaz de formar palabras. No hacía más que decir mi nombre.

—Alicia, Alicia... —se lamentaba.

Yo seguí callada.

—¿Alicia? Joder, mierda, joder...

Seguí callada.

—Alicia, contéstame, Alicia... Oh, Dios mío...

Seguí callada. ¿Cómo iba a hablar? Gabriel me había sentenciado a muerte.

Los muertos no hablan.

Me desaté el alambre de los tobillos. Me levanté de la silla. Me agaché. Mis dedos se cerraron sobre el arma. La noté caliente y pesada en mi mano. Rodeé la silla y me coloqué frente a Gabriel. Le caían lágrimas por las mejillas. Abrió mucho los ojos.

—¿Alicia? ¡Estás viva!... Gracias a Dios que estás...

Ojalá pudiera decir que actué por todos los perdedores, que salí en defensa de todos los traicionados a quienes les han roto el corazón..., que Gabriel tenía ojos de tirano, los ojos de mi padre. Pero se acabaron las mentiras. La verdad es que Gabriel, de repente, tenía mis ojos y yo los suyos. En algún momento a lo largo del camino habíamos cambiado de lugar.

Por fin lo veía. Jamás estaría a salvo. Jamás sería amada. Todas mis esperanzas, perdidas; todos mis sueños, destrozados. No me quedaba nada, nada... Mi padre tenía razón, no merecía estar viva. No era... nada. Eso fue lo que me hizo Gabriel.

Esa es la verdad. Yo no maté a Gabriel: él me mató a mí. Lo único que hice yo fue apretar el gatillo.

2

—Nada da tanta pena como ver todas las posesiones de una persona en una caja de cartón —dijo Indira.

Asentí con la cabeza y paseé la mirada por la habitación con tristeza.

—La verdad es que sorprende bastante las pocas cosas que tenía Alicia —siguió diciendo—. Cuando piensas en la cantidad de basura que acumulan otras pacientes... Todo lo que tenía ella eran unos libros, unos cuantos dibujos, ropa.

Indira y yo estábamos vaciando la habitación de Alicia siguiendo instrucciones de Stephanie. «Es poco probable que vuelva a despertar nunca —nos había dicho—. Y, francamente, necesitamos la cama». Trabajamos casi todo el rato en silencio, decidiendo qué guardar en el almacén y qué tirar. Yo registré con cuidado todas sus pertenencias. Quería asegurarme de que no hubiera nada incriminatorio..., nada por lo que pudieran pillarme.

Me pregunté cómo había conseguido Alicia mantener escondido su diario durante tanto tiempo sin que nadie lo viera. Todas las pacientes tenían permiso para llevar consigo una pequeña cantidad de objetos personales cuando eran internadas en The Grove. Alicia había entrado con una carpeta de bocetos, que supongo que es donde metió el diario de tapadillo. Abrí la carpeta y hojeé los dibujos; casi todos eran bocetos y estudios a lápiz sin terminar. Unas cuantas líneas hechas al vuelo sobre una página que cobraban vida de inmediato, evocaban con genialidad y capturaban un parecido inequívoco.

Le enseñé uno a Indira.

—Eres tú —dije.

—¿Qué? No, qué va.

—Que sí.

—¿Sí? —Indira parecía encantada. Lo observó con más detenimiento—. ¿Tú crees? Nunca me di cuenta de que me dibujara. Me pregunto cuándo lo haría. Es bueno, ¿verdad?

—Sí que lo es. Deberías quedártelo.

Hizo una mueca y me lo devolvió.

—No podría.

—Claro que sí. A ella no le importaría —sonreí—. Nadie lo sabrá.

—Supongo. Supongo que no —miró el cuadro que estaba en el suelo, apoyado contra la pared: la pintura en la que se nos veía a Alicia y a mí en la escalera de incendios del edificio en llamas, la que Elif había desfigurado—. ¿Y ese qué? —preguntó—. ¿Te lo quedarás?

Negué con la cabeza.

—Llamaré a Jean-Felix. Él podrá encargarse.

Indira asintió.

—Qué pena que no puedas quedártelo.

Lo contemplé unos instantes. No me gustaba. De todos los cuadros de Alicia, era el único que no me gustaba. Qué extraño, teniendo en cuenta que me tenía a mí como tema.

Quiero ser claro: nunca pensé que Alicia fuese a disparar a Gabriel. Ese punto es importante. Jamás pretendí ni esperé que lo matara. Lo único que quería era despertarla para que viera la verdad de su matrimonio, igual que había despertado yo. Mi intención era mostrarle que Gabriel no la amaba, que su vida era una mentira, su matrimonio una farsa. Solo entonces habría tenido ocasión, igual que yo, de construirse una vida nueva desde los escombros; una vida basada en la verdad, no en la mentira.

No tenía ni idea del historial de inestabilidad de Alicia. De haberlo sabido, jamás habría llevado las cosas tan lejos. No tenía ni idea de que reaccionaría así. Y cuando la historia ocupó todos los titulares y Alicia fue juzgada por asesinato, me embargó un profundo sentimiento de responsabilidad personal, así como el deseo de expiar mi culpa y demostrar que no había sido responsable de lo ocurrido. Por eso solicité el puesto de The Grove. Quería ayudarla a pasar la fase posterior al asesinato, a comprender lo que había sucedido, a superarlo... y ser libre. Desde luego, si eres cínico podrías pensar que regresé al escenario del crimen, por así decir, para eliminar mis huellas. No es verdad. Aunque conocía los riesgos que implicaba una empresa así, la posibilidad real de que pudieran pillarme, de que todo acabara en desastre..., no tenía elección. Por ser quien soy.

Recuerda que soy psicoterapeuta. Alicia necesitaba ayuda y solo yo sabía cómo ayudarla.

Estaba nervioso por si sabía quién era yo a pesar de haberme puesto un pasamontañas y haber camuflado la voz. Pero Alicia no pareció reconocerme, así que fui capaz de representar un nuevo papel en su vida. Y entonces, aquella noche en Cambridge, por fin comprendí lo que había recreado sin saberlo, la mina antipersona olvidada hacía años y que de pronto yo había pisado. Gabriel era el segundo hombre que condenaba a Alicia a morir; sacar a relucir aquel primer trauma fue más de lo que ella pudo soportar, y por eso recogió el arma y completó la tan esperada venganza contra su padre, en la persona de su marido. Como yo sospechaba, el asesinato tenía unos orígenes más antiguos y más profundos que mis actos.

Sin embargo, cuando Alicia me mintió sobre cómo había muerto Gabriel, comprendí que me había reconocido y que estaba poniéndome a prueba. Me vi obligado a actuar, a silenciarla para siempre. Hice que Christian cargara con la culpa; justicia poética, me pareció. No tuve ningún reparo en hacer que lo encerraran. Christian había fallado a Alicia cuando ella más lo necesitaba; merecía ser castigado.

Silenciarla no resultó fácil. Inyectarle morfina fue lo más difícil que he hecho jamás. Que no muriera, sino que quedara dormida, es mejor; así puedo visitarla todos los días y sentarme junto a su cama a darle la mano. No la he perdido.

—¿Ya hemos acabado? —preguntó Indira, interrumpiendo mis pensamientos.

—Creo que sí.

—Bien. Debo irme, tengo una paciente a las doce.

—Adelante —dije.

—¿Nos vemos a la hora del almuerzo?

—Sí.

Me apretó el brazo y se marchó.

Consulté el reloj. Pensé en salir temprano e irme a casa. Estaba agotado. Cuando ya iba a apagar la luz y marcharme, recordé algo que hizo que se me tensara todo el cuerpo.

El diario. ¿Dónde estaba?

Mis ojos repasaron raudos toda la habitación, bien empaquetada en varias cajas. Lo habíamos revisado todo. Yo había mirado y ponderado todos y cada uno de sus objetos personales.

Y no estaba allí.

¿Cómo podía haber sido tan descuidado? Por culpa de Indira y su maldita cháchara insustancial e interminable, me había distraído y había perdido la concentración.

¿Dónde estaba? Tenía que andar por ahí. Sin el diario, había muy pocas pruebas para condenar a Christian. Tenía que encontrarlo.

Registré la habitación, cada vez más histérico. Volqué las cajas de cartón y tiré al suelo todo lo que contenían. Revolví entre el desorden, pero allí no estaba. Rasgué su ropa, pero no encontré nada. Abrí con violencia la carpeta de dibujos, lancé las hojas al suelo, pero el diario no estaba ahí dentro. Después inspeccioné los armarios, saqué todos los cajones, uno por uno: comprobaba que estuviera vacío, lo lanzaba a un lado e inspeccionaba el siguiente.

Pero allí no había nada.

3

Julian McMahon, de la Fundación, me esperaba en la recepción. Era un hombre grande, tenía rizos pelirrojos y cierta debilidad por expresiones como «entre usted y yo», «el caso es que» o «en resumidas cuentas», que salpicaban su conversación sin cesar, a menudo en una misma frase. Era una figura esencialmente benévola, el rostro amable de la Fundación. Quería hablar un momento conmigo antes de que me fuera a casa.

—Acabo de ver al profesor Diomedes. Pensaba que debería saberlo: ha dimitido.

—Oh, vaya.

—Se jubilará anticipadamente. Entre usted y yo, era eso o enfrentarse a una investigación de este desastre... —se encogió de hombros—. No puedo evitar sentir lástima por él; no es un final muy glorioso para una carrera larga y distinguida. Pero al menos se ahorrará el escándalo mediático y todo el alboroto. Por cierto, lo ha mencionado a usted.

—¿Diomedes?

—Sí. Lo ha propuesto como sustituto suyo —Julian guiñó un ojo—. Ha dicho que es usted el hombre perfecto para el cargo.

Sonreí.

—Es muy amable.

—Por desgracia, el caso es que, dado lo sucedido con Alicia y tras la detención de Christian, en realidad no hay ninguna posibilidad de que The Grove siga abierto. Vamos a cerrarlo de forma permanente.

—No puedo decir que me sorprenda. Entonces ¿no habrá trabajo para nadie?

—Bueno, en resumidas cuentas: hemos pensado abrir un servicio psiquiátrico nuevo, mucho más rentable, estos próximos meses. Y nos gustaría que se planteara dirigirlo, Theo.

Me resultó difícil ocultar mi entusiasmo. Accedí con mucho gusto.

—Entre usted y yo —dije, tomando prestada una de sus expresiones—, es la clase de oportunidad con la que había soñado.

En efecto, lo era. Una oportunidad real de ayudar a las personas, y no solo de medicarlas; ayudarlas tal como yo creo que se las debe ayudar. Como Ruth me ayudó a mí. Como yo intenté ayudar a Alicia.

Las cosas han acabado bien para mí. Sería un desagradecido si no lo reconociera.

Parece que he conseguido todo lo que deseaba. Bueno, o casi.

El año pasado, Kathy y yo dejamos el centro de Londres y nos trasladamos a Surrey, de vuelta al hogar donde crecí. Cuando mi padre murió, me dejó a mí la casa; aunque mi madre podía seguir viviendo en ella hasta su muerte, decidió cedérnosla y se fue a una residencia de ancianos.

Kathy y yo pensamos que el espacio extra y el jardín bien valdrían tener que desplazarnos todos los días a Londres para trabajar. Pensé que nos sentaría bien. Nos prometimos que transformaríamos la casa e hicimos planes para redecorarla y exorcizarla. Sin embargo, casi un año después de mudarnos allí, el sitio sigue sin terminar, a medio decorar; los cuadros y el espejo convexo que compramos en el mercado de Portobello continúan apoyados contra paredes sin pintar. Todavía es en gran medida la casa en la que crecí, pero no me importa tanto como esperaba. De hecho, me siento bastante a gusto, lo cual resulta irónico.

Llegué a la puerta y entré. Me quité el abrigo enseguida; hacía un calor sofocante, como si fuera un invernadero. Bajé el termostato del pasillo. A Kathy le encanta pasar calor, mientras que yo prefiero con creces el frío, de manera que la temperatura es uno de nuestros pequeños campos de batalla. Oí la televisión desde el pasillo. Últimamente me parece que Kathy ve mucho la tele. Es una incesante banda sonora de basura que ambienta nuestra vida en esta casa.

La encontré en la sala de estar, hecha un ovillo en el sofá. Tenía una bolsa gigantesca de patatas fritas con sabor a cóctel de gambas en el regazo y las iba pescando con unos dedos rojos y pegajosos para metérselas en la boca. Siempre está comiendo porquerías como esas, no me extraña que haya ganado peso desde hace un tiempo. Este último par de años no ha trabajado mucho, y se ha vuelto bastante reservada, incluso depresiva. Su médico quería recetarle antidepresivos, pero yo lo desaconsejé. En lugar de eso, le recomendé buscar un terapeuta y que superase sus emociones hablando de ellas; incluso me ofrecí a encontrarle uno yo mismo. Pero Kathy no quiere hablar, parece.

A veces la pillo mirándome con una expresión rara..., y me pregunto qué estará pensando. ¿Intenta reunir el valor para contarme lo de Gabriel y su aventura? Pero no dice una palabra. Solo se queda ahí sentada, en silencio, igual que hacía Alicia. Ojalá pudiera ayudarla, pero parece que no logro llegar hasta ella.

Esa es la terrible paradoja: hice todo lo que hice para conservar a Kathy a mi lado..., y la he perdido de todos modos.

Me senté en el reposabrazos y la observé un momento.

—Una paciente mía se ha tomado una sobredosis. Está en coma —no hubo respuesta—. Parece que algún miembro del personal le administró la sobredosis a propósito. Un compañero —no hubo respuesta—. ¿Me estás escuchando?

Kathy se encogió un poco de hombros.

—No sé qué decir.

—Un poco de compasión no estaría mal.

—¿Con quién? ¿Contigo?

—Con ella. La trataba desde hacía un tiempo, en terapia individual. Se llama Alicia Berenson —la miré mientras decía eso.

Kathy no reaccionó. Ni un destello de emoción.

—Es famosa, aunque por un motivo desagradable. Todo el mundo hablaba de ella hace unos años. Mató a su marido... ¿Lo recuerdas?

—No, la verdad es que no —se encogió de hombros y cambió de canal.

De manera que seguimos jugando a fingir.

Parece que últimamente finjo mucho, y para mucha gente, yo incluido. Por eso mismo estoy escribiendo esto, supongo. Es un intento de saltarme mi monstruoso ego y acceder a la verdad sobre mí mismo..., si es que eso es posible.

Necesitaba beber algo. Fui a la cocina y me serví un chupito de vodka del congelador. Me ardió en la garganta al tragarlo. Me serví otro.

Me pregunté qué diría Ruth si fuera a verla otra vez, igual que hice hace seis años, y le confesara todo esto. Pero sabía que era imposible, que me había convertido en un ser del todo diferente, en una criatura más culpable, menos capaz de ser sincero. ¿Cómo iba a sentarme frente a esa anciana frágil y mirarla a esos ojos azul deslavazado que me habían mantenido a salvo durante tanto tiempo, que no me habían dado más que decencia, bondad, verdad..., y revelarle lo espantoso que soy, lo cruel, lo vengativo y perverso que soy, lo nada merecedor de Ruth y de todo lo que intentó hacer por mí? ¿Cómo iba a decirle que he destruido tres vidas? ¿Que no tengo código ético, que soy capaz de actos de la peor calaña sin sentir remordimientos y que mi única preocupación es salvar mi propio pellejo?

Aún peor que sorpresa o repulsión, o puede que incluso miedo, cuando le contara eso, vería en los ojos de Ruth una expresión de tristeza, decepción y reproche para consigo misma. Porque no solo la había defraudado yo; sé que Ruth pensaría que era ella quien me había defraudado a mí, y no solo a mí, también a la «cura del habla». Porque ningún terapeuta lo tuvo mejor que Ruth: dispuso de años para trabajar con alguien que estaba muy herido, sí, pero que también era joven, apenas un niño, deseoso de cambiar, de mejorar, de curarse. Y aun así, a pesar de los cientos de horas de psicoterapia, de tanto hablar y escuchar y analizar, fue incapaz de salvar su alma. Tal vez yo me equivocaba. Quizá algunos nacemos malvados y punto, y seguimos siendo así pese a todo nuestro esfuerzo.

Sonó el timbre y me sacó de mis pensamientos. No era frecuente que fuera a vernos nadie de noche, no desde que vivíamos en Surrey; ni siquiera podía recordar la última vez que habían ido amigos de visita.

—¿Esperas a alguien? —pregunté, pero no hubo respuesta.

Seguramente Kathy no me había oído, con el televisor encendido.

Fui a la entrada y abrí la puerta. Para mi sorpresa, era el inspector jefe Allen. Iba embozado en su bufanda y su abrigo, y tenía los mofletes sonrojados.

—Buenas noches, señor Faber.

—¡Inspector Allen! ¿Qué está haciendo aquí?

—Pues pasaba por el barrio y se me ha ocurrido venir a verlo. Hay un par de novedades que quería comentarle. ¿Le va bien?

Dudé.

—Para ser sincero, estaba a punto de hacer la cena, así que...

—No me alargaré mucho.

Allen sonrió. Era evidente que no pensaba aceptar un no por respuesta, así que me hice a un lado y lo dejé pasar.

Parecía contento de estar dentro. Se quitó los guantes y el abrigo.

—Caray, qué frío hace ahí fuera. Lo bastante para que nieve, diría yo.

Se le habían empañado las gafas, se las quitó y las limpió con su pañuelo.

—Me temo que aquí dentro hace demasiado calor —dije.

—Para mí no. Nunca hace suficiente calor para mi gusto.

—Se llevaría bien con mi mujer.

Justo en ese instante, Kathy apareció en el pasillo y nos miró al inspector y a mí con un aire de duda burlona.

—¿Qué ocurre?

—Kathy, este es el inspector jefe Allen. Está a cargo de la investigación sobre la paciente de la que te he hablado.

—Buenas noches, señora Faber.

—El inspector Allen quiere comentarme algo. No tardaremos mucho. Sube y date un baño, ya te avisaré cuando esté lista la cena.

Con un gesto de la cabeza, indiqué al inspector que pasara a la cocina.

—Usted primero —dije.

El inspector Allen miró de nuevo a Kathy antes de volverse y echar a andar. Lo seguí y dejé a Kathy en el pasillo. Enseguida oí sus pasos subiendo despacio la escalera.

—¿Quiere beber algo?

—Gracias, muy amable. Una taza de té me iría de maravilla.

Vi que sus ojos se iban hacia la botella de vodka de la encimera. Sonreí.

—¿O algo más fuerte, si lo prefiere?

—No, gracias. Una taza de té está bien.

—¿Cómo lo toma?

—Fuerte, por favor. Con la leche justa para teñirlo. Sin azúcar, que estoy intentando dejarlo.

Mientras hablaba, mi mente se puso en marcha y se preguntó qué hacía allí ese hombre y si quizá debía inquietarme. Sus modales eran tan cordiales que costaba no sentirse seguro. Además, no había nada que pudiera delatarme, ¿verdad?

Encendí el hervidor y me volví hacia él.

—Bueno, inspector. ¿De qué quería hablarme?

—Pues del señor Martin, sobre todo.

—¿De Jean-Felix? ¿De verdad? —eso me sorprendió—. ¿Qué le pasa?

—Resulta que fue a The Grove a recoger el material artístico de Alicia y nos pusimos a hablar sobre esto y lo otro. Un hombre interesante, el señor Martin. Está montando una retrospectiva sobre la obra de Alicia. Cree que es un buen momento para revalorizarla como artista. Dada toda la publicidad, quizá tenga razón —Allen me dirigió una mirada ponderativa—. Tal vez quiera usted escribir algo sobre el caso, señor Faber. Estoy seguro de que un libro, o algo así, despertaría interés.

—No lo había pensado... Exactamente, ¿qué tiene que ver conmigo la retrospectiva de Jean-Felix, inspector?

—Bueno, el señor Martin se emocionó en especial al ver el nuevo cuadro. No pareció importarle que Elif lo hubiese desfigurado. Dijo que le añadía una cualidad especial... No soy capaz de recordar las palabras exactas que usó, no entiendo mucho de arte. ¿Y usted?

—No demasiado, no —me pregunté cuánto iba a tardar en ir al grano, y por qué me sentía yo cada vez más inquieto.

—El caso es que el señor Martin estaba admirando el cuadro, lo levantó para mirarlo más de cerca, y ahí estaba.

—¿El qué?

—Esto.

El inspector sacó algo del interior de su americana. Lo reconocí al instante.

El diario.

El agua empezó a hervir y un pitido llenó el aire. Apagué el hervidor y vertí un poco de agua en la taza. Le di vueltas y me fijé en que me temblaba un poco la mano.

—Ah, muy bien. Me preguntaba dónde estaría.

—Encajado en la parte de atrás del cuadro, en la esquina superior izquierda del marco. Estaba muy bien escondido.

«De manera que es ahí donde lo ocultó —pensé—. En la parte de atrás de ese cuadro que yo odiaba. El único sitio donde no miré».

El inspector acarició las tapas arrugadas y de un negro desvaído y sonrió. Lo abrió y hojeó algunas páginas.

—Fascinante. Las flechas, la confusión.

Asentí.

—El retrato de una mente perturbada.

El inspector Allen fue pasando páginas hasta el final, y entonces empezó a leer en voz alta:

—«Le asustaba el sonido de mi voz... Me ha cogido de la muñeca y me ha clavado una aguja en la vena».

Sentí crecer en mí un pánico repentino. No conocía esas palabras. No había leído esa entrada. Era la prueba incriminatoria que había estado buscando..., y se encontraba en las manos equivocadas. Quería arrebatarle a Allen ese diario y arrancar las hojas, pero no podía moverme. Estaba atrapado. Empecé a tartamudear.

—En... en realidad creo que sería mejor que...

Hablaba con demasiado nerviosismo, y él percibió el miedo en mi voz.

—¿Sí?

—Nada.

No hice ningún intento más por detenerlo. De todos modos, cualquier acción que emprendiera se vería como incriminatoria. No tenía salida, y lo más extraño es que sentí alivio.

—Verá, no creo que estuviera usted de paso por el barrio ni mucho menos, inspector.

Le tendí la taza de té.

—Ah, no, tiene mucha razón. He pensado que era mejor no anunciarle mi intención de llamar a su puerta. El caso es que esto arroja una luz muy diferente sobre los hechos.

—Siento curiosidad por oírlo —me sorprendí diciendo—. ¿Le importaría leérmelo?

—Muy bien.

Sentí una calma extraña al sentarme en la silla que había junto a la ventana.

El inspector se aclaró la garganta y empezó a leer:

—«Theo acaba de irse. Estoy sola. Escribo esto todo lo deprisa que puedo...».

Mientras lo escuchaba, alcé la mirada hacia las nubes blancas que pasaban veloces. Por fin se habían abierto, había empezado a nevar, los copos caían ahí fuera. Abrí la ventana y extendí la mano. Atrapé un copo de nieve. Lo vi desaparecer, disolverse en la punta de mi dedo. Sonreí.

Quise atrapar otro.

Agradecimientos

Siento una gratitud inmensa hacia mi agente, Sam Copeland, por lograr que todo esto se hiciera realidad. También estoy especialmente agradecido a mis editores, Ben Willis en el Reino Unido y Ryan Doherty en Estados Unidos, por hacer que el libro fuera mucho mejor. Quisiera dar las gracias a Hal Jensen y a Iván Fernández Soto por sus valiosísimos comentarios; a Kate White por los años enseñándome cómo funciona una buena terapia; a los jóvenes y el personal de Northgate, y todo lo que me enseñaron; a Diane Medak por dejarme usar su casa como retiro de escritura; a Uma Thurman y James Haslam por hacerme mejor escritor. Y por todas sus útiles sugerencias y su aliento, a Emily Holt, Victoria Holt, Vanessa Holt, Nedie Antoniades y Joe Adams.

Índice

Este libro se terminó
de imprimir en
Móstoles, Madrid,
en el mes de
enero de 2024

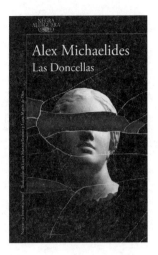

LAS DONCELLAS

«Michaelides se consagra para siempre como un autor superior, una mezcla magistral y labrada a fuego lento de la mitología griega con una trama muy afilada. [...] Destinada a ser un *bestseller*».
Newsweek

«La capacidad de Michaelides para crear escenas es tan magistral aquí como en *La paciente silenciosa*. Nos ha vuelto a conquistar con una novela tensa, inteligente y retorcida».
Booklist

A sus treinta y seis años, Mariana intenta recuperarse de la pérdida de Sebastian, el gran amor de su vida, ahogado durante unas vacaciones en una isla griega. Ella trabaja en Londres como terapeuta, pero cuando su sobrina Zoe, la única familia que le queda, la llama desde Cambridge para contarle que Tara, su mejor amiga, ha sido brutalmente asesinada cerca de la residencia de estudiantes, decide acudir en su ayuda.

Allí conoce a Fosca, un carismático profesor de Filología Clásica. El profesor mantiene un grupo de estudio con un número muy selecto de discípulas, todas hermosas y de familias elitistas, del que Tara formaba parte: las Doncellas. En el dormitorio de la joven, Mariana encuentra una postal con unos versos en griego clásico que exigen un sacrificio. Pronto los cadáveres de otras Doncellas irán apareciendo en el campus con los ojos arrancados y con una piña en la mano, y Mariana no solo deberá enfrentarse a la resolución de estos crímenes, sino a los fantasmas de su propio pasado.

«Para viajar lejos no hay mejor nave que un libro».

EMILY DICKINSON

Gracias por tu lectura de este libro.

En **penguinlibros.club** encontrarás las mejores
recomendaciones de lectura.

Únete a nuestra comunidad y viaja con nosotros.

penguinlibros.club